EINE NEUE LIEBE FÜR PRINZ FEDERICO

DIE ROYALS VON SAN RIMINI

NICOLE BURNHAM

Eine neue Liebe für Prinz Federico

Die Royals von San Rimini - Eine Familiensaga

Buch 5

Übersetzung: Christina Löw und Eva Markert

Originaltitel: Falling for Prince Federico

ISBN: 978-1-941828-82-3 (Taschenbuch)

ISBN: 978-1-941828-81-6 (eBook)

Abonnieren Sie hier den deutschsprachigen Newsletter von Nicole. Abonnenten erhalten Bonusmaterial und Informationen zu kommenden Veröffentlichungen. Sie können sich jederzeit abmelden.

KAPITEL 1

„Ich werde nie eine Placenta praevia und eine Placenta accreta auseinanderhalten können.“

Pia Renati ermahnte sich selbst, nicht zu laut zu murren, dann lehnte sie sich mit einer Schulter gegen die Leuchtreklame für Rasierwasser, die die Wand des internationalen Flughafens von San Rimini zierte, und blätterte zur nächsten Seite eines dicken Schwangerschaftsratgebers mit geblümtem Umschlag. Wie um alles in der Welt konnten Frauen ohne einen medizinischen Abschluss Babys bekommen?

Und warum um alles in der Welt war *sie* herbeigerufen worden, als ihre Freundin Jennifer Allen – jetzt Jennifer diTalora – jemanden brauchte, der ihr während der Bettruhe, die ihre Gynäkologin verordnet hatte, Gesellschaft leistete?

Im Falle einer Katastrophe wandten sich alle aus Pias Freundeskreis immer an sie. Als ihre ehemalige Vorgesetzte in dem Flüchtlingslager, wo sie vor etwas über zwei Jahren gearbeitet hatten, wusste Jennifer das besser als alle anderen. Essensausgaben einzurichten, war für Pia so selbstverständlich wie zu gehen. Beim Bau von Notunterkünften unter der heißen Sonne Afrikas helfen? Datenbanken anlegen, um Menschen, die vor

Konflikten flohen, wieder mit ihren Angehörigen zusammenzuführen? Alles schon dagewesen, alles schon gemacht. Als Mitarbeiterin einer Hilfsorganisation hatte Pia keine Angst vor harter Arbeit und sie war längst in mehr als einem Feldlazarett gewesen. Aber sich um eine schwangere Frau zu kümmern, die jederzeit den jüngsten Thronfolger von San Rimini zur Welt bringen konnte? Was Pia über Schwangerschaft und Kinder wusste, hatte sie in der letzten Stunde gelernt.

Ihre eigene Mutter verkörperte nicht gerade den warmherzigen und liebevollen mütterlichen Typ, der in Fernseh-Sitcoms Standard war. Selbst die meisten Cartoon-Mütter wären eine Verbesserung gegenüber der ständig abwesenden Sabrina Renati gewesen. Aber Jennifer bestand darauf, Pia an ihrer Seite zu haben, und das konnte Pia einer schwangeren Freundin, die zufällig auch noch mit dem Kronprinzen ihres Heimatlandes verheiratet war, nicht abschlagen.

Sie blätterte weiter zum nächsten Abschnitt des Schwangerschaftsratgebers, den Jennifer ihr geschickt hatte, und hätte ihn im überfüllten Flughafenterminal beinahe auf den Boden fallen lassen, als sie ein ganzseitiges Schwarz-Weiß-Foto einer gebärenden Frau sah. Sie hatte angenommen, das Buch würde bestimmte Momente der Fantasie überlassen.

Nun ja, die Aufnahme hätte auch in Farbe sein können.

„Signorina Renati?"

Pia hörte die weiche Baritonstimme hinter sich kaum, denn genau in diesem Moment wurde ein Passagier lautstark über das Durchsagesystem des Flughafens aufgefordert, sich wegen eines verlorenen Gegenstandes bei der Sicherheitskontrolle zu melden.

Stattdessen ließ eine plötzliche Vorahnung Pia das Buch zuklappen. Das Summen der Gespräche um sie herum waren verstummt und die Blicke jeder einzelnen Person in der Eingangshalle richteten sich auf den Mann, der hinter ihr stand.

Ohne sich umzudrehen, begriff Pia, wem die markante,

wohlklingende Stimme gehören musste. Es war nicht, wie sie erwartet hatte, ein Chauffeur des Palastes, der sie zu seinem Volkswagen Minivan bringen wollte, sondern der wohl begehrteste alleinstehende Mann der Welt, der kürzlich verwitwete Prinz Federico Constantin diTalora. Der Mann, den die Leserschaft der Boulevardpresse wegen seines guten südländischen Aussehens, seines makellosen Rufs und seines Pflichtbewusstseins als *Principe Perfetto* – der perfekte Prinz – kannte.

Typisch! Gerade dann, wenn sie ausnahmsweise mal nicht die Gelegenheit gehabt hatte, ein Pfefferminzbonbon zu lutschen oder ihr Make-up aufzufrischen, bevor sie nach einem Nachtflug aus dem Flieger gestiegen war.

In der Hoffnung, dass er ihren Lesestoff nicht über ihre Schulter hinweg begutachtet hatte, zwang sich Pia zu einem Lächeln, als sie sich Jennifers Schwager zuwandte, dem Mann, der an zweiter Stelle der tausendjährigen Thronfolge von San Rimini stand.

Dem Ausdruck seines oft fotografierten Gesichts nach zu urteilen, hatte der Prinz einen guten Blick auf das Foto im Buch werfen können.

Es war Jahre her, dass sie zu Hause gewesen war und ihre italienische Muttersprache sprechen konnte, und Pia hatte sich darauf gefreut, mit jemandem zu plaudern, der ihren kulturellen Hintergrund verstand. Jemand, der mit ihr über die Politik von San Rimini diskutieren, ihr den aktuellsten Klatsch und Tratsch über lokale Berühmtheiten erzählen und sie vielleicht über die neuesten Restaurants und versteckten Tanzclubs informieren konnte.

Aber der Anblick dieses berühmten Mitglieds der königlichen Familie – eines durchtrainierten Mannes, der in seinem schlichten schwarzen Anzug und dem blütenweißen Oberhemd so gut aussah wie jeder Actionstar auf dem roten Teppich bei der Oscar-Verleihung – verschlug ihr die Sprache und sie brachte nicht mehr heraus als ein schwaches „Prinz Federico. *Buon giorno. Come sta?*"

Was um alles in der Welt machte er hier? Jennifer hatte nie erwähnt, dass sie Federico zum Flughafen schicken wollte. Der Prinz überragte Pia nicht nur, er besaß auch diese nicht greifbare Eigenschaft, die jeder Mann begehrte: Charisma. Sie waren einander zwei Jahre zuvor bei Jennifers Hochzeit mit Kronprinz Antony vorgestellt worden und Pia war so nervös gewesen, dass sie die erforderlichen Nettigkeiten gesagt und sich überwältigt von der kurzen Begegnung schnell an den Tisch zurückgezogen hatte, an dem die anderen Hilfskräfte aus dem Haffali-Flüchtlingslager saßen.

Federico und seine elegante Frau Lucrezia waren durchaus höflich, aber beide schienen über der festlichen, romantischen Atmosphäre des Hochzeitsempfangs zu stehen. Lucrezia war alles, was Pia nicht war – groß, gertenschlank, strahlend, mit dunklem, glattem Haar, vollen roten Lippen und einem Gespür für Stil, der eines Laufstegs würdig war. Der Typ Frau, den jede Moderedaktion unbedingt in ihrer Zeitschrift haben wollte.

Und Federico? Nun, seine bloße Anwesenheit hatte sie in höchstem Maße eingeschüchtert. Sein ruhiges, gelassenes Auftreten in Verbindung mit seinen blank geputzten Schuhen, dem maßgeschneiderten Smoking und der königlichen Schärpe hatte ihr an diesem Abend den Atem geraubt.

Und dann waren da noch diese unglaublichen Wangenknochen. Die energische, glattrasierte Kinnpartie, die nie auch nur den Anflug eines Bartschattens aufwies. Die dunkle, olivfarbene Haut, die sich unter den Fingerspitzen einer Frau himmlisch anfühlen musste.

Pia drückte das Schwangerschaftsbuch gegen ihr salbeigrünes Baumwoll-T-Shirt und wünschte, sie hätte daran gedacht, sich ein bisschen eleganter zu kleiden als mit Khakihose und Sandalen. Beim letzten Mal, als sie Federico begegnet war, hatte sie zumindest ein Designerkleid und hochhackige Schuhe getragen.

Der Prinz machte eine leichte Geste mit seiner rechten Hand und ein schlanker Mann, der in der Nähe stand, eilte herbei und ergriff die Tasche zu Pias Füßen. „Mir geht es gut, danke. Aber wenn Sie nichts dagegen haben, würde ich es vorziehen, mich auf Englisch zu unterhalten. Ich versuche, meine Sprachkenntnisse zu verbessern, und ich habe nicht oft die Gelegenheit, mit jemandem zu üben, der sowohl unsere Sprache als auch Englisch so gut beherrscht wie Sie. Sie waren lange in den Vereinigten Staaten, richtig?"

Sie unterdrückte einen Seufzer. „Ja, das stimmt, und Englisch ist in Ordnung."

Für eine zwanglose Konversation hätte sie allerdings Italienisch bevorzugt. Sie hatte sich wie ein junges Ding gefühlt und weniger reif als ihre zweiunddreißig Jahre, als der Prinz sie *Signorina* genannt hatte. Es war ein Ausdruck, der in San Rimini von der Generation ihrer Großeltern verwendet wurde. Abgesehen davon war der Prinz sowieso niemand, mit dem man sich zwanglos unterhielt.

„Wunderbar. Ich habe veranlasst, dass Ihr aufgegebenes Gepäck von der Fluggesellschaft direkt zum Palast gebracht wird. Jennifer erwartet Sie schon sehnsüchtig. Wenn Sie also so weit sind, mein Wagen steht bereit." Er deutete auf eine Reihe dicker Metalltüren in der Wand der Eingangshalle. Rechts davon sah Pia durch die raumhohen Fenster einen glänzenden schwarzen Mercedes auf dem Rollfeld neben dem Flugzeug stehen, aus dem sie gerade ausgestiegen war.

Sie nahm an, das war das Privileg, wenn man ein Prinz war. Kein Kampf um einen Parkplatz, keine endlosen Sicherheitskontrollen, kein Warten auf den Koffer neben hundert anderen müden Reisenden, die sich am Gepäckband drängelten, um eine günstige Position zu ergattern.

Die Menge teilte sich vor Federico, als er sie durch den

Wartebereich und die grauen Metalltüren führte. In der Sekunde, als die Füße des Prinzen die Treppe zur Rollbahn betraten, erwachte die Halle hinter ihnen wieder zum Leben. Die Reisenden fragten sich gegenseitig, ob der Mann, den sie gerade gesehen hatten, wirklich der Prinz war und ob jemand wüsste, wer die Frau war, die er abgeholt hatte.

Pia hielt sich am Geländer fest, als sie im Sonnenlicht die Treppe hinunterstieg, und zwang sich, nicht der Gruppe von Gaffenden zuzuhören, die sich an den Fenstern versammelt hatten. Sie wären enttäuscht, wenn sie die Wahrheit kennen würden. Pia war erleichtert, als sich die schweren Sicherheitstüren hinter ihr schlossen.

Sie blickte zu Federico auf, als der Fahrer ihr die hintere Tür öffnete, und sah dann, dass der Prinz ihr seine Hand hinhielt, um ihr auf den Rücksitz zu helfen.

„Oh. Danke." Fiel sie auf wie eine Gans unter Schwänen, oder was?

Sie legte ihre Hand in seine und war nicht überrascht, dass sein Griff fest und geübt war. Er musste sicher jeden Tag Frauen helfen, in schicke Autos einzusteigen. Sie zog den Kopf ein, betete, dass sie ihn sich nicht am Autodach stieß, und hoffte, dass er nicht merkte, wie nervös seine Anwesenheit – und erst recht seine Berührung – sie machten.

Nachdem sie sich auf den weichen Ledersitzen der Limousine angeschnallt hatten, stellte der Prinz ein paar freundliche Fragen darüber, wann sie das letzte Mal in San Rimini gewesen war, wie Jennifer und Antony ihrer Meinung nach das Baby nennen könnten und ob sie dächte, dass es ein Junge oder ein Mädchen würde. Jennifer und Antony hatten sich entschieden, es nicht vor der Geburt zu erfahren. Pia gelang es, ein paar höfliche Antworten zu geben, aber noch bevor sie das Flughafengelände verließen, versiegte das Gespräch. Er schien ganz zufrieden damit zu sein, stumm mitzufahren und gelegentlich aus dem Fenster auf seiner Seite des Wagens zu schauen. Je länger das Schweigen dauerte, desto angespannter wurde Pia.

Die Route zum Königspalast war malerisch und führte über die Strada il Teatro, die Hauptverkehrsstraße von San Rimini, die oberhalb der Nordküste der Adria verlief. Nachdem sie das renovierte Königliche Theater am östlichen Ende der Strada passiert hatten, fuhren sie die gewundenen, jahrhundertealten Kopfsteinpflasterstraßen hinauf auf einen breiten Hügel, wo La Rocca di Zaffiro, der berühmte Königspalast des Landes, die geschäftigen Casinos sowie die pittoresken Geschäfte und Häuser des winzigen europäischen Königreichs überblickte.

Pia lächelte in sich hinein und freute sich, dass sich seit ihrem letzten Besuch wenig verändert hatte. Sie erinnerte sich oft sehnsuchtsvoll an die azurblauen Wellen, die in der Bucht von San Rimini an den Strand plätscherten, die Lichter der Casinos an der Küste und den Glanz der noblen Hotels des Landes. Ihr lief das Wasser im Mund zusammen beim bloßen Gedanken an die reichhaltigen Desserts und die üppigen Gerichte mit Pasta und Meeresfrüchten, die San Rimini zu einem Mekka für Schlemmer machten. An den schwierigen Tagen, wenn die Arbeit in staubigen Lagern oder überhitzten Essenszelten in Kriegs- oder Seuchengebieten ihren Reiz verlor, ließen diese Tagträume von San Rimini ihre Seele zur Ruhe kommen. Seit sie mit neunzehn Jahren in die Vereinigten Staaten gegangen war, um dort zu studieren, hatte sie nicht mehr hier gelebt, aber es war ihre Heimat und sie genoss jeden Augenblick ihrer seltenen Besuche.

Oder das würde sie tun, wenn sie nicht Schulter an Schulter mit *Principe Perfetto* sitzen würde, der schweigsam blieb. Plötzlich kam ihr die kurze Fahrt wie eine Ewigkeit vor.

Aber hatte er nicht gesagt, er wolle sein Englisch verbessern? Vielleicht hatten ihn ihre einsilbigen Antworten auf seine Fragen abgeschreckt und er war zu diplomatisch, um sich das anmerken zu lassen.

Sie nahm all ihren Mut zusammen und versuchte, das Gespräch wieder in Gang zu bringen: „Wissen Sie, ich kann kaum glauben, dass Antony und Jennifer verheiratet sind, ganz zu schweigen davon, dass sie Eltern werden."

Der Prinz wandte sich vom Fenster ab und räusperte sich hörbar, sodass sie sich fragte, ob sie etwas Falsches gesagt hatte. Seine Antwort, die er in einem für das Thema viel zu ernsten Ton gab, beruhigte sie nicht gerade: „Sie sind recht glücklich."

Pia zwang sich, nicht auf dem Ledersitz zurückzuweichen. Sie wusste, dass sie ständig ins Fettnäpfchen trat, aber das hier bildete sie sich bestimmt bloß ein. Er konnte nicht so distanziert oder furchteinflößend sein, wie er ihr vorkam. Er war doch auch nur ein Mensch, oder? Ein Titel machte ihn nicht zu etwas Besserem als sie. Außerdem hatte Jennifer Prinz Federico des Öfteren als sanftmütigen, freundlichen Mann beschrieben und königliche Klatschkolumnisten schwärmten davon, wie sehr er an seinen beiden kleinen Söhnen hing.

Während diese Berichterstatter keine zuverlässige Informationsquelle darstellten, war Jennifer niemand, der falsches Lob aussprach.

Vielleicht, überlegte Pia, hatte sie seine Unnahbarkeit bei der Hochzeit einfach falsch verstanden. Das war durchaus möglich, denn sie waren einander erst spät am Abend vorgestellt worden, nachdem Prinz Federico den ganzen Tag damit beschäftigt gewesen war, seinem Bruder bei verschiedenen Gelegenheiten zu helfen. Und vielleicht hatte der Verlust seiner eigenen Ehefrau kurz nach dieser Hochzeit ihn verändert und ihn misstrauisch gegenüber Junggesellinnen gemacht – die wahrscheinlich meistens versuchten, ihn in eine Liebesbeziehung zu locken.

Wenn sie einen attraktiven, perfekten Mann geheiratet hätte und diesen dann früh durch ein Aneurysma verloren und sich plötzlich als junge, alleinerziehende Mutter und als Zielscheibe von Mitgiftjägern wiedergefunden hätte, wäre sie auch etwas zurückhaltend.

„Oh, ich bezweifle nicht, dass sie glücklich sind, Hoheit." Sie schob eine blonde Locke aus ihrem Gesicht, dankbar, dass die Luftfeuchtigkeit an der Adria ihr Haar nicht noch schlimmer aussehen lassen konnte, als es nach dem langen Flug von Washington, D.C., ohnehin schon aussah, und doppelt dankbar dafür, dass sie diesmal daran gedacht hatte, *Hoheit* hinzuzufügen, als sie ihn ansprach. „Ich meinte nur, dass es mir schwerfällt, mir vorzustellen, dass Jennifer bald Mutter wird. Sie müssen verstehen, während der Zeit, in der ich mit ihr im Haffali-Flüchtlingslager arbeitete, habe ich gesehen, wie sie Latrinen gegraben, die Böden von Essenszelten geschrubbt und in Arbeitsstiefeln und mit Wasserkrügen in jeder Hand Hügel erklommen hat. Sie ist widerstandsfähig und die Menschen in ihrem Leben liegen ihr am Herzen. Ich bin sicher, Sie haben genug Zeit mit ihr verbracht, um das zu erkennen. Aber das lässt sich nicht unbedingt mit Plüschhasen und Kinderliedern in Einklang bringen. Mehr wollte ich damit nicht sagen."

Federico strich die Vorderseite seines Jacketts glatt und nickte. „Ich verstehe. Dann bin ich froh, dass Jennifer eine Person mit mütterlichen Instinkten gefunden hat, die in den nächsten Wochen vor der Geburt des Babys bei ihr bleibt. Ich wollte nicht, dass sie allein ist."

Seine Miene war undurchdringlich, seinen Worten fehlte jeder Anflug von Sarkasmus. Sein Gefühl für das, was schicklich war, würde dies auch nicht zulassen. Aber wenn er wüsste, wie wenig Mutterinstinkte sie hatte, würde er seine Worte zurücknehmen. Nach der miserablen Leistung ihrer eigenen Mutter bei ihrer Erziehung – oder genauer gesagt, bei ihrer Nichterziehung – wollte Pia keinesfalls die Mutterrolle für jemanden spielen. Jennifer würde hundertmal besser im Bemuttern sein als sie.

„Der Palast verfügt über eine große Anzahl von Angestellten. Und Sie sind dort, also ist sie nicht wirklich allein. Ich weiß, dass sie großen Respekt vor Ihnen hat und vor der Art, wie Sie Ihre Söhne großziehen." Soweit Pia wusste, reiste Federico nicht so oft wie seine Geschwister, sondern blieb mit Rücksicht auf die Jungen lieber in der Nähe des Palastes.

„Was Sie über die Anwesenheit anderer sagen, ist wahr, aber ich glaube, Jennifer würde die Gesellschaft einer Frau vorziehen. Jemand, der sie versteht und ihr hilft, den Mut nicht fallen zu lassen." Er bewegte sich auf seinem Sitz, als wäre ihm unbehaglich. „Heißt es so auf Englisch?"

„Sehr nahe dran. Ich glaube, Sie meinen *den Mut nicht sinken zu lassen*."

„Ja. Das ist es. Vielleicht wünscht sie sich auch, dass eine Freundin sie ins Krankenhaus begleitet, falls die Wehen einsetzen, bevor Antony zurückkommt."

Pia versuchte zu ignorieren, was er über das Krankenhaus gesagt hatte, und auch die Tatsache, dass sein Knie nun ihres berührte, was ihre Hormone unweigerlich auf Hochtouren brachte. Sie riss sich zusammen und fuhr fort: „Ich bin überrascht, dass Sie Ihren Bruder nicht gedrängt haben, zu Hause bei ihr zu bleiben."

Eine senkrechte Falte erschien zwischen seinen dunklen Augenbrauen. „Manchmal muss man in Machtpositionen Opfer bringen, Signorina Renati. Die Bevölkerung erwartet, dass wir unsere Pflicht erfüllen. Diese muss Vorrang vor allen persönlichen Wünschen haben. Jeder, der zum königlichen Haushalt gehört, lernt, dass auch er dieser Pflicht nachzukommen hat. Und vor allem müssen sämtliche", er schien nach dem richtigen Wort zu suchen, „privaten Angelegenheiten des Palastes vertraulich behandelt werden."

Aha. Das war also die eigentliche Sorge des Prinzen. Jennifer hatte während des Telefonats betont, dass ihre Bettruhe aus den

Zeitungen herausgehalten wurde, zumindest vorerst. Prinz Antony war in Israel als einer von drei unparteiischen Vermittlern, die versuchten, ein neues Gebietsabkommen auszuhandeln. Jennifer wollte nicht, dass die Öffentlichkeit schlecht von ihm dachte, weil er nicht zu Hause bei ihr war, oder dass die Delegierten befürchteten, Antony könnte mitten während der Gespräche abreisen. Der Kronprinz wäre nur zu gern in den letzten sechs Wochen der Schwangerschaft an der Seite seiner Frau gewesen, doch Jennifer und Antony wussten auch, dass Millionen Menschen auf seine Besonnenheit bei den Gesprächen zählten.

Und Federico hatte offenbar Zweifel, ob Pia diskret genug sein würde.

Sie kämpfte ihren Unmut nieder. Gerade sie verstand die Notwendigkeit, den Frieden zu bewahren, was durch die Gespräche hoffentlich erreicht werden würde. Sie hatte mehr als genug Zeit ihres Lebens damit verbracht, gegen die desaströsen physischen und emotionalen Verheerungen anzukämpfen, die politische Zusammenstöße anrichten konnten. Andererseits war sie nie der Meinung gewesen, man könnte Kinder großziehen und gleichzeitig die Welt retten. Obwohl Pia ihre Bedenken vor Jennifer nicht geäußert hatte, fragte sie sich, wie die beiden sowohl ihre öffentliche Rolle als Mitglieder einer engagierten königlichen Familie als auch ihre private Rolle als Eltern bewältigen würden.

Der Mercedes kam kurz vor dem hinteren Tor des Palastes zum Stehen und fuhr weiter, nachdem sich die Wachen von der Identität der Insassen überzeugt hatten. Pia lehnte sich so weit nach vorne, wie es ihr Sicherheitsgurt zuließ, und nahm den Anblick des königlichen Rosengartens und dahinter der beeindruckenden rückwärtigen Fassade des Palastes in sich auf. Durch das offene Schiebedach konnte sie irgendwo in der Nähe das Lachen von Kindern hören, die das spätsommerliche Wetter und die warme Brise, die von der Adria herüberwehte, genossen, und sie fragte sich, ob das vergnügte Geschrei von Federicos beiden Söhnen kam.

Sie lehnte sich in ihrem Sitz zurück und widerstand dem Drang, aus dem Fenster zu schauen, um die Quelle des fröhlichen Lärms zu identifizieren. „Hoheit, Sie brauchen mich nicht *Signorina* zu nennen. Mir ist klar, dass diese Anrede gelegentlich noch verwendet wird, aber sie vermittelt mir das Gefühl ... nun, ich bin solche Förmlichkeit nicht gewöhnt. Davon abgesehen, verstehe ich vollkommen die Notwendigkeit für Diskretion. Bitte machen Sie sich darüber keine Sorgen. Aber sagen Sie mir, wenn Sie in Antonys Lage wären, würden Sie fortbleiben und verhandeln oder nach Hause kommen, um bei Ihrer Familie zu sein?"

Federico schaute aus dem Fenster, als ob auch er das Lachen der Kinder gehört hätte. „Ich bin nicht in Antonys Lage. Er ist der Kronprinz und wird eines Tages dieses Land führen. Seine Verpflichtungen unterscheiden sich von meinen."

„Aber wenn Sie es wären?"

„Ich würde dasselbe tun wie Antony. Es ist notwendig für das Wohl aller." Federico richtete sich im Sitz auf und zog sein Knie von ihrem weg, während er weitersprach: „Im Moment respektieren die Delegierten auf allen Seiten des Verhandlungstisches meinen Bruder und die Arbeit, die er leistet. Das ist etwas Ungewöhnliches und könnte den Prozess zum Nutzen vieler, auch der Bürger von San Rimini, vorantreiben. Jennifer versteht das. Und auch das Kind von Antony und Jennifer wird das eines Tages verstehen."

Er sprach mit solcher Überzeugungskraft, dass Pia ihm zustimmte – größtenteils. Sie konnte nicht anders, als zu bewundern, wie er seinen älteren Bruder verteidigte. Federicos elegantes Auftreten und seine ausdrucksvollen Augen zogen sie in ihren Bann und immer, wenn er sprach, umspielte ein feines Lächeln seine Lippen, als ob er glaubte, er könnte sie nur mit einem Blick von seinen Argumenten überzeugen.

In Anbetracht des Kontrasts zwischen seinen unglaublichen himmelblauen Augen und seiner olivfarbenen Haut funktionierte das wahrscheinlich in neun von zehn Fällen.

Sie lächelte. „Ich verstehe die Zusammenhänge, Hoheit, und ich bewundere Antonys und Jennifers Pflichtbewusstsein. Und natürlich die Unterstützung, die Sie ihnen geben. Aber meinen Sie nicht auch, dass alle, die Eltern werden –"

Das Knirschen von Kies unter den Rädern der Limousine und das Herannahen einer älteren Frau in einem gerade geschnittenen Wollrock boten dem Prinzen die Gelegenheit, sie zu unterbrechen.

„Entschuldigen Sie, Miss Renati, das ist Harriet Hunt. Sie ist Prinz Antonys persönliche Assistentin und kümmert sich um Antonys und Jennifers Terminpläne. Wenn Sie während Ihres Aufenthalts im Palast irgendetwas benötigen, wird Mrs. Hunt Ihnen sicherlich weiterhelfen können."

Der Fahrer hielt am Fuße der Palasttreppe, wo die Assistentin wartete, dann stieg er aus und ging zum hinteren Teil des Fahrzeugs, um Pia und Federico den Wagenschlag zu öffnen. Der Prinz reichte ihr noch einmal die Hand, um ihr aus dem Auto zu helfen. Sie dankte ihm mit einem Lächeln und erinnerte sich daran, dass sie sich nicht an solch eine noble Behandlung gewöhnen durfte. Sie trug Trekkinghosen und Wanderschuhe, keine Armani-Kleider und Jimmy-Choo-Pumps.

Nach der Vorstellung richtete Federico seine Aufmerksamkeit wieder auf Pia und nickte ihr kurz zu. „Ich lasse Sie in guten Händen zurück. Und noch einmal, ich schätze sowohl Ihre Hilfsbereitschaft als auch Ihre Diskretion in dieser Angelegenheit, ebenso wie mein Vater, König Eduardo."

Das war's also. Eine königliche Ermahnung, den Mund zu halten, und ein Abschiedsgruß. Pia sah ihm zu, wie er die breite

Treppe zum Palast hinaufstieg, wobei er zwei Stufen auf einmal nahm und dabei seine aufrechte, korrekte Haltung und sportliche Eleganz beibehielt.

Erstaunlich.

Sie hatte ein so persönliches Thema berührt, dass die meisten nicht wagen würden, es gegenüber einem Mitglied der königlichen Familie anzusprechen, und doch schien es an ihm abzuperlen, als hätte sie nichts Strittigeres als das Wetter erwähnt. Sie vermutete, dass die Notwendigkeit, seine Gefühle zu verbergen, Teil seiner Erziehung war.

Hätte sie nur halb so viel Sinn für gutes Benehmen wie er, hätte sie nicht nachgehakt, aber sie musste seine Antwort hören und sich vergewissern, dass ihm seine Söhne wichtiger waren als seine Arbeit. Dass er tatsächlich neben seiner Pflichterfüllung auch Gefühle hatte und dass die Kinder, deren Lachen sie auf dem Weg ins Palastgelände gehört hatte, ihr munteres Treiben fortsetzen würden, wenn sie ihren Vater sahen. Dass sie wussten, sie waren mehr als nur ein Erbe und dessen Ersatz, die als königliche Platzhalter fungierten, bis Antony und Jennifer Eltern wurden.

Sie hoffte, sie wussten, dass er sie mehr als alles auf der Welt liebte.

„Miss Renati, wie schön, Sie wiederzusehen", unterbrach die Assistentin Pias Gedanken. Ihr markanter britischer Akzent schien in San Rimini fehl am Platz. „Wir sind uns kurz vor Prinz Antonys Hochzeit begegnet. Sie haben mir geholfen, die Floristen in der Kathedrale anzuweisen, als sie zur gleichen Zeit wie die niederländische Königsfamilie eintrafen."

Pia riss ihren Blick von Federicos Rücken los und lächelte Harriet an, deren Tüchtigkeit sie zu einer geschätzten Angestellten von Antony und Jennifer gemacht hatte. „Wie nett, dass Sie sich daran erinnern. Und bitte, nennen Sie mich Pia. Das Verhalten Seiner Hoheit auf der Fahrt hierher war förmlich genug."

„Ich verstehe. Federico hält sich noch mehr an die Etikette als sein Vater." Ihr Ton war professionell, doch ihre Augen verrieten Belustigung. Während sie darauf warteten, dass der Fahrer Pias Tasche brachte, fügte Harriet hinzu: „Ich habe begonnen, Amerikaner und Amerikanerinnen, die durch unsere Tür kommen, besonders im Auge zu behalten. Sie neigen dazu, in die Familie diTalora einzuheiraten."

„Das habe ich auch schon gehört." Amanda Hutton war Jennifers Trauzeugin gewesen und nach der Hochzeit als eine Art diplomatische Angestellte im Palast geblieben. Pia kannte Amanda nicht gut, doch sie wusste, dass Prinz Marco, der jüngste und ungestümste der vier diTalora-Geschwister, Amanda bald darauf einen Heiratsantrag gemacht hatte. Und Prinzessin Isabella hatte erst letzten Monat einen Amerikaner geheiratet.

„Zum Glück wird das mit mir nicht passieren", versprach Pia. „Ich klinge zwar amerikanisch, stamme aber aus San Rimini und bin nur hier, um einer schwangeren Freundin zu helfen."

Doch als Harriet sie durch die Doppeltüren auf der Rückseite des Palastes und dann durch einen mit Spiegeln und Kunstwerken ausgestatteten Korridor nach dem anderen führte, musste Pia wieder an Prinz Federico denken. An den glatten Baumwollstoff seines gestärkten Hemdes, die breiten Schultern, den energischen Zug um seinen Mund, als er Antony und Jennifer in Schutz nahm.

Als sie an einem Porträt vorbeikamen, das Federico lachend mit seinem Vater bei einer Staatsparade zeigte, kam Pia zu dem Schluss, dass es sich lohnen könnte, den Prinzen näher kennenzulernen, wenn er sich dazu durchringen würde, ein wenig lockerer zu sein und sich nicht so zu verhalten, als folge sein Leben einem sorgfältig ausgearbeiteten Skript. Vielleicht, nur vielleicht, hatten die Frauen, die über Fotos von *Principe Perfetto* in der Boulevardpresse aus dem Häuschen gerieten, nicht ganz unrecht.

Pias Hand wanderte bei diesem Gedanken sofort zu ihrem Magen. Wie kam sie nur auf diese Idee? So kühn war sie nicht – sie hatte kaum die Fassung bewahren können, als ihr der Mann auf den Rücksitz eines Wagens half.

Okay. Es war lange, lange her, dass sie in einer Beziehung gewesen war. Ihr Job ließ ihr in dieser Hinsicht nicht viel Spielraum und die Arbeit bedeutete ihr alles. Was brachte es also, wenn Prinz Federico Selbstvertrauen ausstrahlte und mit seiner ruhigen Eleganz alle Aufmerksamkeit auf sich zog? Er hielt eindeutig nichts von ihr und sie hatte auch nicht vor, diesen Mann mit einem zweiten Blick zu bedenken, was sie genau dahin bringen würde, wo Jennifer jetzt war.

So beneidenswert die meisten Jennifers Situation auch finden mochten, Pia hatte nicht die Absicht, jemals eines dieser Bücher mit geblümtem Einband für sich selbst zu benötigen.

WARUM HATTE er ihr einen zweiten Blick geschenkt?

Federico diTalora starrte aus dem Fenster oberhalb der Treppe zu dem Flügel, in dem sich die Privaträume seiner Familie befanden. Von hier aus konnte er sehen, wie Harriet auf der Außentreppe stand und sich mit Pia Renati unterhielt, während der Fahrer die abgenutzte Reisetasche der blonden jungen Frau aus dem Kofferraum des Mercedes holte.

Sie wirkte ein wenig ungepflegt. Kurze, ungebändigte Locken. Offene Sandalen – etwas, was sich niemals in seiner Garderobe finden würde. Kleidung, die ... wie hieß das noch gleich? Hippie waren? Nein, sie war kein Hippiemädchen, nicht so wie er den Ausdruck verstand. Aber sie war nahe daran.

Bodenständig. Authentisch.

Sie beunruhigte ihn. Als sie bei Jennifers und Antonys Hochzeit vor fast achtzehn Monaten vor ihm davongehuscht war, hatte er sich gefragt, ob die vornehme Gesellschaft sie verunsicherte. Diese Reaktion war ihm mehr als einmal begegnet. Die Medien ließen ihn und andere Mitglieder der königlichen Familie großartiger erscheinen, als sie in Wirklichkeit waren. Unantastbar. Perfekt.

Wie sehr er dieses Wort hasste: *perfekt*. Lucrezias Tod hatte ihn gelehrt, dass er alles andere war als das.

In Anbetracht ihrer Herkunft sollte Pia eigentlich wissen, dass der Adel Fehler machte. Sie mochte eine Bürgerliche sein, aber wenn er sich recht erinnerte, war Visconte Angelo Renati – ein Freund von Antony – ihr Cousin ersten Grades. Angelo, mit seinem Ruf als Frauenheld, brauchte nie zu befürchten, dass die Boulevardpresse ihn als perfekt bezeichnete. Und wenn nicht Angelo, dann hätte Pias Mutter ihr sicherlich einiges über den Adel beibringen können, da die europäische Oberschicht den Großteil von Sabrina Renatis Klientel ausmachte. Das legte nahe, dass Pias merkwürdiges Verhalten ihm gegenüber etwas anderes zu bedeuten hatte.

Er vermutete eher, dass Pia in der Gegenwart von Mitgliedern der königlichen Familie nicht scheu war, sondern ihn angesehen, seine perfekte äußere Erscheinung durchschaut und ihn für unwürdig befunden hatte.

Federico zog den schweren Vorhang so zurecht, dass er besser beobachten konnte, wie Pia Harriet die hintere Treppe hinauf in den Palast folgte. Als die Frauen außer Sichtweite waren, ließ er den Samtvorhang fallen und wandte sich vom Fenster ab. Er sollte an seine Söhne denken und an die Probleme, die er mit ihrem Kindermädchen hatte – dem dritten seit dem Tod ihrer Mutter. Aber er ertappte sich dabei, dass er lieber das Gespräch mit Pia wiederaufnehmen würde.

Er wusste, dass er seine Pflicht über die Liebe gestellt hatte, als er Lucrezia heiratete. Sie verkehrten seit ihrer Kindheit in denselben Kreisen, verstanden sich, wussten, was es bedeutete, zur königlichen Familie zu gehören, und dass Prinzen sich gut verheiraten und Erben zeugen mussten. Sie waren nicht verliebt gewesen, aber das hatte sie nie gestört.

Zumindest hatte es ihn nicht gestört, bis sie gestorben war und ihm bewusst wurde, welchen Unterschied die Liebe im Leben seiner beiden Brüder und seiner Schwester machte.

Lucrezia starb, nur zwei Wochen nachdem sie Zeuge geworden waren, wie Antony und Jennifer glückstrahlend ihre Ehegelübde gesprochen hatten. Seitdem hatte Federico sich gefragt, ob seine Entscheidung, der Pflicht zu gehorchen und jemanden aus dem Adel von San Rimini zu heiraten, Lucrezia um einen liebevollen Ehemann betrogen hatte, einen wie Antony es für Jennifer war. Als er gegenüber Marco – dem jüngsten seiner Geschwister – seine Zweifel geäußert hatte, schwor Marco Stein und Bein, dass Lucrezia mit offenen Augen in die Ehe gegangen war, dass Federico sich kein bisschen schuldig fühlen musste und dass er sie nicht betrogen hatte. Federico und Lucrezia, so hatte Marco betont, hatten ihren Entschluss gefasst und Antony und Jennifer ihren. Beziehungen seien so einzigartig wie die beteiligten Personen und dürften nicht miteinander verglichen werden.

Federico hatte genickt, nicht weil er zustimmte, sondern um das Gespräch zu beenden. Lucrezia war intelligent, schön und wortgewandt gewesen. Dutzende von Männern hätten sie aus Liebe geheiratet und das hätte sie auch verdient. Eine romantische, leidenschaftliche Liebe war nicht dasselbe wie eine Liebe, die aus Respekt und Vertrautheit erwuchs.

Er hatte sie nicht genug geliebt, um sie zu heiraten. Er hatte es in Lucrezias Augen gelesen, als sie beide zusahen, wie Antony auf der Hochzeitsfeier mit Jennifer tanzte.

Er wollte verdammt sein, wenn er seine Kinder betrügen würde, weil er sie nicht von ganzem Herzen liebte.

Federico ging den Hauptkorridor des zweiten Stocks entlang und bog dann in einen anderen, schmaleren Gang ein, der zu seiner Privatwohnung führte. Die Sache mit den

Kindermädchen beunruhigte ihn. Waren die Frauen, die er eingestellt hatte, eine Enttäuschung gewesen, weil er sich nicht ausreichend über sie informiert hatte? Hatte er nicht genügend Zeit mit seinen Söhnen verbracht, um ihre Bedürfnisse zu kennen?

Er glaubte nicht, dass dies zutraf. Paolo und Arturo waren aufgeweckte, liebenswerte Kinder und er genoss es, bei ihrem Musikunterricht dabei zu sein oder mit ihnen Ausflüge in die örtlichen Parks und Museen zu unternehmen. An Tagen, an denen er sich fragte, ob es in seinem Leben noch etwas anderes gab als seine öffentlichen Pflichten, wurde ihm bei dem Geplänkel der Jungen leichter ums Herz.

Aber Pias Worte – Worte, die ihm gegenüber sonst niemand auszusprechen gewagt hatte – machten ihn stutzig.

Nein, schalt er sich selbst, er fühlte sich nur schuldig, weil Pia Renati sich frei äußerte, was er nicht gewöhnt war. Die Blondine war wie keine andere Frau, der er je begegnet war, aber das bedeutete nicht, dass sie recht hatte.

Ein Schmerzensschrei, der nur von Arturo, seinem siebenjährigen Sohn, stammen konnte, ließ Federico wie angewurzelt stehen bleiben. Er warf einen Blick aus dem nächstgelegenen Fenster, hörte dann einen weiteren Schrei und erkannte, dass das Geräusch aus seinen Räumlichkeiten kam. Obwohl Arturo sich ständig verletzte – wie jeder Junge, der sich dem reifen Alter von acht Jahren näherte –, beschleunigte Federico seine Schritte, sodass er den Korridor mit dem Marmorboden eher entlangjoggte, als dass er ging. Als er den Wachmann erreichte, der in der Nähe des Eingangs zu seiner Privatwohnung postiert war, hörte Federico auch den kleinen Paolo weinen und die schrille Stimme des frustrierten Kindermädchens, das sie bat, still zu sein.

„Hoheit." Der Wächter nickte grüßend und ließ dann seinen Blick zur Tür des Wohnbereichs schweifen.

„Was ist passiert?"

Der Wächter zuckte die Schultern. „Ich weiß es nicht, aber ich nehme an, nichts Ernstes. Signorina Fennini ist drinnen."

Federico bedankte sich, betrat die Wohnung und ging direkt zum Spielzimmer der Jungen. Das Kindermädchen wusste, dass in einer ernsten Situation der Wachmann gerufen werden sollte. Dies war schon einmal notwendig gewesen.

Als Federico die Tür zum Spielzimmer aufstieß, erwartete ihn Chaos.

KAPITEL 2

„PAPA! Mach, dass er mich loslässt!", rief Arturo, als er Federico im Türrahmen bemerkte.

Arturos Arm steckte in einer wertvollen alten Keramikvase und der fünfjährige Paolo zog daran und versuchte, sie abzubekommen. Sein Gesicht war weiß vor Angst um seinen älteren Bruder. Arturo schrie Paolo erneut an, er solle aufhören, zu ziehen, da seine Hand sonst abfallen könnte, und er fügte hinzu: „Ich werde dich vollbluten!"

Hinter ihnen war das Kindermädchen, sie hielt ein Telefon an ihr Ohr und bedeutete den Jungen, sich zu beruhigen. Soweit Federico es mitbekam, rief sie den Palastarzt an und bat ihn um Hilfe. Wenigstens tat sie etwas Nützliches und plauderte nicht wieder mit ihren Freundinnen.

Federico ging zuerst zu Paolo. Der kleine Junge schaute seinen Vater unsicher an, aber Federico gelang es, ihn sanft von seinem älteren Bruder wegzuführen. Als Arturo ein ersticktes Schluchzen ausstieß, wandte sich der Prinz ihm zu. „Setz dich hin und leg deinen Arm auf den Boden. Halt ihn nicht in die Luft."

Arturo wurde augenblicklich still und ließ sich auf den

Knüpfteppich mit Autos und Flugzeugen plumpsen. Er flehte mit weit aufgerissenen Augen seinen Vater stumm um Hilfe an.

„Gut." Federico setzte sich neben Arturo, dann zog er Paolo auf sein Knie und bemühte sich, den kleinen Jungen zu beruhigen, während er mit den Fingern die Vase um Arturos Arm untersuchte. Sie schien nicht zu fest zu sitzen, aber er wollte nicht daran ziehen, denn Paolos Versuche hatten Arturo nur aufgeregt. „Kannst du deine Finger bewegen?"

Arturo nickte. „Aber ich kriege meine Hand nicht raus, Papa."

„Der Arzt deines Großvaters hat unten Dienst. Er wird herkommen und dir helfen. Du wirst tapfer sein und geduldig warten, ja?"

Der Junge straffte die Schultern und Federico zerzauste ihm das Haar. „Gut." Im Flüsterton fügte er hinzu: „Du wirst ein gutes Beispiel für deinen Bruder und deine zukünftigen Cousins und Cousinen abgeben, wenn du weiterhin so tapfer bist."

Das Kindermädchen beendete das Telefonat und eilte dann in die Mitte des Raumes, wo Federico mit den Jungen saß. Sie machte einen Knicks. „*Mi dispiace*, Hoheit. Ich habe den Arzt gerufen, er ist auf dem Weg. Arturo wollte die Vase zerbrechen, um seine Hand zu befreien, aber ich hielt das für keine gute Idee. Sie sieht teuer aus."

„Das tun wir nicht, wenn der Arzt seine Hand herausbekommt. Arturo könnte sich an den Scherben schneiden." Federico betrachtete die blassgrüne Vase und erkannte, dass es sich um ein Stück handelte, das seine verstorbene Mutter vor fast zwanzig Jahren auf einer Reise in die Türkei erworben hatte. Sie hatte einen großen sentimentalen Wert, aber er würde sie gerne für seinen Sohn opfern, wenn es nötig wäre.

Einen Moment später kam der Arzt und Arturo zeigte dem älteren Mann seinen Arm. „Mein Soldat ist hineingefallen, *dottore*", erklärte er und hielt seinen Arm mit der Vase hoch. „Ich wollte nicht darin stecken bleiben."

Der Arzt, der seit Federicos Kindertagen im Dienst der Familie stand, warf Arturo einen gespielt strafenden Blick zu. „Du solltest deine Finger nicht hineinstecken, wo sie nicht hingehören, Arturo. Aber das ist kein Problem. Dein Onkel Marco hat viel Schlimmeres angestellt, als er jung war."

Arturos Augen weiteten sich, während Paolo zu kichern begann.

„Hat er?", fragte Paolo. „Onkel Marco war *böse*?"

Als Federico sah, dass sich die Panik der Jungen gelegt hatte, ließ er Paolo los und trat zur Seite, damit der Arzt seinen Patienten untersuchen konnte. Er begegnete dem Blick des Kindermädchens und hob eine Augenbraue, um ihr zu signalisieren, dass sie ihm in die Ecke des Zimmers folgen sollte.

„Was ist passiert, Mona?", fragte er, sobald die Kinder ihn nicht mehr hören konnten.

Das Kindermädchen war schlau genug, um reuig dreinzuschauen. „Wir machten einen Spaziergang durch die Gärten, Hoheit, als Arturo auffiel, dass er seinen Soldaten verloren hatte. Wir gingen zurück zum Spielzimmer, um ihn zu suchen, und bevor ich merkte, was geschah, war er stehengeblieben und hatte seine Hand in die Vase gesteckt. Er sagte, sein Soldat wäre hineingefallen."

„Warum war er in der Nähe dieser Vase? Sie gehört auf ein Podest in der Nähe des Eingangs zum Wohnbereich meines Vaters. Das liegt nicht auf dem Weg zu den Gärten."

Röte breitete sich auf den Wangen der jungen Frau aus und sie begann, am Saum ihres grauen T-Shirts zu nesteln, das kurz genug war, um bei jeder Bewegung einen breiten Streifen Haut über ihrer engen schwarzen Hose zu enthüllen. Nicht zum ersten Mal wunderte er sich über den sogenannten exklusiven Kinderbetreuungsservice, der sie vermittelt hatte. Man hatte ihm gesagt, zum Training würden Instruktionen gehören, wie man sich für das Spielen im Freien kleidete und dabei immer noch ordentlich und gepflegt genug aussah, damit es für einen vornehmen Haushalt angemessen war. Selbst nachdem sie drei Monate mit seiner Familie verbracht hatte, schien Mona nicht zu begreifen, wie wichtig ein professionelles Erscheinungsbild für ihre Stelle war.

Legere Kleidung war in Ordnung. Bauchfreie Kleidung nicht.

Endlich ließ sie den Saum los. „Ich weiß es nicht, Hoheit."

„Sie wissen nicht, wie er in die Nähe von König Eduardos Wohnräume gekommen ist? Oder Sie wissen nicht, wo er die Vase gefunden hat?" Federico bemühte sich, seine Stimme nicht allzu scharf klingen zu lassen. Er verletzte die Gefühle der jungen Frau nur ungern, fragte sich aber, wie gut sie auf Arturo aufgepasste hatte. Es war nicht das erste Mal, dass Mona ihn aus den Augen verloren hatte, und es war einfach zu riskant, wenn der junge Prinz allein durch die Gänge des Palastes wanderte. Zu leicht könnte er in das Arbeitszimmer seines Vaters spazieren und eine wichtige Regierungssitzung unterbrechen oder die gesicherten Bereiche verlassen und sich draußen ausschließen.

Schlimmer noch, womöglich würde er auf eine der Touristengruppen treffen, die Zugang zu den öffentlichen Räumen hatten. Dann könnte alles Mögliche passieren: Man könnte ihn fotografieren, ihm persönliche Fragen über seine Familie stellen, ihn entführen oder Schlimmeres.

Viel Schlimmeres.

„Ich weiß beides nicht, Hoheit", antwortete Mona und in ihrer Stimme schwang Nervosität mit. „Ich habe Paolo getragen, weil er vom Laufen draußen müde war. Arturo war direkt hinter mir, aber als ich mich umdrehte, um ihn etwas zu fragen, war er verschwunden. Ich dachte, irgendetwas hätte ihn abgelenkt und er hätte einen anderen Weg zum Spielzimmer genommen, aber als ich bei Ihrem Wohnbereich ankam, sagte der Wachmann, er habe ihn nicht gesehen."

Eine Welle der Besorgnis brachte Federicos Magen in Aufruhr. „Und Sie haben nicht das Personal alarmiert? Oder mich angerufen?"

„Kurz nachdem ich mit dem Wachmann gesprochen hatte, kam Arturo um die Ecke und seine Hand steckte in der Vase." Ihr ganzes Gesicht war nun rot angelaufen und ihre Augen füllten sich mit Tränen. „Ich bitte um Entschuldigung. Ich weiß, ich hätte früher anrufen sollen, aber ich dachte, ich bringe ihn erst mal in die Wohnräume und versuche, seinen Arm von der Vase zu befreien. Ich verspreche, es wird nicht wieder vorkommen."

Federico drängte seinen Frust zurück und versuchte, zu berücksichtigen, dass das Kindermädchen neu im Palast und selbst erst neunzehn Jahre alt war. „In Ordnung, Mona. Aber bitte behalten Sie die Jungen in Zukunft immer im Auge. Sie sind ihre wichtigste Beschützerin, wenn ich nicht da bin. Nicht jeder hat lautere Absichten, wenn es um meine Kinder geht. Sollte es mehr solcher Vorfälle geben, werden wir Ihre Anstellung hier noch einmal überdenken."

Mona nickte. „Ja, Hoheit."

„Danke." Sein Ton wurde freundlicher und er fügte hinzu: „Ich weiß es zu schätzen, dass Sie sich bemühen. Wenn ich etwas tun kann, um Ihnen die Arbeit zu erleichtern, lassen Sie es mich wissen."

Sie erwiderte, dass sie das tun würde, und in dem Moment stießen beide Jungen einen Schrei aus. Der Arzt hielt die Vase hoch. „Siehst du, Arturo? Du musstest den Soldaten nur loslassen, wenn du deinen Arm freihaben wolltest."

Federico fuhr sich mit der Hand übers Gesicht, eine Mischung aus Erleichterung und Verärgerung durchlief ihn. Arturo hatte den Soldaten festgehalten? Wie konnte das Kindermädchen das nicht merken?

Wie konnte *er* das nicht merken? Was für ein Vater war er?

Arturo rieb sich langsam die gerötete Hand, bis die Haut wieder eine gesunde Farbe annahm, und sah dann zum Arzt auf. „Wie bekomme ich meinen Soldaten zurück? Ich kann ihn doch nicht da drinlassen!"

Der Arzt drehte die Vase auf den Kopf und schüttelte sie einige Male, bis der Soldat in Arturos Hand fiel. „Genau so. Ihr beiden Jungen seid jetzt vorsichtiger, ja?"

Sie nickten, darauf bedacht, sich vor ihrem Vater zu benehmen, wenn schon nicht vor dem Kindermädchen. „Ja, *dottore.*"

Der Arzt warf einen letzten Blick auf Arturos Hand, um sich zu vergewissern, dass der Junge keine Verletzung davongetragen hatte, lächelte dann Federico zu und verabschiedete sich.

Federico hockte sich vor die Jungen. Er mochte es verpatzt haben, Arturos Hand zu befreien, aber er wollte den ernsteren Aspekt des Vasenvorfalls nicht unerwähnt lassen. „Paolo, Arturo. Wie lauten meine Anweisungen an euch?"

„Hört auf Signorina Fennini", sagten sie wie aus einem Mund.

„Und?"

„Bleibt. In. Ihrer. Nähe."

„Richtig." Federico richtete seinen Blick auf Arturo. „Du hast nicht gehorcht, stimmt's?"

„Ja, Papa." Der kleine Junge hob seine dunkelbraunen Augen, um Federico anzusehen, und schloss den Soldaten in seiner Faust ein, als hätte er Angst, sein Vater könnte ihm diesen wegnehmen. „Ich verspreche, es nie wieder zu tun. Versprochen!"

„Dann nehme ich dich beim Wort." Er umarmte die beiden Jungen und wandte sich danach an Mona. „Ich muss heute Abend an einem Benefizdinner für die Universität von San Rimini teilnehmen. Wenn Sie etwas brauchen, ich nehme mein Handy mit."

„Ich werde dafür sorgen, dass Arturo brav ist", versicherte ihm Paolo.

„Du bist nur für dich selbst verantwortlich, Paolo. Dein Bruder wird von sich aus brav sein. Er hat es versprochen." Federico ging zur Tür des Spielzimmers, blieb auf dem Weg kurz stehen, um einen Bücherstapel zu richten, und drehte sich dann auf der Schwelle um, um seinen Söhnen ein letztes Mal zuzuwinken.

Arturo ließ seinen Soldaten gefährlich nah am Rand einer Lampe neben dem Schaukelstuhl balancieren; er hatte den Vater bereits vergessen, während er so tat, als würde der Soldat gleich aus einem Flugzeug springen. Paolo spielte mit und rannte zur riesigen Spielzeugkiste, um etwas zu suchen, womit er den Soldaten von der Lampe stoßen konnte. Das Kindermädchen half ihm.

Federico schüttelte den Kopf, denn er wusste, dass die Lampe am Ende des Abends wahrscheinlich kaputt sein würde. Als er die Tür hinter sich schloss, schwand seine Lust, an dem Dinner teilzunehmen. Er wünschte sich sehnlichst, er könnte das Kindermädchen nach Hause schicken und den Abend selbst mit seinen Söhnen verbringen.

Pia Renati hatte zu hundert Prozent recht gehabt: Er verbrachte viel mehr Zeit damit, sich um seine Pflichten zu kümmern als um seine eigenen Kinder.

Als er den Hauptkorridor betrat, holte ihn seine persönliche Assistentin ein. Ohne Vorrede begann Teodora, die Liste der Veranstaltungen aufzuzählen, an denen er in den nächsten Tagen teilnehmen sollte. Federico hörte nur halb zu. Er konnte sich Pias Fragen vorstellen, wenn sie Teodoras Beschreibung seines bevorstehenden Treffens mit dem Vorsitzenden der nationalen Fischereivereinigung hören würde. Oder die Rede, die er bei der Einweihung eines neuen Regierungsgebäudes halten wollte.

Federico überlegte, ob die freimütige, blond gelockte junge

Frau ihm so einfach eine Lösung für sein Dilemma vorschlagen könnte, wie sie es auf den Punkt gebracht hatte.

Er bezweifelte es.

„ICH BIN seit zwei Wochen hier und immer noch nicht überzeugt, dass du mich brauchst", brummelte Pia an Jennifer gewandt, während sie sich eine Flasche Wasser aus einem kleinen Kühlschrank holte, der geschickt in einem schönen alten Schrank verborgen war. „Ich schwöre, hier sind mehr Leute als im Weißen Haus und in der Downing Street 10 zusammen."

„Es leben auch mehr Royals hier, die einen vollen Terminkalender haben. Der Nachteil einer großen Familie ist, dass man mehr Personal braucht, mehr Schutz, mehr von allem, was dir einfällt." Jennifer, die mit ihrem feuerroten Haar und ihrer zarten, elfenbeinfarbenen Haut selbst im neunten Monat ihrer Schwangerschaft wie eine Schönheitskönigin aussah, stöhnte nicht ganz so schön auf und wackelte mit den Zehen.

„Aber niemanden, der das Kissen der Prinzessin aufschüttelt?", neckte Pia sie. „Du Arme."

Jennifer betrachtete ihre Füße, die sie auf einem Kissen hochgelagert hatte. „Ha, ha. Trotz der ganzen Bediensteten bist du immer noch die einzige Person, bei der ich über meine angeschwollenen Knöchel jammern kann. Oder über die Tatsache, dass ich schon ewig in diesem Zimmer eingesperrt bin. Mit dir fühle ich mich genauso wohl, wie wenn ich allein bin."

„Ich bin mir nicht sicher, ob das ein Kompliment ist."

Pia schraubte den Deckel der Wasserflasche ab. Als sie hochsah, bemerkte sie, dass die Freundin sie anschaute. „Es *ist* ein Kompliment", sagte Jennifer mit Nachdruck. „Ich habe nicht das Gefühl, dass meine Privatsphäre verletzt wird, wenn du hier bist. Ich verbringe Zeit mit einer Freundin. Und das Beste ist, dass du nicht durch den Raum schleichst, als hieltest du mich für eine Berühmtheit, die du nicht ansprechen oder direkt ansehen darfst. Man muss sich an einiges gewöhnen, wenn man in diese Familie hineinkommt."

Jennifer beugte sich auf dem Bett nach vorne, um das Kissen so zu richten, dass ihre Füße höher gelagert wurden, hörte aber auf, als Pia ihr die Wasserflasche reichte und sich darum kümmerte.

Antony war seit Pias Ankunft ein paar Mal kurz zu Hause gewesen, hatte aber nie länger als eine Nacht dort verbringen können. Er hatte Pia ebenfalls dafür gedankt, dass sie blieb, und ihr gesagt, wie sehr es ihn beruhigte, dass Jennifer jemanden bei sich hatte, bei dem sie sich rundum wohlfühlen konnte. Trotzdem hatte Pia nicht das Gefühl, dass sie viel tat. Es war sicher kein Vergleich zu ihrem üblichen Arbeitspensum, das sie rund um die Uhr auf Trab hielt.

Sie deutete auf das schicke Bettzeug. „Es ist nicht wie Haffali, nicht wahr, Jen? Ich meine, deine Nägel sind gemacht, dein Haar sieht perfekt aus, und geschwollene Knöchel hin oder her, du siehst aus wie eine Frau, die eine diamantene Tiara tragen kann. Niemand käme auf die Idee, dass du mal ein Flüchtlingslager mitten in einem Kriegsgebiet geleitet hast."

Jennifer lachte halbherzig. „Nein, wahrscheinlich nicht. Ich vermisse den Teil mit dem Kriegsgebiet nicht, aber ich vermisse es, Menschen zu helfen. So ans Bett gefesselt kann ich nicht einmal an Wohltätigkeitsveranstaltungen teilnehmen. Ich fühle mich völlig nutzlos."

„Ich denke, du solltest dich jetzt auf dich und dein Baby konzentrieren", sagte Pia mit einem Blick auf Jennifers gerundeten Bauch. „Versteh mich nicht falsch, wir haben deine Hilfe im Lager vermisst, als du durchgebrannt bist und ausgerechnet einen Prinzen geheiratet hast." Sie unterstrich ihre Äußerung, indem sie auf die vornehme Einrichtung wies. „Aber das Geld, das ihr, du und Antony, gesammelt habt, und die Studierenden, die du im Rahmen des Stipendienprogramms für die Arbeit im Camp gewonnen hast, haben uns geholfen, die Flüchtlinge umzusiedeln und das Lager Monate früher zu schließen, als wir es sonst hätten tun können. Dann hast du dir noch die Mühe gemacht, mich der Weltaidshilfe zu empfehlen, was sich als großartige Stelle erwiesen hat. Du hast dir eine Pause verdient. Genieße sie."

Als Jennifer nicht antwortete, fügte Pia hinzu: „Wenn du unbedingt etwas tun musst, überlege dir, wie sich dein Stipendienprogramm erweitern lässt. Das kannst du genauso gut, wenn du im neunten Monat schwanger bist und dich in einem königlichen Palast dem Müßiggang hingibst, wie zu der Zeit, als du in einem rostigen Wohnwagen gearbeitet hast. Besser sogar."

Jennifer nahm einen großen Schluck Wasser und ließ ihren Finger in der Luft kreisen, als wollte sie *Juchhu!* rufen. „Schön zu wissen, dass ich mit einem gestrandeten Wal verwechselt werden und gleichzeitig nützlich sein kann."

Ein Klopfen an der Tür unterbrach sie und Pia entschuldigte sich, um aufzumachen. Sie begrüßte den Wachmann und kehrte dann zu Jennifer zurück, den Arm voller Post, darunter mindestens zwei Dutzend handgeschriebene Briefe und drei Pakete. „Ich weiß nicht, wie du Zeit für all das findest", sagte Pia, als sie alles neben Jennifer auf dem Bett ablud.

„Normalerweise mache ich das auch nicht", gab Jennifer zu, drehte einen Umschlag um und las die auf der Klappe eingeprägte Absenderadresse. „Harriet kümmert sich um die meisten Einladungen und die allgemeine Korrespondenz. Aber ich habe es satt, hier herumzusitzen, und habe sie gefragt, ob ich das machen kann, um Abwechslung in mein tägliches Einerlei zu bringen."

Pia holte einen Brieföffner aus Sterlingsilber von Jennifers Schreibtisch, ein Geschenk, das Antony seiner Frau kurz nach ihrer Hochzeit gemacht hatte.

„Sieht so aus, als könnte ich dich heute tatsächlich zum

Arbeiten einsetzen." Jennifer warf einen Blick auf den Inhalt eines Pakets. „Ich habe diese Kamera für Antonys Geburtstag bestellt, aber vergessen, sie als Geschenk einpacken zu lassen."

Sie hob die Kamera aus dem Versandkarton und zeigte sie Pia. „Ich wollte sie ihm am Wochenende geben, da er einen Tag nach Hause kommen kann, bevor die Gespräche wieder aufgenommen werden, aber ich bin auf keinen Fall in der Lage, den ganzen Weg zum Geschenkverpackungsraum zu gehen, um es selbst zu machen. Und wenn ich sie jemandem von den Bediensteten gebe, werden die es ausplaudern."

„Es gibt hier einen *Raum*, um Geschenke einzupacken?" Pia legte den Brieföffner auf den Stapel von Einladungen und Briefen auf dem Bett. „Du machst wohl Witze."

Jennifer reichte Pia die Kamera und zuckte mit den Schultern. „Ich weiß. Unerhört, nicht wahr? Aber das Einpacken macht dir doch nichts aus, oder?"

„Natürlich nicht. Deshalb bin ich ja hier", antwortete Pia, während sie die Kamera in ihren Händen drehte. Antony würde über das Geschenk begeistert sein, denn damit konnte er Fotos von seinem neuen Baby machen. „Ich kann nicht bloß hier herumsitzen und dir Taschentücher reichen oder Wasser holen. Ich glaube, ich war in meinem ganzen Leben noch nie so faul."

„Mir geht es genauso", gab Jennifer zu. „Ich sage mir immer wieder, dass es gut für das Baby ist und dass es nicht mehr lange dauern kann. Sechsunddreißig Wochen sind vorbei, nur vier kommen noch." Sie beschrieb Pia den Weg zu dem Raum, in dem Geschenke verpackt wurden – er befand sich hinter der Hauptküche des Palastes –, und schickte sie dann los.

Pia legte die Kamera in den Versandkarton zurück und verließ mit dem Paket unter dem Arm den Wohnbereich von Jennifer und Antony. Frische Luft aus den Schlossgärten wehte durch die offenen Fenster im Gang herein und ihre Schritte wurden beschwingter, als sie den Geruch des frisch gemähten Rasens einatmete. Obwohl sie das Einpacken eines Geschenks normalerweise als eine banale Aufgabe angesehen hätte, fühlte es sich heute befreiend an.

Es war schwierig gewesen, die meiste Zeit der zwei Wochen seit ihrer Ankunft still zu sitzen und entweder in Jennifers Zimmer Bücher zu lesen, während ihre Freundin ein Nickerchen machte, oder Jennifer alles zu bringen, was sie brauchte, sodass diese so wenig wie möglich auf den Beinen war. Jennifer behauptete, sich gut zu fühlen, und alles deutete darauf hin, dass ihr Baby gesund war, aber die wiederkehrenden, unerklärlichen Blutungen, die sie einige Wochen zuvor erlebt hatte, hatten ihre Gynäkologin so beunruhigt, dass sie ihr dringend riet, kein Risiko einzugehen. Antony hatte der Einschätzung der Ärztin zugestimmt, obwohl er wusste, dass seine Frau ihn dann nicht zu Terminen in der näheren Umgebung begleiten konnte, geschweige denn auf seiner Reise in den Nahen Osten.

So träge sich Pia an den meisten Tagen auch fühlte, sie wusste, dass Jennifer sich in ihrer Anwesenheit weniger einsam fühlte, jetzt, da Antony in Israel und schwer zu erreichen war. Pia bot ihr auch ein sicheres Ventil, um über ihre Schwangerschaft und ihre Anpassung an das Leben im Palast zu sprechen, ohne befürchten zu müssen, dass dies zu einem Gesprächsthema unter den Palastbediensteten wurde. Oder schlimmer noch: Futter für die Medien, falls diese davon Wind bekämen.

Wie Jennifer war auch Pia es gewohnt, sich zu bewegen und ihren Körper ebenso fit zu halten wie ihren Geist. Mehr als ein Buch pro Tag zu lesen und endlose Stunden fernzusehen, verlor schnell seinen Reiz und Pia musste an ihre Arbeit denken. Sobald Antony nach Hause zurückgekehrt war und Jennifer ihr Baby sicher zur Welt gebracht hatte, konnte Pia zu ihrem nächsten Einsatz für die Weltaidshilfe reisen, die gemeinnützige Organisation mit Sitz in Washington D.C., für die sie arbeitete. Diesmal würde sie in Subsahara-Afrika sein, wo sie für die Einzelheiten der letzten Bauphase und die personelle Besetzung von drei Wohnheimen für Kinder zuständig sein würde, die ihre Eltern durch die AIDS-Epidemie verloren hatten. Obwohl die drei Einrichtungen nicht annähernd ausreichen würden, um den Bedarf zu decken, tröstete sie sich mit dem Gedanken, dass zumindest einige Waisenkinder ein Dach über dem Kopf, frisches Essen und die Chance auf eine Ausbildung bekommen würden. Ganz zu schweigen von der Liebe, die die Mitarbeiter der Hilfsorganisation ihnen im Überfluss geben, und dem Trost, den sie ihnen spenden würden.

Während die Einrichtungen noch im Bau waren, würde Pia Gelegenheit haben, durch Mosambik, Südafrika und Simbabwe zu reisen, um junge Männer und Frauen über HIV aufzuklären. Hoffentlich konnte sie verhindern, dass diese sich mit dem Virus ansteckten und noch mehr Waisenkinder hinterließen. Obwohl die Unterkunft nicht annähernd so komfortabel sein würde wie ihre jetzige – nichts auf der Welt war so luxuriös eingerichtet wie La Rocca –, freute sie sich auf die Möglichkeit, Menschen zu helfen, die sie brauchten. Es befriedigte sie zutiefst, wenn sie den Unterschied im Leben eines armen, bedürftigen Kindes oder einer verzweifelten jungen Frau sah, den ihre Bemühungen bewirkt hatten.

Als Pia die Treppe hinunterstieg, erinnerte sie sich daran, dass die Zeit mit Jennifer ein Urlaub war und dass sie sich mehr bemühen sollte, diesen zu genießen. In ein paar Wochen würde sie wahrscheinlich die Gelegenheit vermissen, die Füße hochzulegen und über alltägliche Dinge zu reden.

Unten angekommen, nahm sie den Gang zur Linken. Da sie ihrer Neugier nicht widerstehen konnte, warf sie einen kurzen Blick in die Palastbibliothek, wo laut Jennifer mehrere Familienmitglieder ihre persönlichen Büchersammlungen aufbewahrten. Der Raum strahlte eine gewisse Gelassenheit aus und man hatte ihr erzählt, dass König Eduardo gelegentlich spätabends mit einem Buch in der Hand in einem der gelben Seidensessel saß, wenn er nach einem anstrengenden Tag zur Ruhe kommen wollte.

Pia schob die Tür zum vierten Raum hinter der Bibliothek auf. Dort befand sich das private Esszimmer der Familie diTalora, das für zwanglose Mahlzeiten genutzt wurde, im Gegensatz zum offiziellen Speisezimmer am anderen Ende des Palastes, das für Staatsdinner und Mahlzeiten mit Würdenträgern vorgesehen war.

Obwohl die Glocken der größten Kathedrale von San Rimini, dem nahe gelegenen Duomo, laut genug zur Mittagszeit läuteten, um im Palast gehört zu werden, war das Esszimmer der Familie leer. Prinzessin Isabella und ihr Ehemann Nick hatten gerade eine verspätete Hochzeitsreise auf die Fidschi-Inseln hinter sich, machten aber auf dem Rückweg einen Zwischenstopp in New York, um der Eröffnung einer Ausstellung von Kunst aus San Rimini beizuwohnen. Prinz Marco und seine Frau, Jennifers Freundin Amanda, mit der er seit fast einem Jahr verheiratet war, befanden sich auf einem längst überfälligen Staatsbesuch in England. Und König Eduardo nahm selten eine Mahlzeit ein, die nicht Teil eines Meetings oder einer anderen Veranstaltung war.

Pia hatte nicht erwartet, dass Federico hier zu Mittag essen würde. Wirklich nicht. Dennoch war sie überrascht, dass sie über seine Abwesenheit enttäuscht war.

Sie hatte den Prinzen seit der kurzen Fahrt vom Flughafen nicht mehr gesehen, aber sie stellte fest, dass er sich immer wieder in ihre Gedanken schlich, selbst wenn sie versuchte, sich mit einem Buch oder mit Recherchen für ihren neuen Einsatz in Afrika abzulenken. Pia vermutete, dass Federico und seine Söhne in ihrem Wohnbereich aßen, da der Rest der Familie unterwegs war und Jennifer ihre Mahlzeiten in ihrem eigenen Zimmer einnahm.

Sie verweilte einen Moment und betrachtete den langen Tisch, die Anrichte und die eleganten Ölgemälde. Die meisten Menschen würden einen solchen Raum als protzig betrachten. Aber für die Familie diTalora bedeutete ein Tisch in der Nähe der Palastküche – unabhängig von der Einrichtung des Raumes – ein zwangloses Essen. Sie könnten hier sogar in Polohemden und Freizeithosen erscheinen, im Gegensatz zu ihrer üblichen Kleidung.

Die Flüchtlinge, mit denen sie gearbeitet hatte, wären sprachlos, würden sie einen solchen Raum betreten, geschweige denn, darin essen. Pia ging es ähnlich, als sie durch die Korridore des Palastes schritt und einen Blick in die prächtig eingerichteten Räume warf. Sie hatte mehrere Tage gebraucht, um sich an die Schönheit des privaten Bereichs zu gewöhnen, den Jennifer und Antony bewohnten, auch wenn Jennifer behauptete, dass sie seit ihrer Heirat und ihrem Einzug dafür gesorgt hatte, dass dieser deutlich schlichter gestaltet wurde.

Unwillkürlich schoss ihr eine Vorstellung durch den Kopf, wie Federicos Wohnbereich aussehen musste. Die Räumlichkeiten waren bestimmt förmlich eingerichtet, noch mehr als Antonys and Jennifers, wenn man nach seiner steifen Persönlichkeit und der seiner verstorbenen Frau ging. Exklusive Stoffe. Perfekt angeordnetes Kinderspielzeug. Kostspielige Geschenke von ausländischen Würdenträgern in den Regalen. Ein riesiges Bett mit luxuriösen Seidenlaken.

Pia schob vor allem das letzte Bild schnell beiseite und fragte sich dann, ob Federico sich jemals in La Rocca gefangen fühlte. Zwar war er im Palast aufgewachsen und vom Luxus dort umgeben gewesen, doch bevor er Lucrezia heiratete und Kinder bekam, hatte er die meiste Zeit auf Reisen verbracht und San Rimini im Ausland vertreten. Sein Leben war voller aufregender Erlebnisse gewesen – er traf Würdenträger, handelte politische und wirtschaftliche Abkommen aus, nahm an zahllosen Empfängen und Wohltätigkeitsveranstaltungen teil. Er hatte wahrscheinlich schon alles gesehen, von Ländern, die ums Überleben kämpften, bis hin zu Supermächten mit mehr Wirtschaftskraft als manche Kontinente. Er hatte Zeit in Krankenhäusern verbracht, um über nötige Reformen zu sprechen, traf mittellose Familien, die sich abstrampelten, um über die Runden zu kommen, und besuchte wohlhabende politische Führungspersönlichkeiten, die an Mahagonischreibtischen arbeiteten. Als Prinz gehörte das alles zum Berufsbild. Es vermittelte ihm auch eine umfassendere Sicht auf die Welt.

Aber jetzt, da er der einzige Elternteil für Arturo und Paolo war, hatte Federico die Reisen im Zusammenhang mit seinen öffentlichen Aufgaben stark eingeschränkt. Es konnte nicht einfach für ihn sein, die ganze Zeit an einem Ort zu verbringen, so wie es auch für sie in den letzten zwei Wochen nicht einfach gewesen war.

Aber ihr Aufenthalt war nur vorübergehend. Federico musste sich dauerhaft anpassen.

„Denk nicht an ihn", ermahnte sie sich laut, als sie den leeren Raum durchquerte, wobei ihre Schritte auf dem Parkett widerhallten. Sie schritt durch die Tür zur gefliesten Palastküche, aber das Bild von Federicos hohen Wangenknochen und seinen intelligenten blauen Augen wollte ihr nicht aus dem Kopf gehen.

Wie konnte ein Mann, mit dem sie sich nur rund eine halbe Stunde lang unterhalten hatte, ihre Gedanken so sehr beschäftigen, dass sie alles andere vergaß?

Langeweile, das musste es sein. Sobald sie wieder ihrer Arbeit nachging, würde sie ihre Begegnung mit *Principe Perfetto* vergessen.

Nachdem sie die Küche betreten hatte, zeigte ihr einer der Köche die Tür zum alten Weinkeller des Palastes, der offenbar in einen Raum zum Geschenkeeinpacken umgewandelt worden war, als die Küche renoviert und ein neuer Weinkeller gebaut wurde. Der Raum wirkte allerdings immer noch wie ein Weinkeller mit seinem italienischen Fliesenboden, den fensterlosen Wänden und der kühlen Temperatur.

Ein großer Metalltisch mit genügend Platz zum Einpacken mehrerer Geschenke beherrschte den Raum. An der gegenüberliegenden Wand hing verschiedenfarbiges Geschenkband auf übergroßen Rollen. Links und rechts von ihr, wo früher edle Weine gelagert worden waren, füllte Geschenkpapier für jeden erdenklichen Anlass die Regale vom Boden bis zur Decke. Auf beiden Seiten der Tür standen durchsichtige Plastikkisten mit Klebeband, Schleifen und Geschenktüten. Auf jeder Kiste lagen ein Papierschneider und mehrere Scheren. Ein separates Fach enthielt elegante weiße Karten und passende Umschläge, die mit dem diTalora-Familienwappen versehen waren, sodass man allen Geschenken gleich ansah, dass sie von der königlichen Familie stammten. Eine Reihe von Füllfederhaltern stand in einem teuer aussehenden Stiftebecher in der Nähe.

Das alles stellte die Geschenkverpackungsbereiche in Kaufhäusern in den Schatten.

Pia legte die Kamera auf den Metalltisch, sah sich das Geschenkpapier an und entschied sich schließlich für eines mit blau-silbernem Karomuster. Festlich, aber dennoch passend für einen Herrn. Sie nahm die Rolle aus dem Regal und legte sie auf den Tisch, dann studierte sie den überdimensionalen Papierschneider und überlegte, wie sie das Papier am besten ausrichten sollte. Sobald sie sich entschieden hatte, legte sie es in das Gerät ein.

„Ich glaube, anders herum wäre es besser."

Pia zuckte zusammen und hätte sich fast die Hand an der Klinge des Messers geschnitten. „Oh, Hoheit, ich habe nicht gehört, dass Sie hereingekommen sind."

Federico lächelte sie von der Tür aus an – es war ein höfliches, zurückhaltendes Lächeln –, kam dann zu ihr, nahm das Papier heraus und legte es neu ein. „Wenn Sie es so platzieren, passt der Schnitt besser zum Muster und wird gerader." Er runzelte die Stirn und legte den Kopf schief. „Ist es richtig, von einem ‚geraden Schnitt' zu sprechen?" Er wiederholte den Satz auf Italienisch, um sicherzugehen, dass Pia verstand, was er meinte.

„Das ist richtig, Hoheit.“

Er nickte, als würde er sich freuen, dass er den richtigen Ausdruck verwendet hatte, und wandte seine Aufmerksamkeit wieder dem Papierschneider zu. Er setzte an, das Papier für sie zurechtzuschneiden, betrachtete dann aber das Design und hielt inne. „Ist das für Jennifer?“

„Es ist ein Geschenk von Jennifer für Antony.“

„Ich verstehe. Dann haben Sie eine gute Wahl getroffen.“

Er schnitt das Papier auf die richtige Größe zu und schob den Bogen über den Tisch zu der Stelle, wo sie die Kamera abgelegt hatte.

„Ich will nicht neugierig sein, Hoheit –“

„Bitte, Miss Renati, Sie sind ein Gast in unserem Hause und werden wahrscheinlich noch einige Wochen hierbleiben. Sie dürfen sich so frei fühlen, mich Federico zu nennen.“

„In Ordnung, Federico.“ Irgendwie erschien es ihr unangemessen. Zumindest, solange er immer noch so förmlich sprach und Formulierungen wie ‚Sie dürfen sich so frei fühlen‘ benutzte, als würde er eine königliche Erlaubnis erteilen, während ihr Wortschatz mit Amerikanismen gespickt war. Aber sie hatte nicht vor, sich seinen Wünschen zu widersetzen.

Außerdem gefiel ihr, wie leicht ihr sein Name von der Zunge ging. „Federico“ klang stark, männlich. Perfekt für den Mann, der vor ihr stand.

„Ich habe mich gefragt, was Sie hier machen“, fuhr sie fort. „Ich kann mir nicht vorstellen, dass Sie sich oft in diesen Teil des Palastes verirren.“

Daraufhin lächelte er. Diesmal war es ein echtes Ich-finde-das-amüsant-Grinsen, das sie innerlich wärmte. „Nein, das tue ich auch nicht. Aber ich habe ein Geschenk für Jennifer.“ Er deutete auf das Ende des Tisches und Pia bemerkte, dass er dort ein Buch abgelegt hatte, als er den Raum betreten hatte. Sie las den Titel laut, wobei sie die Überraschung nicht aus ihrer

Stimme heraushalten konnte: *„Leitfaden für entspannte Mütter für das erste Jahr mit ihrem Baby?"*

„Ich habe es vor ein paar Jahren auf einer Reise in die Vereinigten Staaten gekauft. Ich dachte, Jennifer würde es gebrauchen können."

Pia warf ihm einen Seitenblick zu. „Ich will Sie keinesfalls der Lüge bezichtigen, aber Jennifer war vor ein paar Jahren noch nicht schwanger."

Er zögerte. „Nein. Daher werde ich Ihnen ein Geheimnis verraten."

Pia hob eine Braue.

„Ich habe es für Lucrezia gekauft, als sie mit Arturo schwanger war. Aber sie hat nie die Zeit gefunden, es zu lesen. Ich habe versucht, ein neues Exemplar für Jennifer zu finden, da ich dachte, es könnte ihr gefallen, aber es war in San Rimini nicht erhältlich, also …" Er hob die Hände, als wollte er kapitulieren. „Ich fürchte, Sie haben mich durchschaut."

Pia warf einen vielsagenden Blick auf das Buch, dann grinste sie den Prinzen an. „In Amerika nennt man das ‚wiederverschenken'. Das machen Leute manchmal, wenn sie ein Geschenk bekommen, das ihnen nicht gefällt, das sie aber nicht zurückgeben können."

Federico wirkte verblüfft. „Wiederverschenken? Und das ist üblich?"

Pia versuchte – erfolglos –, nicht über den offensichtlichen Schock des Prinzen belustigt zu sein. Wiederverschenken gehörte nicht zum Sprachgebrauch in San Rimini. „Skandalös, nicht wahr? Aber machen Sie sich nichts draus. Jennifer war es, die mich über das Wiederverschenken aufgeklärt hat. Sie wird von dem Geschenk gerührt sein, ob wiederverschenkt oder nicht."

„Sie behalten mein Geheimnis für sich?"

Pia hob zwei Finger zum Schwur. „Natürlich."

„Danke." Er drehte sich um und betrachtete die zahlreichen

Papierrollen. Währenddessen schaute Pia wieder verstohlen von Federico zu dem Buch. Nein, sie konnte sich nicht vorstellen, dass Lucrezia dies gelesen hätte. Aber Federico, der einen Leitfaden für entspannte Mütter kaufte? Das war ebenso schwer vorstellbar. Und er hatte sogar versucht, es ein zweites Mal zu kaufen. Offenbar steckte mehr in diesem Mann als gutes Aussehen und ein Adelstitel.

„Miss Renati?"

Sie wandte ihren Blick von dem Buch ab und sah, dass der Prinz sie musterte. „Pia, bitte."

Sein Gesichtsausdruck wurde herzlicher. „Pia. Würden Sie mir bei der Auswahl des Geschenkpapiers helfen? Ich kenne zwar den Geschmack meines Bruders, den von Jennifer allerdings nicht so gut, wie ich sollte."

Pias Nervosität legte sich. „Sehr gerne." Sie betrachtete die Rollen und entschied sich schließlich für ein schlichtes in Blautönen gehaltenes Papier mit Schnörkeln und einem Blattmuster.

„Sollte ich nicht solch ein Papier verwenden?" Er griff nach einer Rolle mit rosa Lämmern und blauen Kaninchen im Cartoon-Stil auf gelbem Untergrund.

Pia verzog das Gesicht. „Heben Sie sich das für später auf. Dies ist ein Geschenk für Jennifer, nicht für das Baby. Daher brauchen Sie etwas Elegantes, Hübsches."

Federico blickte wieder zu dem blauen Papier. „Ein Glück, dass Sie hier sind. Ich hätte mich lächerlich gemacht."

Pia legte eine Hand auf seinen Arm. „Nein, das hätten Sie nicht. Erstens, weil Jennifer niemanden so schnell verurteilt, und zweitens, weil die meisten Männer in Ihrer Position sich nicht die Zeit genommen hätten, ein so aufmerksames Geschenk zu kaufen, geschweige denn, es selbst einzupacken. Ich finde das süß."

Federicos Blick wanderte zu der Stelle, wo ihre Finger auf seinem Arm lagen. Sie erstarrte, als ihr klar wurde, was sie getan hatte. Und was sie *immer noch* tat.

Sie machte sich lächerlich.

KAPITEL 3

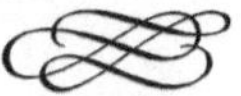

Federico öffnete den Mund, um zu sprechen, zögerte und schenkte ihr dann ein höfliches Lächeln. „Das ist nett, dass Sie das sagen."

Pia ließ Federicos Arm los, entsetzt darüber, dass sie, ohne nachzudenken, ihre Hand daraufgelegt hatte. Sie trat einen Schritt vor, um seinem Blick nicht begegnen zu müssen, nahm die blaue Papierrolle aus dem Regal an der Wand und reichte sie ihm.

Seite an Seite packten sie und Federico ihre Geschenke ein. Bis auf das Rascheln von Papier, das geschnitten und gefaltet wurde, oder das gelegentliche Geräusch von Klebeband, das vom Abroller abgerissen wurde, war es still im Raum.

Was war in sie gefahren? Ein Mitglied der königlichen Familie zwanglos zu berühren, das gehörte sich einfach nicht. Schlimmer noch, selbst durch den Ärmel seines gestärkten grauen Hemdes hindurch hatte sie bei diesem kurzen Kontakt die sehnige Kraft seines Unterarms und die Wärme seines Körpers gespürt. Sie hatte es getan, um ihn zu trösten, so wie sie es bei Hunderten von Flüchtlingen gemacht hatte, denen sie im Laufe der Jahre geholfen hatte. Aber dies war das erste Mal, dass sie eine körperliche Reaktion auf eine so leichte Berührung verspürte, und dieser Gedanke beunruhigte sie.

„Es ist fertig." Federico hielt sein Päckchen hoch. „Wäre eine weiße Schleife passend?"

Pia nickte, und Federico wandte sich um und wählte aus den Plastikkisten neben der Tür eine Schleife aus, während sie die Enden des Papiers an der Seite der Schachtel zu einem Dreieck faltete. Als sie sich vorbeugte, um die letzte Lasche zu fixieren, streifte etwas ihren Ellbogen. Sie blickte auf und sah, dass Federico eine große blaue Schleife über den Metalltisch zu ihr hinübergeschoben hatte.

„Ich glaube, die hier würde Antony gefallen."

Sie atmete aus und merkte dabei, wie nervös sein Schweigen sie machte. „Danke. Die passt perfekt."

Sie riss ein weiteres Stück Klebeband vom Abroller und befestigte die Schleife an der Schachtel. „Sehen Sie, Sie wissen doch, was Sie tun. Sie haben mich nicht gebraucht."

„Da bin ich anderer Meinung."

Sie sah hoch, um etwas zu entgegnen, aber in diesem Moment bemerkte sie einen Funken von Heiterkeit in seinen Augen, sodass sie sich fragte, ob er mit ihr flirtete. Doch dann stieß Federico die Tür zur Küche auf und das morgendliche Geplänkel zwischen einer Köchin und einem Auslieferungsfahrer brach den Bann.

„Sollen wir die Geschenke zu Jennifer bringen?" Federico hielt die Tür mit seinem Arm auf und bedeutete ihr, dass sie vorausgehen sollte.

„Ja klar." Sie schnappte sich die Kamera und schlängelte sich an ihm vorbei. Dabei achtete sie darauf, ihn nicht zu berühren. Auf dem Weg zu den Wohnräumen von Jennifer und Antony sprach er über einige der Zimmer, an denen sie vorbeikamen, über ihre Geschichte und die Kunstgegenstände, die sich darin befanden. Pia versuchte die ganze Zeit, nicht daran zu denken, wie gut er in seinem grauen Hemd und der anthrazitfarbenen Hose aussah, wie sauber und herrlich er roch, während er neben ihr herlief, oder wie voll seine Stimme klang, als er sein Heim beschrieb. Der Mann hatte Charisma. Außerdem gab er ihr das Gefühl, ihm wichtig zu sein. Das waren Eigenschaften, die selten Hand in Hand gingen.

Ein Witwer mit zwei Kindern, rief sie sich ins Gedächtnis, als sie sich der Treppe näherten. *Ganz falsch für dich, unabhängig von seinen Eigenschaften.*

Wie von ihren Gedanken herbeigerufen, ertönte irgendwo über ihnen das Trappeln kleiner Füße und man hörte das unbändige Gelächter von Kindern. Federico runzelte die Stirn und Pia gewann den Eindruck, dass seine Söhne nicht im Korridor spielen durften.

Federico änderte jedoch nicht sein Tempo. Stattdessen bemerkte er nur: „Das sind meine Söhne, Arturo und Paolo. Ich vermute, Sie werden die Gelegenheit haben, sie kennenzulernen, bevor sie ihr Spielzimmer erreichen.“

„Klingt, als hätten sie einen vergnüglichen Tag.“

„Ja.“ Seine Stimme wirkte ruhig, aber der ernste Gesichtsausdruck des Prinzen ließ Pia vermuten, dass es überhaupt nicht vergnüglich sein würde, in den Schuhen des Kindermädchens zu stecken, wenn Federico am Ende der Treppe ankam.

Gerade als Pia die oberste Stufe erreicht hatte und den Gang hinunterblickte, um nach der Quelle des Gelächters Ausschau zu halten, blitzte etwas Flaches und Braunes am Rande ihres Blickfeldes auf. Ein heftiger Schmerz, der sie fast zu Boden riss, schnitt ihr in die Schläfe. Reflexartig legte sie eine Hand an die Stirn, ihre Fingerspitzen berührten aufgeplatzte Haut. Sie registrierte ein scharfes Einatmen, das vom anderen Ende des Ganges kam, während gleichzeitig das schnelle Auftreten von Kinderfüßen abrupt aufhörte.

Ein handgeschnitzter Bumerang lag zu ihren Füßen. Federico bückte sich, um ihn aufzuheben, dann begegnete er ihrem erstaunten Blick.

„Pia, Sie sind verletzt!" Er suchte in seinen Taschen, bis er ein Taschentuch fand, drückte es an ihre Schläfe und führte sie zu einem antik aussehenden Polsterstuhl unter einem der breiten Fenster des Korridors.

„Es ist alles in Ordnung", versicherte Pia ihm. Sie hatte in ihrem Beruf schon genug Schrammen bekommen und Stürze mitgemacht, um zu wissen, dass kein bleibender Schaden entstanden war. Keine Ohnmacht, kein Schwindelgefühl. Doch als sie Federico das Taschentuch abnehmen und es sich selbst an den Kopf halten wollte, streifte ihre Hand seine und sie merkte, dass sowohl das Tuch als auch seine Finger mit ihrem Blut verschmiert waren.

„Wer trägt denn heute noch ein Stofftaschentuch bei sich?", fragte sie in der Hoffnung, die Besorgnis in Federicos Blick zu zerstreuen.

„Jeder, der mit meinen Kindern zusammen ist. Sie würden sich wundern, wie oft ich eins benötige."

Plötzlich nahm Pia den angsterfüllten Schrei eines Kindes wahr. Sie wandte sich um und sah zwei kleine Jungen, die sich an einem Türpfosten zusammenduckten. Obwohl sie beide ausdrucksstarke braune Augen hatten, die sich deutlich von Federicos blauen unterschieden, entsprachen ihre Hautfarbe, ihre Gesichtszüge und das dunkle Haar dem Aussehen des Prinzen, sodass kein Zweifel an ihrer Abstammung bestand.

Der Jüngere verzog das Gesicht, als sie ihn entdeckte, und kniff die Augen zu, um seine Tränen zurückzuhalten. Er öffnete den Mund und seine Miene verriet die Betrübnis eines untröstlichen Kindes, dem klar wird, dass es unabsichtlich einen anderen Menschen verletzt hat. Der ältere Junge stand hinter ihm und war offensichtlich mehr über die Reaktion seines Vaters beunruhigt als über die Tränen seines Bruders.

Als Pia jedoch seinem Blick begegnete, trat er vor. „*Mi dispiace*. Ich hoffe, es tut nicht zu sehr weh." Dann schaute er zu

Federico. Mit gesenkter Stimme fügte er hinzu: „Das wollte ich nicht, Papa.“

Federico musterte seinen älteren Sohn mit einem Blick, der Bände sprach und seinen Unmut ausdrückte. „Arturo, wo ist Signorina Fennini?“

„Ich bin hier, Hoheit.“ Das Kindermädchen eilte auf Arturo und Paolo zu, ihr Atem ging stoßweise, ihre Miene war doppelt so verzweifelt wie die der kleinen Jungen. „Es tut mir schrecklich leid, aber –“

„Bitte rufen Sie meinen Fahrer. Ich werde Signorina Renati ins Krankenhaus bringen.“

Federico musste den Protest auf Pias Lippen erahnt haben, denn er drehte sich zu ihr um und sagte: „Wir haben einen Palastarzt für Notfälle, aber ich glaube, Sie müssen genäht werden. Das sollte in einem Krankenhaus gemacht werden, damit das Risiko, dass Sie gezeichnet sind, verringert wird.“ Er runzelte die Stirn. „Verstehen Sie? *Cicatrice?*“

Eine Narbe? Nicht von einem kleinen Schnitt an ihrer Stirn. „Ich glaube, Sie brauchen nicht –“

„Ich werde sofort anrufen“, unterbrach das Kindermädchen und wandte sich in die entgegengesetzte Richtung.

„Signorina Fennini?“

Das Kindermädchen drehte sich zu Federico um und bei seinem Ton erwartete Pia nichts Gutes. „Nachdem Sie mit meinem Fahrer gesprochen haben, rufen Sie bitte meine Assistentin Teodora an. Erklären Sie ihr, was passiert ist, und bitten Sie sie, jemand anderen zu finden, der heute Abend auf die Kinder aufpasst.“

An dem beschämten Gesichtsausdruck der jungen Frau und Federicos entschlossenem Blick erkannte Pia, dass sie gerade Zeugin geworden war, wie das Kindermädchen gefeuert wurde. Sie sagte nichts, obwohl sie eine Welle des Mitgefühls überkam.

Und dann hatte sie ein übermächtiges Déjà-vu-Gefühl. Wie alt war sie bei ihrem ersten Babysitterjob gewesen? Nicht viel jünger als das Kindermädchen. Auch dieser Job endete übel und hinterließ größere Wunden als die Verletzungen, die sie durch den Bumerang erlitten hatte.

Als das Kindermädchen gegangen war, zwang sich Pia, ihren schmerzenden Kopf zu ignorieren, und zwinkerte den Jungen zu. „Unfälle passieren. Alles gut." Sie hoffte, dass Federico die Botschaft auch verstanden hatte und dem Kindermädchen eine zweite Chance geben würde.

Die beiden Jungs wirkten immer noch bestürzt, also spannte Pia ihren freien Arm an, um die Muskeln spielen zu lassen. „Ich bin hart im Nehmen. Ein Stoß gegen den Kopf ist keine große Sache."

Der ältere Junge, Arturo, schaute auf seine Füße hinunter, aber sie konnte sehen, dass er sich ein Lächeln verbiss.

„Ich bin Pia Renati. Und wie heißt du?", fragte sie den kleineren Bruder.

„Paolo."

„Paolo. Das ist einer meiner Lieblingsnamen! Mein Vater hieß Paolo und es ist der zweite Vorname meines Cousins Angelo."

Arturo hob den Kopf, sein Gesicht leuchtete auf. „Visconte Renati? Er ist ein Freund von Onkel Antony."

„Er ist sehr nett", flüsterte Paolo. „Er hat Tante Jennifer schöne Blumen geschickt, nachdem sie uns erzählt hat, dass in ihrem Bauch ein Baby wächst."

Pia grinste und versuchte, ihre immer stärker werdenden Kopfschmerzen nicht zu beachten. „Das klingt ganz nach Angelo."

Federico, der neben ihr stand, knurrte etwas.

Sie verbrachte nicht viel Zeit mit Angelo, da sie so gegensätzliche Persönlichkeiten hatten. Aber Federicos missbilligender Reaktion nach zu urteilen, kannte er Angelos Ruf, schamlos zu flirten, vor allem, wenn die Presse anwesend war, um ihn zu sehen und zu fotografieren. Kein Wunder, dass Federico argwöhnte, sie könnte über Jennifers Zustand keine Diskretion wahren.

Trotz Angelos öffentlichem Auftreten wusste Pia, dass er niemals persönliche Informationen über die königliche Familie an die Medien weitergeben würde. Er respektierte die diTaloras und schätzte seine Freundschaft mit Antony zu sehr. Vielleicht könnte sie Jennifer dazu bringen, Federicos Ansichten irgendwann einmal geradezurücken. Das wäre ein Grund weniger für den Prinzen, sich wegen ihr Gedanken zu machen.

Was eine gute Sache wäre angesichts der Sorge, die sich auf seinem Gesicht abzeichnete, als er das Taschentuch anhob und ihre Verletzung genauer untersuchte.

„Es ist wirklich nicht so schlimm, Federico", versicherte sie ihm und presste das Taschentuch wieder gegen ihre Stirn. „Kopfwunden neigen dazu, stark zu bluten. Das heißt aber nicht, dass sie schwer sind."

Der Prinz blickte seine Söhne an. „Sie hätten den Bumerang nicht im Innenbereich werfen dürfen."

„Du hast auf das Fenster gezielt, stimmt's, Arturo?", scherzte Pia. „Es steht *offen*. Das ist also fast so, als wäre man draußen."

Arturo hielt sich eine Hand vor den Mund, um sein Grinsen vor seinem Vater zu verbergen, und Pia entspannte sich, weil sie wusste, dass der Junge endlich beruhigt war. Doch Paolo starrte sie weiterhin mit großen Augen an. Das Blut war durch das Taschentuch gesickert und klebte an ihren Fingern.

„Paolo, kannst du mir einen Gefallen tun? Schau aus dem Fenster, ob das Auto deines Vaters da ist."

Paolo ging zum Fenster und stellte sich auf die Zehenspitzen, um mit dem Kinn über die Fensterbank zu kommen. „Noch nicht." Er blickte über seine Schulter und bedachte sie mit einem schüchternen Lächeln. „Aber ich sehe *Nonno*. Er kommt herein."

Weniger als eine Minute später erreichte König Eduardo das obere Ende der Treppe. Er trug einen gut geschnittenen marineblauen Anzug und ein himmelblaues Hemd, das ihn viel jünger erscheinen ließ, als er war. Sein scharfer Blick erfasste die Jungen, den Bumerang und ihre blutige Stirn. Nachdem er sich ein Bild von der Situation gemacht hatte, winkte er die Kinder zu sich heran. Sie liefen blitzschnell zu ihm hin, ohne Fragen zu stellen.

Pia hatte das Gefühl, dass sie aufstehen sollte, aber der König bedeutete ihr mit einer Geste, sitzen zu bleiben. „Bitte, das ist nicht nötig." Er richtete seine Aufmerksamkeit auf Federico. „Mir wurde unten gesagt, dass du sie ins Krankenhaus bringst?"

„Ja."

Selbst wenn sie sein Gesicht nicht an Hunderten von Zeitungsständen oder auf den Münzen von San Rimini gesehen hätte, würde sie allein an seinem selbstsicheren Auftreten und der Leichtigkeit, mit der er den Menschen um sich herum Anweisungen gab, erkennen, dass Eduardo diTalora ein König war.

„Ich habe meine Termine für heute erledigt", sagte er zu Federico, „also werde ich auf Arturo und Paolo aufpassen. Ich kann mit ihnen in die alte Rüstkammer gehen und ihnen die Waffen und Ritterrüstungen zeigen, die Nick restauriert hat. Das werden sie interessant finden und sie können etwas über die mittelalterliche Geschichte von San Rimini lernen."

„Vielen Dank, das wäre sehr nett." Federico zeigte auf einen Stuhl in der Nähe, wo er die eingepackten Geschenke abgelegt hatte. „Könntest du auch dafür sorgen, dass diese Jennifer übergeben werden und dass sie erfährt, was passiert ist?"

„Natürlich."

Der König ließ beide Jungen je ein Geschenk nehmen, dann wandte er sich Pia zu. „Wird Jennifer Hilfe brauchen, während Sie im Krankenhaus sind? Ich kann jemanden finden, der bei ihr bleibt."

Pia schüttelte den Kopf, ihre Schläfe pochte dabei. „Ich

glaube, sie möchte lieber allein sein, Hoheit. Ich denke auch nicht, dass ich lange unterwegs sein werde."

Der König entschuldigte sich für die Eskapaden seiner Enkel und wünschte ihr rasche Genesung, bevor er die Jungen die Treppe hinunterführte.

„Danke, dass Sie meinen Söhnen so viel Freundlichkeit erwiesen haben", sagte Federico, als der König und die jungen Prinzen außer Hörweite waren. Sein Blick ruhte auf ihrer blutverschmierten Stirn, doch trotz des fehlenden Augenkontakts verrieten seine Worte genug Gefühl, um ihr zu zeigen, dass er wirklich dankbar war. „Sie haben ein natürliches Geschick im Umgang mit Kindern."

Sie winkte ab. „Das kommt vermutlich daher, dass ich in den Flüchtlingslagern mit so vielen gearbeitet habe."

Ein paar freundliche Worte zu einem verstörten Kind zu sagen, sei es in einem Kriegslager oder in einem königlichen Palast, bedeutete keine natürliche Begabung, nicht verglichen mit dem, was die Vollzeitaufgabe von Eltern erforderte. Doch sie hatte nicht vor, dem Prinzen zu widersprechen. Nicht, während sie sich sein Taschentuch an den Kopf hielt.

Durch das offene Fenster hörte Pia das Knirschen von Reifen auf der Kiesauffahrt. Federico warf einen Blick hinaus, um sich zu vergewissern, dass es sein Auto war, das sich näherte, dann beugte er sich hinunter, ermahnte sie, das Taschentuch fest an ihre Schläfe zu drücken, und hob sie aus dem Stuhl in seine Arme.

„Hoheit –"

„Federico."

„Sie ... Sie brauchen mich wirklich nicht zu tragen. Ich bin vollkommen in der Lage zu laufen. Und Sie bekommen Blut auf Ihr Hemd."

Er verstärkte seinen Griff. „Ich habe noch andere. Legen Sie jetzt Ihren freien Arm um meine Schultern. Ich möchte Sie nicht auf der Treppe fallen lassen. Das wäre sicherlich schlimmer als alles, was meine Söhne Ihnen heute angetan haben."

Pia tat, was er verlangte, obwohl er sie so festhielt, dass sie nicht abrutschen konnte. Federicos Stirn war gerunzelt, während er vorsichtig die Treppe hinunterstieg.

Als Pia ihre flache Hand auf seinen Rücken legte und die Muskeln unter ihrem Arm spürte, schloss sie die Augen und entschied, dass das, was seine Söhne angerichtet hatten, vielleicht gar nicht so schlimm war.

FEDERICO KONNTE NICHT GLAUBEN, dass sich vor dem Haupteingang des Krankenhauses eine Schar von Fotografen versammelt hatte.

Er fragte sich, was genau die Presse erfahren hatte: dass er sein drittes Kindermädchen in zwei Jahren gefeuert hatte, dass ein Gast des Palastes verletzt worden war, dass seine Kinder die Verletzung verursacht hatten oder, was am schlimmsten wäre, dass er gesehen wurde, wie er eine schöne, aber blutende Blondine vom Hintereingang des Palastes zu seinem Privatwagen trug?

Er stöhnte innerlich. Was auch immer es war, er hatte wahrscheinlich seinen Ruf als verwitweter, trauernder Prinz, der in der Öffentlichkeit nie einen Fehltritt beging, an einem kurzen Nachmittag verspielt. Nicht, dass es ihm etwas ausmachte. Es würde nichts an seinem Verhalten ändern.

Er schob das Rollo beiseite, um einen besseren Blick auf die Gruppe der Fotografen zu haben. Wenn er Pia zurück nach La Rocca brachte, würden sie einen Seiten- oder Hinterausgang benutzen müssen und hoffen, dass die Medien dort keinen Posten bezogen hatten. Wenn die Reporter glaubten, dass er eine persönliche Beziehung zu Pia hatte, würden sie sie wochenlang verfolgen in der Hoffnung, einen Bericht über eine königliche Romanze veröffentlichen zu können. Das wäre nicht nur unangenehm für Pia, sondern würde wahrscheinlich auch dazu führen, dass sie von der Bettruhe erfuhren, die Jennifer verordnet worden war.

Und das wäre eine *echte* Story. Eine mit dem Potenzial, sich auf die Gespräche im Nahen Osten und damit auf das Leben von Millionen Menschen auszuwirken.

Federico wandte sich vom Fenster des kleinen Privatzimmers ab, in dem das Krankenhauspersonal Pia untergebracht hatte, und setzte sich in einen abgenutzten Sessel, um zu warten, während der Arzt den Verband an ihrer Schläfe anlegte. Wie Pia gesagt hatte, war die Wunde nicht so schlimm, wie er befürchtet hatte, und musste nur mit drei oder vier Stichen genäht werden.

Federicos Schuldgefühle waren jedoch nicht geringer geworden. Sein Magen krampfte sich zusammen, wenn er daran dachte, dass er dafür verantwortlich war.

Er nahm eine graue Fluse von der Sessellehne und ließ sie in einen nahen Mülleimer fallen, wo sie auf der sterilen Verpackung von Pias Verband landete.

Pia hatte den Unfall gut weggesteckt und sogar versucht, die Jungen zu trösten. Er schätzte zwar, dass sie einen guten Kontakt zu ihnen hergestellt und sie erfolgreich beruhigt hatte, aber er verstand auch endlich, wie sich seine Eltern gefühlt haben mussten, als Marco im Kindergarten in einen Ringkampf mit zwei anderen Jungen geraten und die Sache in der Boulevardpresse ausgeschlachtet worden war.

Als hätte er als Elternteil versagt.

Er hatte seine Söhne nicht unter Kontrolle gehabt und jemand war verletzt worden.

Der Arzt gab Pia Anweisungen, wie sie den verbundenen Bereich sauber halten sollte, und wandte sich dann an Federico: „Ich glaube, es wird schnell heilen, Hoheit."

„*Grazie*. Ich danke Ihnen für Ihre schnelle Hilfe. Sobald die

Rechnung fertig ist, werde ich sie begleichen. Ich möchte nicht, dass Signorina Renati dafür aufkommt."

Pia wollte widersprechen, aber Federico hob eine Hand, um sie zum Schweigen zu bringen. „Bitte. Das ist das Mindeste, was ich tun kann."

Der Arzt nickte und verabschiedete sich. Pia warf Federico einen entnervten Blick zu. „Ich bin durchaus in der Lage, meine Arztrechnungen selbst zu übernehmen."

„Dieser Unfall war meine Schuld. Sie sollten sich auf Ihre Genesung konzentrieren, nicht auf Finanzielles."

Sie schüttelte den Kopf, sodass ihre blonden Locken wippten. „Erstens gibt es keine Genesung, auf die ich mich konzentrieren müsste. Ich bin keine Invalidin. Zweitens war es nicht Ihre Schuld. Das hätte jedem passieren können. Kinder machen so etwas nun mal."

„Meine nicht."

Sie rutschte von dem Untersuchungstisch herunter, auf dem der Arzt sie behandelt hatte. „Nichts für ungut, aber es sind Kinder. Sie sind voller Energie. Königlich oder nicht, das bedeutet, es passieren Unfälle."

Er blies seinen Atem aus. „Das stimmt und ich versuche, Verständnis dafür aufzubringen, aber leider legt die Welt nicht dieselben Maßstäbe an sie an wie an andere Kinder. Je eher Arturo und Paolo das lernen, desto leichter wird es für sie sein. Bei mir war es genauso, als ich ein Kind war."

Ohne Vorwarnung legte sie ihre Hand auf seine, die auf der Sessellehne des Stuhls ruhte. Einen Moment lang sah er, wie sie ihr Handeln infrage stellte. Aber dieses Mal verhielt sie sich anders als bei der beruhigenden Berührung in dem Raum, wo sie die Geschenke eingepackt hatten. Zu dem Zeitpunkt hatte sie ihre Finger weggezogen, als ob sie Feuer berührt hätte. Nun entschied sie sich, ihre Hand dort zu lassen, wo sie war.

Er konnte seinen Blick nicht von diesen Fingern losreißen.

Als sie sprach, war ihre Stimme kaum mehr als ein Flüstern:

„Es muss schwierig gewesen sein, so wie Sie im Licht der Öffentlichkeit aufzuwachsen."

„Vielleicht." Solange er sich erinnern konnte, war dies der erste Kontakt mit einer Frau, den er auskostete, ohne gleichzeitig Kalkül dahinter zu befürchten. Er begegnete ihrem Blick und versuchte, sich auf ihre Worte statt auf ihre Berührung zu konzentrieren. „Aber ich habe gelernt, mich zu benehmen und meine Rolle in der Familie auszufüllen."

Die Lektion hatte nicht in der Kindheit geendet. Sie setzte sich in seiner Ehe mit Lucrezia und in der Art und Weise fort, wie er seine Kinder erzog. Sie wirkte sich darauf aus, welche Beziehung er zu jedem hatte, der seinen Pfad kreuzte.

Er zwang sich, äußerlich Haltung zu bewahren, obwohl er spürte, wie Pias Fingerspitzen über seine Knöchel glitten und seine Frustration wegstrichen. Er könnte sich an ihre sanften Berührungen gewöhnen. Er hatte es sogar genossen, sie zu seinem wartenden Auto zu tragen, und es bedauert, dass ein Pfleger sie im Krankenhaus erwartet hatte, sodass er sie nicht hineintragen konnte.

Was bedeutete, dass er es zu sehr genossen hatte.

Leider machte ihn Pias herzliche Geste umso empfänglicher für ihre anderen Reize: ihre sommersprossige blonde Schönheit, ihr bescheidenes Auftreten, ihr warmes Lächeln. Einen kurzen Moment lang hatte er den Impuls, sie an sich zu ziehen und zu küssen. Würde sie ihn wegschieben? Oder den Kuss erwidern?

Er vermutete, dass sie ihn – vielleicht – erwidern würde, aber er unterdrückte den Impuls. Es war nicht klug, an Pia Renati zu denken, nicht auf diese Weise. Egal, wie gerne er sich mit ihr unterhielt, egal, wie nett sie zu seinen Söhnen war oder wie attraktiv er sie fand, er konnte nicht damit umgehen, wie die Öffentlichkeit darauf reagieren würde, wenn er ein Liebesleben hätte. *Irgendein* Liebesleben. Und er konnte auch nicht persönlich damit umgehen. Er hatte einmal Freundschaft und

Bequemlichkeit mit Liebe verwechselt und sich geschworen, dies nie wieder zu tun.

Sie zögerte einen Moment, als ob sie seinen inneren Aufruhr spürte. Dann zog sie ihre Hand zurück, behielt aber den Augenkontakt bei. „Ich hoffe, Sie verzeihen mir, dass ich das sage. Ich weiß, dass es mir nicht zusteht, aber Sie sollten sich nicht über das Kindermädchen aufregen. Ich fände es schrecklich, wenn sie gefeuert würde, nur weil ich mich nicht rechtzeitig geduckt habe."

Eine Krankenschwester näherte sich und verlangsamte ihren Schritt, um im Vorbeigehen einen Blick durch die Tür zu werfen. Federico erkannte, dass ihr Privatraum wahrscheinlich gar nicht so privat war. Er stand auf und bedeutete Pia, ihm zu folgen.

Als sie den Flur erreichten, der aus der Notaufnahme herausführte, nahm er ihr Gespräch von zuvor wieder auf, achtete aber darauf, seine Stimme zu senken. „Bitte machen Sie sich keine Sorgen um das Kindermädchen. Man kann nicht von Ihnen erwarten, dass Sie Bumerangs ausweichen, während Sie durch den Palast laufen. Und leider war dies nicht der erste Vorfall. Meine Bedenken hinsichtlich des Kindermädchens beziehen sich nicht nur auf den heutigen Tag."

Er wollte noch mehr sagen, aber sie waren am Stationszimmer angekommen und Federico hatte dem Arzt versprochen, dort vorbeizuschauen, um mit dem Personal zu sprechen und Hände zu schütteln. Zum ersten Mal, seit er denken konnte, wünschte er, sich nicht auf einen routinemäßigen Umgang mit Menschen einlassen zu müssen, was ihm zur zweiten Natur geworden war.

Er wollte mit Pia sprechen und sie davon überzeugen, dass er dem Kindermädchen jede Chance gegeben hatte und dass er versuchte, nachsichtig gegenüber seinen Kindern und ihrem ungestümen Spiel zu sein. Vor allem aber wollte er Pia zeigen, wie sehr er seine Söhne liebte.

Er würde, ohne zu zögern, sein Leben für Arturo und Paolo geben.

Eine Viertelstunde später hatte Pia ihren Papierkram erledigt und Federicos Fahrer kam zum Stationszimmer, um ihm mitzuteilen, dass er hinter dem Krankenhaus geparkt hatte.

„Ich fürchte, wir werden nicht unbemerkt hinauskommen können. " Der Fahrer, der bei der Familie arbeitete, seit Federico ein kleiner Junge gewesen war, führte sie durch einen separaten Gang, der dem Personal vorbehalten war, um dem Spießrutenlauf durch die öffentlichen Bereiche zu entgehen. „An jeder Tür warten Reporter, sogar am Hinterausgang."

Federico überdachte die Situation. „Wenn das so ist, bringen Sie den Wagen zum Westeingang. Wenn wir ihnen nicht entkommen können, sollten wir uns ihnen stellen und ihre Fragen beantworten. Machen Sie deutlich, dass es keinen Skandal gibt. Aber ich möchte, dass der Wagen mit laufendem Motor in der Nähe bleibt, damit wir so schnell wie möglich wegfahren können."

Der Chauffeur nickte geschäftsmäßig und ging voraus, um das Auto zu holen.

„Ich muss doch mit niemandem reden, oder?", fragte Pia, als er außer Hörweite war. „Ich hätte nicht den blassesten Schimmer, was ich sagen könnte. Und ich sehe unmöglich aus."

„Sie werden ihre Aufmerksamkeit höchstwahrscheinlich auf mich richten. Wenn Sie sich im Hintergrund halten, sollten sie Sie in Ruhe lassen." Er lächelte und hoffte, dass es ermutigend wirkte.

„Nun, das ist gut." Ein nervöser Unterton schlich sich in ihre Stimme, als sie hinzufügte: „Ich wünschte, ich hätte einen Spiegel. Ich bin sicher, dass meine Wimperntusche verschmiert ist, und –"

„Halt." Er streckte seine Arme aus und drehte sie zu sich herum. Im fluoreszierenden Licht der Leuchtstoffröhren im Gang wirkte ihre Gesichtsfarbe kränklich, aber das würde draußen nicht der Fall sein. Er wusste nicht, wie ihr Haar aussehen müsste, aber die Locken waren nicht wirrer als sonst. Er klaubte einen weißen Fussel von der Vorderseite ihrer Bluse, dann steckte er eine einzelne Locke hinter ihr Ohr. „Ihre Wimperntusche ist in Ordnung. Haben Sie einen Lippenstift?"

„Nö. Keine Handtasche, kein Lippenstift." Sie holte tief Luft und grinste dann. „Ich sehe ausgelaugt aus, stimmt's?"

Er brauchte einen Moment, um den Begriff *ausgelaugt* zu verstehen, dann schüttelte er den Kopf. „Nein, ganz und gar nicht. Meine Schwester sagt immer, dass ein guter Lippenstift ihre Rettung ist, wenn ihre Frisur oder ihre Kleidung nicht ganz perfekt sind. Ich dachte, es würde die Aufmerksamkeit von dem Verband ablenken."

„Ist es so schlimm?"

„Nein. Für eine Frau, deren Stirn gerade erst genäht wurde, sehen Sie sogar ziemlich gut aus." Und das meinte er ernst. Die meisten Menschen wären aufgelöst – zumindest bis zu einem gewissen Grad –, wenn sie von einem Bumerang getroffen worden wären, und erst recht, nachdem ihre Wunde genäht wurde und wenn sie danach auch noch erführen, dass sie Dutzenden von Reportern gegenüberstehen würden. Aber Pia besaß eine innere Stärke, die er bewunderte. Er hätte diesen Bumerang darauf verwettet, dass sie nie etwas für Dramatik übriggehabt hatte. Dafür war sie zu fröhlich und gefestigt.

Und sie war ganz anders als all diese übermäßig parfümierten, akkurat gestylten Frauen, die im Palast verkehrten und mit ihm vor allem in der Hoffnung sprachen, er würde sie gesellschaftlich oder finanziell voranbringen.

„Das heißt nicht viel."

„Sie schaffen das schon."

Er griff nach ein paar Haarsträhnen, die sich unter dem Rand der weißen Gaze verfangen hatten, und löste sie.

Pias Atem strich über die Innenseite seines Handgelenks, als sie erwiderte: „Also schön. Im Moment kann ich sowieso nichts daran ändern, daher verlasse ich mich auf Ihr Wort."

„Gut."

Ihre Finger wanderten über die Vorderseite seines Hemdes. „Sie haben immer noch überall Blut auf Ihrer Schulter."

„Ich sagte doch, ich habe noch andere Hemden. Vielleicht sieht man es auf den Fotos nicht."

„Man wird es auf jeden Fall sehen."

„Das macht nichts."

Er legte seine Hand auf ihre Schulter und beugte sich dann vor, um einen sanften Kuss auf eine Stelle nahe dem Verband zu drücken. Es sollte nur ein schnelles Küsschen sein, ein Selbstvertrauensschub, bevor sie sich den Kameras draußen stellte. Aber dann verweilten seine Lippen auf ihrer weichen Haut und er schloss die Augen, während er das verbotene Gefühl genoss, wie ihre Locken sein Gesicht streiften.

Oh, er machte sich etwas vor. Er hatte keineswegs die Absicht, dies schnell vorbei sein zu lassen.

Er hörte, dass ihr Atem stockte, fühlte ihre Fingerspitzen federleicht auf seiner Brust, da, wo sie sein Hemd blutig gemacht hatte. In diesem Moment geriet seine so sorgfältig und präzise geplante Welt aus den Fugen.

KAPITEL 4

So war es also, sich von Lust leiten zu lassen und alles einem Augenblick körperlicher Begierde unterzuordnen.

Ein leiser Laut entrang sich Pia, als ihre Lippen sich trafen und sie einen langen, vorsichtigen Kuss teilten. Federico zwang sich, zu atmen, sich nicht auf die Wärme und Geborgenheit und Leidenschaft einzulassen, die sie ausstrahlte, obwohl er sich mit jeder Faser seines Herzens danach sehnte.

Aber selbst wenn ihr Kuss eher sanft als leidenschaftlich war, erkannte er die Gefahr. Pia war eine Bürgerliche, die nicht automatisch ihre Hand ausstreckte, damit er ihr ins Auto half, die protestierte, wenn er sie trug, die wahrscheinlich Jogginghosen Röcken vorzog und die mit seinen Kindern sprach, als würde sie deren Regungen verstehen. Sie zu küssen, bedeutete, sich jeder Versuchung hinzugeben, die er seit seiner Kindheit zu vermeiden gelernt hatte.

Und doch war er hier, in einem der wenigen Momente seines Lebens, die nicht vor laufenden Kameras oder Würdenträgern stattfanden – oder unter den wachsamen Augen seines Vaters – und verdammt, er dachte eindeutig darüber nach, was sein könnte.

Er unterbrach den Kuss widerwillig, wollte seinen Mund nicht weiter als einen Hauch von ihrem entfernen. Mit beiden Händen strich er ihr die Locken aus dem Gesicht und sah, wie sich ihre Augen mit einer Sehnsucht füllten, die wahrscheinlich seine eigene widerspiegelte.

Sosehr er sich nach ihr verzehrte, sosehr sich sein Körper danach sehnte, ihr einen innigen, weltbewegenden Kuss zu geben, um zu sehen, wohin das führen könnte und ob es sein Verlangen stillen würde, konnte er es nicht tun.

Er war überwältigt davon, wie stark sein Wunsch war, sie zu küssen, sie zu schmecken, ihren Körper an seinem zu spüren, vor allem in dem Wissen, was passieren könnte, sobald sie aus diesem Gang traten. Er konnte es nicht riskieren, dass die Presse in ihm etwas anderes sah als *Principe Perfetto*, den perfekten Prinzen, der ihren hohen Idealen entsprach. Auf lange Sicht würde das seiner Familie und seinem Land schaden. Es würde auch Pia schaden.

Es wäre falsch, sie zu verleiten – sie noch einmal zu küssen.

„Pia." Seine Stimme durchbrach die Stille des leeren Flurs. „I-Ich –"

Er verlor den Gedankengang, als ihre Finger mit einem Knopf an der Vorderseite seines Hemds spielten.

„Was wollten Sie sagen?" Sie schaute hoch. Ihr Blick traf seinen und es knisterte zwischen ihnen. Es war eine Verbindung, wie er sie noch nie mit einem anderen Menschen gespürt hatte.

Jeder Gedanke an Ideale verschwand aus seinem Kopf, als er die Augen schloss und sie erneut küsste, sich ihrer Berührung, ihrem Blick hingab. Er drängte sie an die Betonwand des Krankenhauses, genoss das Gefühl ihrer festen Brüste an seinem Oberkörper und ihres warmen Mundes auf seinem.

Sie öffnete sich ihm, ihre Zunge umspielte seine. Dann schlangen sich ihre Hände um seine Mitte, um ihn noch enger an sich zu ziehen. Dennoch umgab sie eine gewisse Unschuld und ihre Küsse verrieten ihm, dass dies auch für sie kein alltägliches Ereignis war und dass sie die gleiche einzigartige Verbindung zwischen ihnen spürte wie er.

Wäre er kein Prinz, wäre er versucht, sie in einen Nebenraum zu ziehen und auf der Stelle mit ihr zu schlafen. So zu handeln, wie es jeder andere auch tun würde. Nie hatte er eine solche emotionale Verbindung zu Lucrezia gefühlt oder so ein überwältigendes körperliches Bedürfnis.

Verdammt.

Er löste sich erneut von Pia und sein Körper erschauerte bei der ungewollten Trennung von ihr.

Zwei Jahre waren seit Lucrezias Tod vergangen. Für die Öffentlichkeit – und manchmal auch für ihn selbst – war es, als wäre es gestern gewesen. Erst letzte Woche hatte er an der Einweihung einer Schulbücherei teilgenommen, die nach ihr benannt und mit Geldern gebaut worden war, die sie durch ihre wohltätige Arbeit gesammelt hatte. Nichts, was mit Intimität zu tun hatte, sollte ihm in den Sinn kommen. Ganz gleich, wie stark die Verbindung war, ganz gleich, unter welchen Umständen. Was war er für ein Mensch, wenn er eine Frau küsste, obwohl seine Gattin erst seit so kurzer Zeit tot und begraben war und er zwei kleine Söhne hatte?

„Es tut mir leid, Pia", brachte er hervor. „Das ... das ist nicht angemessen."

„Ich verstehe." Ihre Hände lösten sich von seiner Mitte. „Ich hätte nicht annehmen sollen, dass –"

„Nein, es ist nichts, was Sie getan haben. Wäre ich irgendein Mann, würde ich nicht zögern –" Sein Inneres zog sich zusammen. Er konnte sich an keinen Moment erinnern, in dem ihm die richtigen Worte gefehlt hatten oder er derart in Verlegenheit gewesen war. Er seufzte und strich ihr wieder übers Haar. „Ich würde nicht zögern. Ich finde Sie faszinierend. Aber ich kann nicht frei über mein Leben entscheiden. Ich habe Verpflichtungen gegenüber meiner Familie und meinem Land. Die Menschen setzen gewisse Erwartungen in mich als Prinz."

„Und gegenüber Lucrezia?"

„Das ist es nicht." Er atmete tief durch. Wie konnte er es ausdrücken, damit Pia verstand, was er selbst kaum verstehen konnte? Er wollte sie unbedingt küssen. Aber er spürte zugleich, dass dies gegen die Regeln verstieß, die er befolgen musste, vor allem um Lucrezias Andenken zu ehren. „Wobei, bis zu einem gewissen Grad, ist es das wohl."

„Sie brauchen nichts zu erklären. Es ist in Ordnung." Pia richtete sich auf und schenkte ihm ein Lächeln, aber sie verhaspelte sich in ihrer Eile, diese Worte auszusprechen, was ihre Nervosität verriet. „Wir sollten ohnehin aufbrechen. Ihr Fahrer steht sicherlich mit dem Wagen bereit und die Reporter werden sich fragen, wo Sie bleiben."

Er schluckte, wollte noch etwas sagen, um die Dinge zwischen ihnen zu klären, aber all die Jahre mit Unterricht in Etikette und seine Erfahrung mit Diplomatie ließen ihn im Stich. Er drehte sich einfach um und ging auf die Doppeltür am Ende des Korridors zu, der zum Westeingang des Krankenhauses führte. Pia lief neben ihm her. Kurz bevor sie die Tür erreichten, hörte er sie plötzlich leise lachen. Er blieb stehen und starrte sie ungläubig an. „Sie sind amüsiert?"

„Nun ja, wenigstens brauche ich nun keinen Lippenstift mehr."

„Nein, ich denke nicht." Sein Mund verzog sich zu einem zögerlichen Lächeln auf ihren Versuch hin, die Anspannung zwischen ihnen zu lösen. Mit jedem Mal, wenn sie etwas sagte, mochte er sie mehr. Als er jedoch durch den quadratischen Glaseinsatz der Tür, der sich in Augenhöhe befand, nach draußen blickte, kostete es ihn einige Mühe, das Lächeln beizubehalten.

Mindestens dreißig Reporter und ihre Kamerateams

drängten sich vor der Drehtür des Krankenhauses. Hinter der Menschentraube standen zwei Reihen von Übertragungswagen, die meisten ausgestattet mit grellen Scheinwerfern und Satellitenschüsseln. Es war fast so schlimm wie damals, als er und Lucrezia das Krankenhaus nach den Geburten ihrer Söhne verlassen hatten.

„Das kann ich nicht", flüsterte Pia, während sie den Aufmarsch hinter der Tür betrachtete.

„Das schaffen Sie mühelos", versicherte Federico ihr. „Ich spreche mehrmals pro Woche mit der Presse. Sie brauchen einfach nur neben mir zu stehen. Mein Chauffeur weiß, dass er uns dezent unterbrechen und zum Auto begleiten muss, sollte etwas schiefgehen. Aber das wird nicht passieren."

Die Reporter entdeckten die beiden, als sie aus dem Flur in die Lobby traten und dann durch die gläsernen Drehtüren am Haupteingang des Krankenhauses gingen. Sofort drängten die Paparazzi unter Einsatz ihrer Ellenbogen nach vorn und stießen mit dem Sicherheitspersonal des Krankenhauses zusammen, während sie um die Aufmerksamkeit des Prinzen kämpften.

„Hoheit!" – „Wie geht es Pia Renati?" – „Können Sie uns sagen, warum Pia Renati im Palast ist?" – „Erzählen Sie uns, wieso Sie heute im Krankenhaus waren, Prinz Federico!"

Bei der Kakophonie aus schnell gesprochenem Italienisch erstarrte Pia neben ihm. Er legte eine Hand auf ihren Rücken und schob sie sanft vorwärts, während er gleichzeitig der Menge bedeutete, sich zu beruhigen und einen Schritt zurückzutreten.

Sobald sich das Gedrängel gelegt hatte und Pia nicht mehr in Gefahr war, angerempelt zu werden, nahm er seine Hand von ihrem Rücken und faltete die Hände vor sich, als würde er bei einer offiziellen Veranstaltung sprechen. Mit wohl modulierter Stimme sagte er: „Vielen Dank für Ihr Interesse. Ihrer Anwesenheit nach zu urteilen, haben Sie gehört, dass ein Gast des Palastes heute eine leichte Verletzung erlitten hat. Die junge

Dame hat einen Arzt aufgesucht und es geht ihr gut. Ich beant-
worte gerne Ihre Fragen, aber ich habe nur wenig Zeit. Wie Sie
sich vorstellen können, braucht sie Ruhe. Auch finde ich es
wichtig, dass wir ihre Privatsphäre respektieren, immerhin ist
sie eine Privatperson."

Eine ihm bekannte Reporterin eines lokalen Nachrichten-
senders aus San Rimini streckte ihm ihr Mikrofon entgegen.
„Hoheit, können Sie uns sagen, was heute Nachmittag passiert
ist, und was der Zweck von Pia Renatis Besuch im Königspalast
ist?"

„Guten Abend, Amalia", begrüßte er sie in dem leichten,
geübten Tonfall, den er immer mit Pressevertretern benutzte.
„Signorina Renati ist eine Freundin der Familie. Sie hat heute
Nachmittag mit meinen Söhnen gespielt und sich dabei eine
Schnittwunde an der Schläfe zugezogen. Nun wurde sie behan-
delt und befindet sich zum Glück auf dem Wege der Besserung."
Er lächelte die schlanke Brünette an und fügte hinzu: „Nichts
Schlimmeres als das, was letzte Woche bei Ihnen im Studio
passierte."

Amalia nickte dankend und lächelte bei der Erinnerung an
den Hund, der in ihrem Beitrag über Tiervermittlung vorgestellt worden war und sich mitten in der Sendung losgerissen
und den Nachrichtensprecher von seinem Stuhl gestoßen hatte.
Zufrieden mit dem O-Ton bedeutete sie ihrem Kameramann,
dass sie zu ihrem nächsten Auftrag aufbrechen sollten.

Eine weitere Reporterin trat vor. Federico wusste, dass sie
von der Boulevardzeitung *Royals von heute* kam. Er schenkte der
Frau ein einladendes Lächeln, machte sich aber auf eine zweifellos persönliche Frage gefasst.

„Hoheit." Die Reporterin schob ihr Handy über die Schulter
eines der Sicherheitsbeamten des Krankenhauses, damit es
näher an Federicos Gesicht war. „Ist es nicht so, dass Pia Renati
seit mehr als zwei Wochen im Palast weilt? Das macht sie

sicherlich zu mehr als einer Freundin der Familie. Möchten Sie dazu etwas sagen?"

Ein Raunen ging durch die Menge und die Reporter begannen wieder, durcheinander zu schreien und Fragen zu stellen. Federico hob die Hand, um sie zum Schweigen zu bringen, während er sich das Hirn zermarterte, um eine passende, aber nichtssagende Antwort zu finden, doch die Paparazzi wurden nur noch lauter. Die Reporterin von *Royals von heute* ignorierte weiter den Wachmann des Krankenhauses, der sie aufforderte, einen Schritt zurückzutreten, aber was noch schlimmer war: Ihre Frage hatte die Aufmerksamkeit aller anderen geweckt. Sogar Amalia hatte aufgehorcht und wies ihren Kameramann an, sich umzudrehen und eine Nahaufnahme von Federicos Reaktion zu machen.

„Wir haben erfahren, dass Ihr Kindermädchen Mona Fennini heute entlassen wurde, obwohl sie erst ein paar Monate bei Ihnen arbeitete", sagte die Reporterin mit erhobener Stimme, um sicherzustellen, dass die Menge sie gut hörte. „Und jetzt sagen Sie, dass Pia Renati heute Nachmittag mit Ihren Söhnen gespielt hat. Wird sie für die Stelle des Kindermädchens in Betracht gezogen?"

„Wie ich schon sagte, ist Pia Renati eine Freundin der Familie. Enge Freunde sind oft längere Zeit bei uns zu Gast, vor allem, wenn sie von weither angereist sind."

Federico wandte sich an einen anderen Reporter, doch die Frau von *Royals von heute* war noch nicht zufrieden. Mit lauter Stimme, sodass alle sie hören konnten, fragte sie: „Gibt es eine Beziehung zwischen Ihnen und Pia Renati, von der die Presse wissen sollte? Einen Grund, warum sie mit Ihren Söhnen gespielt hat?"

Federico ignorierte die Reporterin und erkundigte sich bei den anderen, ob sie weitere Fragen hätten. Gleichzeitig warf er seinem Fahrer einen Blick zu, der das Signal verstand und den

Mercedes langsam vorwärtsfahren ließ, sodass die Paparazzi am Ende der Meute auseinandergetrieben wurden.

„Hoheit, hat die Anwesenheit von Pia Renati im Palast etwas mit Jennifer zu tun?" Ein Mann, den Federico als Reporter eines italienischen Senders erkannte, hob die Hand, sodass der Prinz wusste, dass er derjenige war, der die Frage gestellt hatte. „Meine Quellen besagen, dass Pia früher für Jennifer im Flüchtlingslager Haffali gearbeitet hat. Prinz Antonys Frau wurde seit einigen Wochen nicht mehr in der Öffentlichkeit gesehen und es wird gemunkelt, dass es Komplikationen bei ihrer Schwangerschaft gibt."

„Sie hat Prinz Antony nicht, wie ursprünglich geplant, nach Israel begleitet", fügte eine andere Stimme aus der Menge hinzu. Sie klang nach einem Reporter von San Riminis größter Tageszeitung, den Federico kannte. „Möchten Sie das kommentieren?"

In dem Bestreben, jegliche Fragen über Jennifer und ihre Schwangerschaft zu unterbinden, schüttelte Federico den Kopf. In unnachgiebigem Ton antwortete er: „Wie Sie wissen, begann das Treffen in Israel über einen Monat später als ursprünglich geplant. Meine Schwägerin ist jetzt im neunten Monat ihrer Schwangerschaft. Daher hat sie ihre Verpflichtungen reduziert und wie die meisten Frauen, die sich dem Geburtstermin nähern, reist sie nicht mehr außer Landes."

„Ist das alles?", bohrte die Reporterin von *Royals von heute* nach. „Sie hat bis kurz vor dem Besuch von Signorina Renati noch regionale öffentliche Auftritte wahrgenommen. Aber am Tag vor Signorina Renatis Ankunft sagte sie kurzfristig ein Dinner in der französischen Botschaft ab, bei dem sie Spenden für ihr Stipendienprojekt sammeln wollte. Gibt es Schwangerschaftskomplikationen? Ist Signorina Renati deshalb hier?"

„Ich fürchte, Sie haben gleich mehrere falsche Annahmen getroffen." Pias Stimme zu hören, überraschte ihn. Er hatte sie gebeten, mit ihm Englisch zu sprechen, sodass er mehr Übung in der Sprache für formelle Events bekam, und hatte daher ihr weich klingendes Italienisch mit dem Akzent von San Rimini nie zuvor gehört. „Wie Prinz Federico erklärt hat –"

„Ist es nicht ungewöhnlich, dass Sie in Ihrem Beruf so viel freie Zeit haben? Oder sind Sie nicht mehr bei der Weltaidshilfe angestellt?", hakte die Reporterin nach und hielt ihr Smartphone diesmal unter Pias Nase. „Das scheint ein ziemlicher Zufall zu sein."

Federico sah, wie sich ihr Gesichtsausdruck veränderte, als sie nach einer Antwort suchte. Er wandte sich an die Reporterin, um Pia zu retten, doch die kam ihm zuvor: „Ich habe gerade ein Projekt in den Vereinigten Staaten abgeschlossen und bin noch nicht zu meinem nächsten Einsatz aufgebrochen. Es war der perfekte Zeitpunkt, um eine liebe Freundin zu besuchen."

„Sie sind zwischen zwei Einsätzen?" Der Blick der Reporterin wurde schärfer. „Also sind Sie genau genommen im Moment arbeitslos. Heißt das, Sie erwägen eine Stelle im Palast?"

„Als Kindermädchen für Prinz Arturo und Prinz Paolo vielleicht?", fügte Amalia hinzu und zwinkerte Federico zu, als hätte sie ein Palastgeheimnis aufgeschnappt.

„Wenn Sie genug recherchiert haben, um zu wissen, dass ich bei der Weltaidshilfe angestellt bin, dann wissen Sie, dass ich genau das bin … angestellt. Und es gefällt mir dort sehr gut."

In diesem Moment kam Federicos Chauffeur um die Seite des Mercedes herum und öffnete die Tür. Federico wandte sich an die Reporter und hob eine Hand. „Ich bitte um Entschuldigung, dass ich mich kurzfasse, aber ich muss wegen einer Veranstaltung zurück in den Palast. Und ich bin sicher, Signorina Renati braucht etwas Zeit zum Ausruhen. Was heute passiert ist, war ein kleiner Unfall, in den ein Gast des Palastes verwickelt war. Das ist die ganze Geschichte. Wenn Sie noch etwas benötigen, können Sie sich gerne an mein Büro wenden, um einen Interviewtermin zu vereinbaren."

Er bedankte sich bei der Menge und winkte lächelnd, während er zum Auto trat. Er wartete, bis Pia eingestiegen war, ging dann auf die andere Seite und ließ sich auf einen Sitz sinken. Sobald die Türen geschlossen waren, bedeutete er dem Chauffeur, sie zurück zum Palast zu fahren.

„Ich habe versucht, zu helfen. Tut mir leid, wenn ich etwas Falsches gesagt habe", meinte Pia wieder auf Englisch, drehte sich auf ihrem Sitz um und blickte zu den sich zerstreuenden Reportern zurück. „Ich dachte, wenn ich sage, dass ich zwischen zwei Einsätzen stehe, lenke ich sie von Jennifer ab. Ich habe ihr versprochen … Ich dachte nicht … Nun, ich kam nicht darauf, dass sie denken könnten, ich wäre das Kindermädchen Ihrer Söhne. Ich soll in Kürze mit meiner Arbeit in Afrika beginnen. Wenn sie sich eingehend genug informiert hätten, wüssten sie das."

„Es ist gut möglich, dass es ihnen bekannt ist, sie aber hofften, mehr Informationen zu erhalten, indem sie Unwissenheit vortäuschen." Noch während er antwortete, dachte er an ihre früheren Worte, die ihn auf eine Idee brachten. Sie war gut mit den Jungen zurechtgekommen. Und er wusste durch den Palasttratsch, dass sie wenig zu tun hatte, außer Jennifer Gesellschaft zu leisten.

Er wagte es: „Die Jungen haben heute Nachmittag Zuneigung zu Ihnen gefasst. Was überraschend ist, denn normalerweise sind sie Fremden gegenüber sehr zurückhaltend. Übermorgen fängt die Schule wieder an und sie werden nur nachmittags ein paar Stunden zu Hause sein. Wenn Sie interessiert wären –"

„Sie scherzen wohl." Ihre Augen weiteten sich, dann fügte sie hinzu: „Es tut mir leid. Das kam falsch heraus. Ihre Söhne sind wirklich goldig. Aber Jennifer braucht mich."

Als sie den letzten Satz sagte, schaute sie jedoch zu Boden und er konnte es sich nicht verkneifen, sie zu necken. „Aber Sie langweiligen sich, ja?"

„Das habe ich nie gesagt.“

Er warf ihr einen durchdringenden Blick zu und sie hob eine Hand über ihren Kopf, wie um eine imaginäre weiße Flagge zu schwenken. „Okay. Sie haben mich erwischt. Ich langweile mich zu Tode. Es ist nicht so, dass ich nicht gerne Zeit mit Jennifer verbringe. Das tue ich. Sie ist eine liebe Freundin. Aber es gibt nicht viel für mich zu tun. Die Schwangerschaft ist zu diesem Zeitpunkt sehr anstrengend für sie und sie schläft nachts nicht gut – nicht, dass irgendwer das könnte mit einem Baby so groß wie eine Wassermelone, das es einem unmöglich macht, bequem zu liegen. Daher hält sie tagsüber oft ein Nickerchen.“

„Dann sollten Sie vielleicht in Betracht ziehen –“

„Nein. Denken Sie nicht einmal daran. Ich wäre das schlechteste Kindermädchen der Welt. Außerdem habe ich einen Job. Wie ich schon sagte, werde ich in ein paar Wochen nach Afrika reisen. Wenn ich erst einmal dort bin, werde ich unglaublich viel zu tun haben, also ist das bisschen Langeweile jetzt wahrscheinlich ganz gut für mich.“

Ein seltsamer Unterton hatte sich in ihre Stimme geschlichen und er konnte sehen, dass sie darum kämpfte, sich etwas nicht anmerken zu lassen. War es, dass sie kein Kindermädchen sein wollte, oder nicht *sein* Kindermädchen? Nach dem, was zwischen ihnen in dem Krankenhausflur passiert war, machte es Sinn.

Aber er hatte noch nie jemanden gesehen, der Paolo und Arturo so schnell beruhigen konnte. Mit ihrer langjährigen Erfahrung als Mitarbeiterin einer Hilfsorganisation besaß sie zweifellos ein solides Organisationstalent. Sie würde Arturo nicht wie Mona in den Gärten des Palastes verlieren oder stundenlang mit ihren Freundinnen am Telefon über Mode und Männer reden.

Er zuckte mit den Schultern, doch je mehr er darüber nachdachte, desto besser gefiel ihm die Idee. „Es wird einige Wochen dauern, bis ich ein Vollzeitbetreuung finden kann", erklärte er und zwang sich, es beiläufig zu sagen. „Ich dachte nur, da Sie sich heute Nachmittag so gut mit meinen Söhnen verstanden haben, würden Sie vielleicht ein oder zwei Stunden am Tag mit ihnen verbringen wollen, bis Sie uns verlassen müssen. Nur um Ihre Langeweile zu vertreiben."

Sie wollte den Kopf schütteln, doch er unterbrach sie, indem er sagte: „Das würde die Reporter von Jennifers Schwangerschaft ablenken. Ich hätte nicht gedacht, dass sie so interessiert an ihrer Gesundheit sein würden. Ihre Neugier wird sich nur noch steigern, bis das Baby geboren ist."

„Ich weiß nicht."

„Ich würde Sie nicht als Angestellte betrachten. Sie sind eine Freundin der Familie, und –"

Und *mehr*. Das war das Problem. Wenn er ehrlich war, fragte er sie, weil er Zeit mit ihr verbringen und mehr über sie erfahren wollte. Seit ihrer Ankunft im Palast hatte er sie kaum gesehen und die bohrenden Fragen der Reporter hatten ihm die perfekte Möglichkeit aufgezeigt. In ein paar Wochen würde sie fort sein. Auch wenn er sie nie wieder berühren konnte, führten ihn ihre Gesellschaft und die Leichtigkeit ihrer Gespräche zurück ins Leben, sowohl geistig wie auch körperlich.

Und, wenn es auch nur für seine Söhne wäre, er musste sich wieder lebendig fühlen. Ein Gefühl empfinden, irgendein Gefühl. Etwas, das ihn aus dem Leben in Passivität herausholte, das er bisher geführt hatte. Vielleicht könnte er dann die Freude an seiner Position und seiner Verantwortung wiederfinden.

„Und?"

Ihre sanfte Stimme riss ihn aus seinen Gedanken. Er zuckte mit den Schultern und hoffte, dass er dabei lässig wirkte. „Und ich hoffe, Sie denken darüber nach. Wenn Jennifer das nächste Mal ein Nickerchen macht, können Sie gerne in meinen Wohnbereich kommen und die Kinder besuchen."

Absichtlich ließ er *und mich* aus.

„Hoheit, wir sind da."

Federico blinzelte bei den Worten des Chauffeurs und war überrascht, festzustellen, dass sie die Tore des Palastes passiert hatten und durch die Gärten fuhren, die an den Hintereingang grenzten.

„Soll ich Sie zu den Räumlichkeiten von Antony und Jennifer bringen?" Es gefiel Federico gar nicht, dass ihre gemeinsame Zeit zu Ende war. Er wollte sich immer noch für das entschuldigen, was im Krankenhaus geschehen war, gleichzeitig wünschte er sich verzweifelt, dass es erneut geschehen würde.

„Ich komme klar, danke." Ihr Gesicht hatte sich gerötet, während sie sprach, und er wusste, dass ihre Gedanken ebenfalls zu dem Krankenhausflur gewandert waren.

Pia stieg aus, bevor der Chauffeur das Fahrzeug verlassen hatte, lächelte über ihre Schulter zurück und huschte dann die Treppe hinauf und außer Sichtweite.

Federico bedankte sich bei seinem Fahrer und stieg langsam die Stufen hoch.

***

„Was bin ich dumm, dumm, dumm!", grummelte Pia vor sich hin, als sie durch einen leeren Flur des Palastes zu Jennifers Wohnbereich eilte. Was hatte sie sich dabei gedacht, *Principe Perfetto* zu küssen? Oder schlimmer noch, ihn deutlich merken zu lassen, dass sie es genoss?

Er mochte mit dem Küssen begonnen haben, aber als er sich zurückzog, weil er offensichtlich gemerkt hatte, dass seine Lippen die einer Närrin berührten, die nicht in seine Kreise gehörte, hatte sie weiter mit seinem Hemdknopf gespielt und zu ihm aufgesehen wie ein liebeskranker Groupie. Ein Mann mit zwei Kindern. Ein Mann, dessen Leben der halben westlichen Welt bekannt war. Ein Mann, der in einer ganz anderen Liga spielte als sie – *wenn* sie eine romantische Beziehung gewollt hätte, was nicht der Fall war.

Aber bei allen Heiligen der königlichen Romantik, was war das für ein Kuss gewesen!

Sie versuchte, gelassen zu wirken, als sie auf dem Gang zu Jennifers und Antonys Räumlichkeiten an einem Wachmann vorbeikam, aber sobald sie um die Ecke gebogen und außer Sichtweite war, fuhr sie sich mit der Hand übers Haar und erinnerte sich daran, wie er es ihr aus dem Gesicht gestrichen hatte.

Federicos Umarmung fühlte sich genauso fantastisch an, wie sie es sich vorgestellt hatte, als sie auf dem Weg vom Flughafen zum Palast neben ihm auf dem Rücksitz des Mercedes gesessen hatte. Sein Kuss jedoch verriet viel, viel mehr Leidenschaft, als sie dem Prinzen mit den tadellosen Umgangsformen zugetraut hätte.

Was war seine wahre Geschichte?, fragte sich Pia. Wie viele Gefühle brodelten unter seiner stoischen Fassade? Denn nachdem sie die Sorge in seinem Gesicht gelesen hatte, als der Arzt sie genäht hatte, und das Bedauern in seinen Augen, als sie das Kindermädchen erwähnt hatte, wusste Pia, dass er ein vielschichtigerer Mann war, als die Medien und vielleicht sogar Federico selbst glaubten. Es war ihm mit diesem Kuss ernst gewesen, mit Leib und Seele. Niemand, der noch wirklich um seine geliebte Frau trauerte, konnte so küssen. Das war unmöglich. Selbst seine Worte machten das deutlich. Er hatte den Kuss beendet, weil sein Platz in der Gesellschaft es ihm vorschrieb – und nicht, weil er seinem Herzen folgte.

Wenn Federico nur halb so fasziniert von ihr war wie sie von ihm, dann litt er jetzt, denn die Verbindung, die sie spürte, erschütterte sie in ihren Grundfesten.

Pia tat einen tiefen, befreienden Atemzug, als sie den Zugangscode zu Jennifers Wohnbereich eingab, und sagte sich, dass sie nicht darüber nachdenken sollte. Es würde nichts dabei herauskommen, warum also sollte sie deswegen Magenschmerzen bekommen?

„Na schön. Denk nicht darüber nach", erwiderte Jennifer, was Pia zusammenzucken ließ. „Aber du musst wissen, dass ich dich im Moment wirklich hasse."

Pia stockte auf der Schwelle zu Jennifers Wohnzimmer und starrte die Freundin an, unsicher, was sie getan haben könnte, um Jennifer zu erzürnen. Und sie ärgerte sich über sich selbst, weil sie schon wieder laut gedacht hatte. Wenigstens hatte sie Federicos Namen nicht erwähnt, während sie vor sich hin gemurmelt hatte.

Hatte Jennifer schon die Abendnachrichten gesehen? Sie konnten unmöglich so schnell über ihren Krankenhausbesuch berichtet haben oder darüber, dass Jennifers Schwangerschaft möglicherweise gefährdet war.

Pia hob fragend eine Braue und sah ihre rothaarige Freundin an, die seitlich auf dem Sofa saß und ihre Füße auf Kissen hochgelagert hatte. „Du hasst mich?"

Jennifer machte eine Armbewegung, die ihren Körper von den Schultern bis zu den Füßen einschloss. „Hier bin ich, Anwärterin auf den Titel der dicksten schwangeren Frau aller Zeiten, und du stehst neben Federico auf meinem Fernsehbildschirm und wirkst kein Kilo schwerer, als du bist. Außerdem sahst du grandios aus, obwohl du zuvor einen Schlag auf den Kopf bekommen hast. Ich hasse dich!"

Pia verdrehte die Augen und grinste. Sie hätte wissen müssen, dass Jennifer sie aufziehen wollte. Aber nach den emotionalen Höhen und Tiefen des heutigen Tages war alles möglich.

„Sie haben es bereits gesendet?"

„Ja." Jennifer machte den Fernseher aus, den sie stummgeschaltet hatte, und warf die Fernbedienung auf eine leere Stelle neben ihren Füßen. „In den Fünf-Uhr-Nachrichten. Die meisten lokalen Sender begannen mit der Übertragung direkt am Krankenhaus mit der Ansage", die senkte ihre Stimme auf den Tonfall einer Nachrichtensprecherin, „Prinz Federico diTalora und Pia Renati, ein Gast des Palastes, haben das Krankenhaus erst vor wenigen Augenblicken verlassen."

Pia stieß einen tiefen Seufzer aus. „Nun, hör auf mich zu hassen. Das Letzte, was ich mir für heute vorgenommen hatte, war, im Fernsehen zu landen. Ich habe mich komplett lächerlich gemacht."

Jennifers Miene wurde sofort mitfühlend. „Erstens hast du dich nicht lächerlich gemacht. Und zweitens muss ich mich bei dir entschuldigen. Ich bin verantwortlich für das, was da passiert ist. Ich hätte an die Presse denken sollen, bevor ich dich hierher eingeladen habe. Irgendwann stürzen sich die Reporter auf alles, was diese Familie tut. Und leider auch auf alles, was unsere Freunde tun."

„Es ist in Ordnung."

„Das würde ich nicht sagen", widersprach Jennifer. „Auf jeden Fall weiß ich es sehr zu schätzen, dass du dich für mich eingesetzt hast. Ich hatte keine Ahnung, dass die Presse bereits über meine Schwangerschaft spekuliert."

„Mach dir keine Sorgen. Ich vermute, dass sie auf eine Story aus waren. Niemand erwartet, dass du so kurz vor der Geburt noch viel unterwegs bist. Aber beim nächsten Mal musst du dein Geschenk selbst einpacken. Ich bin nicht gut darin, Bumerangs auszuweichen."

Jennifer richtete ihren Blick auf Pias Stirn und verzog das Gesicht. „Tut es weh?"

„Nicht wirklich. Ich habe schon viel Schlimmeres erlebt."

„Ich bin sicher, dass es den Jungen leidtut. Es sind großartige Kinder. Sie haben nur eine Menge Energie."

„Es war ein Unfall. Ich habe nur … oh, Jen." Pia sank auf den Sessel neben dem Sofa. „Ich wollte nicht, dass ihr Kindermädchen gefeuert wird. Ich fühle mich furchtbar."

Furchtbar war eine Untertreibung. Als Federico dem

Kindermädchen im Flur des Palastes diesen Blick zugeworfen hatte, kurz bevor er der jungen Frau sagte, sie solle für den Rest des Tages andere Vorkehrungen für die Betreuung der Kinder treffen, war Pia von ihren eigenen Erinnerungen überwältigt worden.

Mit sechzehn hatte sie ihren einzigen Job als Babysitterin verloren. Sie hatte keine andere Möglichkeit gehabt, Geld zu verdienen und etwas Unabhängigkeit zu erlangen, um sich und ihrer Mutter zu beweisen, dass sie auf Kinder aufpassen konnte. Und sie hatte es grauenvoll vermasselt. Das fünfjährige Mädchen, das ihr anvertraut worden war, war von der Schaukel gefallen, als Pia sie zu stark angestoßen und das Kind dadurch zu hoch geschaukelt hatte, und war hart auf Rücken und Schultern aufgekommen. Diese schrecklichen Sekunden, in denen Pia sah, wie das kleine Mädchen vom Sitz stürzte, wobei ihr langer brauner Zopf über ihren Kopf flog und ihre Schreie die Luft des friedlichen Hinterhofs durchschnitten, waren auf ewig in Pias Gedächtnis eingebrannt. Wenn sie daran dachte, kam immer noch die furchtbare Übelkeit, die Pia in dem Moment empfunden hatte, in ihr hoch. Und dann war da noch der angewiderte Blick, den der Vater des Kindes ihr zugeworfen hatte, als er nach Hause kam und sah, wie Pia gegen die Tränen ankämpfte, während die Sanitäter seine Tochter in den Krankenwagen luden. Dieser Blick hatte sie am Boden zerstört.

„Ich bitte dich." Jennifer bedachte Pia mit einem strafenden Blick. „Du warst nicht der Grund dafür, dass das Kindermädchen heute gefeuert wurde. Das ist das dritte Mal in einem Monat, dass Mona Arturo und Paolo aus den Augen verloren hat. Einmal hat sich Paolo von Federicos Wohnbereich entfernt und sich hinter einem Blumenkübel versteckt, der sich in der Nähe des Speisezimmers am entgegengesetzten Ende des Palastes befindet. Es ist eine Sache, wenn ein Kindermädchen Kinder in einem normalen Haushalt herumlaufen lässt, aber eine andere in einem königlichen Palast, wo Staatsgeschäfte abgewickelt werden. Offenbar war sie mit ihrem Handy beschäftigt, hat ihren Freunden Nachrichten geschickt und nicht bemerkt, dass Paolo fast eine Stunde lang weg war. Sie hätte ohnehin gefeuert werden müssen."

„Aber für die Jungs muss es schwierig sein." Pia kannte das aus ihrer eigenen Kindheit zu Genüge, als ihre Mutter sie ständig irgendwohin geschickt hatte. Sie hatte es gehasst, wenn die Freundinnen ihrer Mutter auf sie aufpassten, während ihre Mutter zu jeder Tages- und Nachtzeit auf irgendwelchen Events war, manchmal weit weg von zu Hause. Natürlich war Sabrina Renati als professionelle Eventplanerin verpflichtet gewesen, an diesen Veranstaltungen teilzunehmen, aber das hatte die Situation für Pia nicht einfacher gemacht.

Alles, was sie sich ihrer Kindheit gewünscht hatte, waren ein eigener Platz zum Toben und Spielen sowie eine feste Person, die ihr Aufmerksamkeit schenkte und sich um sie kümmerte.

„Erst die Mutter und jetzt das dritte Kindermädchen in weniger als zwei Jahren zu verlieren, das ist furchtbar", fügte Pia hinzu.

„Ja, aber wir tun unser Bestes, um ihnen Stabilität zu geben, wir alle. Nick und Isabella lesen den Jungen jeden Abend Geschichten vor. Das ist ein Ritual, an dem sie alle Gefallen gefunden haben. Bevor mir Bettruhe verordnet wurde, habe ich ihnen beigebracht, wie man Dame spielt. Und Marco hat sie für einen zweiwöchigen Skikurs in Österreich begeistert, für den er sie diesen Winter anmelden will." Sie seufzte erschöpft. „Wir geben uns große Mühe. Federico hatte eine üble Pechsträhne mit den Kindermädchen. Aber die Jungen wissen, dass sie geliebt werden, vor allem von ihrem Vater."

Pia nickte verstehend und deutete zugleich auf den Fernseher. „Können wir den wieder einschalten? Gleich kommen die Sechs-Uhr-Nachrichten und ich möchte sehen, wie schlecht mich die Presse dargestellt hat."

„Mach ruhig an."

Pia nahm die Fernbedienung und schaltete den Fernseher ein. Es war ein gewisser Trost für sie, dass sich so viele Menschen um Arturo und Paolo kümmerten, aber eine Menge Tanten und Onkel – oder Freunde der Familie – machten den Verlust ihrer Mutter nicht wett. Vor allem, wenn die Verpflichtungen ihres Vaters so lange Arbeitstage erforderten.

„Die Reporter hatten tatsächlich eine gute Idee", meinte Jennifer, als die dramatische Eröffnungsmelodie der Abendnachrichten von San Rimini ertönte und computergenerierte Grafiken über den Bildschirm flimmerten.

Pia ließ sich wieder auf ihren Sessel sinken und verschob ihn so, dass sie den Fernseher besser sehen konnte. „Was meinst du?"

„Nun, dass du Paolos und Arturos Kindermädchen wirst."

War das eine Verschwörung? Pia schnaubte. „Vielleicht kann ich mich auch als persönliche Assistentin von König Eduardo bewerben, wenn ich schon dabei bin. Oder hey, wie wäre es mit Kammerdienerin für Marco? Er sieht oft aus, als könnte er jemanden gebrauchen, der seine Kleidung bügelt. Wie viele offene Stellen gibt es im Palast? Ich könnte meinen Lebenslauf aktualisieren und –"

„Ich meine es ernst", entgegnete Jennifer, hob ein Kissen hoch und tat so, als wollte sie es in Pias Richtung werfen. „Du bist fast geplatzt vor Freude, als ich dich gebeten habe, ein Geschenk einzupacken, nur damit du etwas anderes zu tun hast, als mir Getränke oder Decken zu holen oder in der Ecke zu sitzen und dein x-tes Buch zu lesen."

„Habe ich dir nicht gesagt, du sollst deine Geschenke fortan selbst einpacken?"

Jennifer ignorierte die Bemerkung und fuhr fort: „Ich glaube, du wärst ein großartiges Kindermädchen. Nun, vielleicht nicht ein Kindermädchen im eigentlichen Sinne. Aber während ich schlafe oder mich jemand anderes umsorgt, könnte es dir Spaß machen, etwas Zeit mit den Jungs zu verbringen. Sie würden sich freuen und du hättest die Gelegenheit, draußen in der Sonne zu sein." Sie rieb sich die Hände und sprach trotz Pias Protest weiter: „Wenn du sie zum Palazzo d'Avorio mitnimmst, könntest du einen Strandaufenthalt in völliger Abgeschiedenheit genießen. Der Palazzo wird nur von der königlichen Familie genutzt und liegt direkt am Wasser. Ich bin sicher, Federico hätte nichts dagegen."

„Auf keinen Fall. Ich bin die letzte Person auf der Welt, die auf Kinder aufpassen sollte", widersprach Pia, die ein Auge auf den Bildschirm gerichtet hielt, als der Meteorologe die aktuellen Temperaturen auf der Karte von Südeuropa zeigte. Anfang September war eine wunderbare Zeit, um sich an den Stränden von San Rimini zu vergnügen, aber nicht so, wie Jennifer es vorgeschlagen hatte.

„Du hast dich um viele gekümmert, als wir zusammen in Haffali gearbeitet haben."

„Nein, nicht wirklich. Die meisten von ihnen hatten mindestens einen Elternteil im Lager. Ich habe ihnen Luftballons aus OP-Handschuhen gebastelt oder ihnen gezeigt, wie das Fadenspiel funktioniert. Das ist etwas anders, als jemandes Vollzeitmutter oder -vater zu sein. Oder auch Babysitter. Ich war nicht für sie verantwortlich."

„Ich verstehe nicht, warum mit Federicos Kindern zu spielen, anders sein sollte als das, was du in Haffali gemacht hast", wandte Jennifer ein, deren Gedanken offensichtlich zu dem Flüchtlingslager zurückgekehrt waren, in dem sie beide gearbeitet hatten. „Du hast natürlich dahingehend recht, dass Paolo und Arturo jeden Luxus haben, während die Kinder, um die wir uns kümmerten, vor einem Krieg flohen. Aber im Prinzip ist es dasselbe. Kinder mögen es, wenn jemand Zeit mit ihnen verbringt. Und du bist verantwortungsbewusst. Ich habe es persönlich und aus nächster Nähe gesehen, unter aufreibenden Bedingungen, und ich weiß, wie viel Spaß du dabei hattest. Ich weiß noch, wie du dich einmal beim Kartenspielen mit einer

Gruppe von Jungen auf der Kinderstation schlapp gelacht hast." Jennifer hielt inne. „Es sei denn, es gibt einen anderen Grund, warum du nicht in der Nähe von Arturo und Paolo sein willst. Oder von Federico."

Volltreffer.

Pia hielt die Augen auf die Sendung gerichtet und wagte nicht, Jennifers Blick zu begegnen. Jen würde innerhalb einer Sekunde erkennen, dass etwas zwischen ihr und Federico vorgefallen war. Sie hatte ein feines Gespür für die Gefühle von Menschen, vor allem die ihrer Freunde. Das war einer der Gründe, warum Antony sich in sie verliebt hatte und warum sie bei den Menschen von San Rimini so gern gesehen war.

Aber Pia wollte nicht zugeben, dass sie sich zu Federico hingezogen fühlte, nicht einmal Jennifer gegenüber. Oder das Flattern in ihrem Bauch, das in ihr die Frage aufkommen ließ, ob sie nicht *doch* in der Lage war, ein oder zwei Nachmittage auf Arturo und Paolo aufzupassen.

Obwohl die Jungen so ungestüm waren, hatten ihre lieben Gesichter ihr Herz berührt. Und, wie Jen betont hatte, es würde sie nach draußen bringen, an die frische Luft, wo sie sich etwas bewegen konnte.

Sie verfolgte weiter gebannt die Nachrichten, auch wenn die Berichterstattung zu den Verkehrsmeldungen übergegangen war. Sie sollte nicht allein für die Jungs verantwortlich sein, überlegte sie. Sie bräuchte einen anderen Erwachsenen, schon zu ihrem eigenen Seelenfrieden, und das bedeutete, mit Federico zusammen zu sein.

Aber wenn sie mehr Zeit mit dem Prinzen verbrächte, würde sie vielleicht erkennen, wie absurd es war, dass sie sich zu ihm hingezogen fühlte. Jeder Gedanke an eine romantische Beziehung mit ihm war ... nun, sie könnte genauso gut den letztjährigen Oscar-Gewinner in der Kategorie *Bester Schauspieler* auf ein Date einladen.

Pia drehte sich auf ihrem Sessel zu ihrer Freundin um. Bis

zu ihrer Abreise nach Afrika würde sie sich Federico aus dem Herzen gerissen haben. Kein Problem.

„Ich denke, wenn es die Presse davon abhält, weitere Fragen über dich zu stellen, und wenn ich nicht allein für die Kinder zuständig wäre *und* wenn du mich nicht brauchst, könnte ich etwas Zeit mit ihnen verbringen."

Jennifers Mund verzog sich zu einem breiten, wissenden Lächeln. „Perfekt."

KAPITEL 5

„ICH HABE NOCH EINMAL über Ihr Angebot nachgedacht."

Federico blickte von seiner Ausgabe von *San Rimini heute* auf und sah Pia am Eingang zum privaten Esszimmer seiner Familie. Ihre Füße verharrten auf der Schwelle, ihre Finger umfassten zaghaft den Türrahmen, aber ihr Hoffentlich-bin-ich-willkommen-Lächeln versüßte ihm den Morgen.

Er fragte sich, wie lange sie dort schon gestanden und überlegt hatte, ob sie eintreten sollte. Es war noch recht früh, aber er spürte, dass sie bereits einige Zeit wach war. Ihre Kleidung wirkte frisch und war nicht zerknittert, ihr Haar sah ordentlicher aus als sonst. Der große Mullverband, den sie beim Verlassen des Krankenhauses getragen hatte, war durch einen ersetzt worden, der gerade groß genug war, um die Stiche zu verdecken.

Allerdings hatte sie keinen Lippenstift aufgelegt.

Er deutete auf die großen Platten mit Eiern, Speck, Toast und frischem Obst auf dem Tisch und versuchte, sich von jenem Hunger abzulenken, den die Erinnerungen an den Krankenhausflur – und an ihren herrlichen, ungeschminkten Mund – hervorriefen.

„Bitte, leisten Sie mir Gesellschaft. Es wurde gerade erst aufgetragen und das Küchenpersonal bereitet immer genug zu, um die ganze Familie zu verköstigen, selbst wenn ich allein esse."

Pia zögerte einen Moment, dann durchquerte sie den Raum und ließ sich auf einem Stuhl direkt gegenüber von Federico nieder. „Danke. Ich habe mich so daran gewöhnt, während eines Einsatzes alles zu verzehren, was aus einer Dose kommt, dass ich vergesse, wie richtiges Essen schmeckt, bis ich in die Staaten zurückkehre oder hierher nach San Rimini komme." Ihre Augen weiteten sich, als sie die Auswahl betrachtete. „Das vermisse ich am meisten, wenn ich an einem abgelegenen Ort arbeite. Nicht das Fernsehen oder zuverlässiges Internet. Nicht einmal eine Klimaanlage. Ich vermisse warmes, frisch gekochtes Essen."

Er konnte sich ein Grinsen nicht verkneifen. „Wie Sie sehen, bin ich ziemlich verwöhnt. Aber ich bewundere Sie für Ihre Arbeit unter nicht gerade einfachen Bedingungen."

Sie erwiderte nichts, aber er merkte, dass sie sich über seine Bemerkung freute. Er forderte sie auf, sich zu bedienen, und beobachtete, wie sie sich eine Tasse Kaffee einschenkte und einen Schuss Milch hinzufügte, ohne Sahne oder Zucker zu nehmen. Genauso, wie er seinen Kaffee trank. Als sie die Tasse an die Lippen hob, fragte er sich, welche anderen Eigenheiten sie noch gemeinsam haben könnten.

Er riss seinen Blick von ihren Lippen los und richtete ihn auf ihre Stirn. „Was macht Ihre Verletzung? Ich hoffe, es geht Ihnen heute besser."

Sie nickte und die Muskeln in ihrem Gesicht entspannten sich sichtlich, nachdem sie einen Schluck der heißen Flüssigkeit getrunken hatte. „Ja, danke."

Er versuchte, die Nervosität, die sie in ihm auslöste, zu überspielen, indem er die Zeitung ordentlich faltete und neben seinem Teller ablegte. Dabei achtete er darauf, dass sie die Schlagzeile nicht sehen konnte. Er fragte sich, ob er ihren überraschenden Besuch im Esszimmer der Morgenausgabe zu verdanken hatte, wo in der Titelgeschichte behauptet wurde, dass – in deren Worten – in dieser Woche seltsame Ereignisse hinter den Kulissen des Palastes stattgefunden hätten, und es wurde spekuliert, auf welche Weise Pia daran beteiligt sein könnte.

„Also", sagte er, „Sie haben noch einmal über mein Angebot nachgedacht?"

„Die Kinder zu besuchen", stellte sie klar. Sie schaute ihn über den Rand ihrer Kaffeetasse hinweg an. „Nach der Schule mit ihnen zu spielen, ihnen Gesellschaft zu leisten, etwas in der Art. Zumindest, bis Sie eine feste Betreuung gefunden haben. Jennifer hat vorgeschlagen, dass ich mit den Jungen zum Palazzo d'Avorio fahre, damit sie und ich am Strand ein bisschen Sonne tanken können, während sie selbst ein Nickerchen hält. Falls die Kinder überhaupt Interesse daran haben. Wahrscheinlich nicht."

Er zwang sich, nicht über ihren Vorbehalt zu lächeln. „Im Gegenteil, ich glaube, das würde ihnen sehr gefallen." Aus Gewohnheit nahm er die Zeitung wieder zur Hand, überlegte es sich dann aber anders. Pia war ganz offensichtlich nicht wie ihr Cousin Angelo, der den Raum betreten und ein Blatt mit einer Schlagzeile über sein Privatleben geschwungen hätte, als ob er einen Preis gewonnen hätte. Da sie den Artikel bis jetzt nicht erwähnt hatte, hatte sie ihn wahrscheinlich noch nicht gesehen. Warum also die magnetischen Anziehungskräfte, die zwischen ihnen spürbar waren, in einen regelrechten Ionensturm verwandeln? Wenn überhaupt, musste er reinen Tisch machen. Er holte tief Luft. Augen zu und durch. „Pia", begann er, „wegen gestern ..."

„Ist schon gut." Sie winkte ab. „Wir müssen nicht darüber reden."

„Aber sollten wir nicht –"

„Es ließ sich nicht verhindern. Wir brauchen nicht darüber

zu sprechen, weil es unwahrscheinlich ist, dass es noch einmal passiert."

Er öffnete seinen Mund und schloss ihn wieder. Meinte sie den Kuss, so wie er? Oder den Bumerang?

Vielleicht hatte sie den Artikel ja doch gesehen.

Sie nahm eine Scheibe Toast, legte mit einer Gabel etwas Ei auf ihren Teller und reichte ihm dann die Platte.

„Darf ich fragen, was Sie umgestimmt hat?", fragte er, während er sich an dem Ei bediente. „Was den Besuch bei Paolo und Arturo angeht, meine ich."

Sie zuckte mit den Schultern. „Ich bin hier, um Jennifer zu helfen. Ich habe ihr schon vor dem Abflug versprochen, dass ich mein Möglichstes tun werde, damit die Presse nicht über ihre Schwangerschaft berichtet, zumindest bis entweder Antonys Gespräche abgeschlossen sind oder das Baby da ist. Wenn das Spielen mit Arturo und Paolo die Presse ablenkt und die Jungen gleichzeitig Spaß haben, wäre das wunderbar."

Er nahm einen Bissen von dem Ei, um seine Enttäuschung zu verbergen. Sie hatte *ihn* nicht erwähnt. Nur seine Söhne. Nicht dass er erwartet hätte, sie würde das tun, aber er hatte tief in seinem Inneren die Hoffnung gehegt, dass er zu ihrer Entscheidung beigetragen hatte, auch wenn nichts daraus werden konnte.

Sie bedachte ihn mit einem zurückhaltenden Lächeln, als sie die Platte wieder in die Mitte des Tisches stellte. „Ihre Söhne sind wirklich süß."

Darüber musste er lachen. „Ihnen ist schon klar, dass es dieselben Jungen sind, die Sie gestern mit einem Bumerang getroffen haben?"

Das entlockte ihr ein echtes Lächeln. „Die beiden haben doch nicht vor, noch etwas anderes nach mir zu werfen, oder?"

„Ich hoffe nicht." Er nahm einen Schluck Kaffee und fügte hinzu: „Sie haben den Bumerang vom australischen Botschafter geschenkt bekommen, als er meinen Vater letzte

Woche besucht hat. Ich habe ihn auf ein hohes Regal gelegt und ihnen gesagt, dass sie ihn nur benutzen dürfen, wenn ich dabei bin und ihnen sage, dass es ungefährlich ist. Aber das hat sie offensichtlich nicht abgehalten. Also seien Sie bitte vorsichtig."

„Nächstes Mal weiß ich, dass ich mich ducken muss."

Er räusperte sich. „Ich hatte vor, heute Nachmittag mit den Jungen in den Zoo zu gehen, als letzten Ausflug vor dem morgigen Schulbeginn. Aber ich war mir nicht sicher, ob das nach dem gestrigen Medienaufgebot am Krankenhaus klug wäre. Es besteht kaum eine Chance, dass wir den Zoo ungestört besuchen können. Und das Wetter heute ... Wie lautet noch gleich das Wort für die Prognose?"

„Die Wettervorhersage?"

„Vorhersage", wiederholte er, um sich das Wort einzuprägen. „Ja, danke. Laut der Wettervorhersage soll es regnen. Aber wenn Sie irgendwelche Ideen für Aktivitäten haben, würde ich sie gerne hören."

Ihre Kaffeetasse landete so hart auf dem Unterteller, dass er befürchtete, sie würde zerspringen. „Heute? Sie möchten, dass ich Sie begleite?"

„Es sei denn, Sie haben etwas mit Jennifer verabredet, natürlich."

Pia schüttelte den Kopf. „Sie hat vor, ihre Fotos durchzugehen und in Alben einzuordnen, weil sie das im Bett machen kann. Ich habe alles für sie herbeigeholt, also denke ich, sie ist beschäftigt. Ich hätte nur nicht gedacht, dass Sie wollen, dass ich gleich heute anfange."

Er runzelte die Stirn. Gleich heute? Warum war sie so nervös, nur weil sie einen Tag lang mit Kindern spielen sollte?

Oder lag es daran, dass er dabei sein würde, obwohl sie das, was zwischen ihnen passiert war, mit der Bemerkung abgetan hatte, dass es nicht wieder vorkommen würde?

Schließlich sagte er: „Es liegt ganz bei Ihnen, Pia. Aber ich würde mich freuen, wenn Sie sich mir und den Kindern anschließen könnten."

„Sie haben heute keine offiziellen Verpflichtungen?"

„Nachdem ich Mona gestern entlassen habe, stellte ich meinen Terminkalender so um, dass ich mich die nächsten ein bis zwei Wochen selbst um die Jungen kümmern kann. Das sollte mir genügend Zeit lassen, eine neue Betreuung zu finden."

Sie setzte sich aufrechter auf ihrem Stuhl hin und hob ihr Kinn ein wenig an, als sei sie entschlossen, eine schwierige Aufgabe in Angriff zu nehmen. „In Ordnung. Lassen Sie uns etwas für heute planen."

„Wenn Sie sicher sind." Er hoffte, dass sie es nicht als Verpflichtung ansah, Zeit mit ihm zu verbringen. Warum sonst schien es, als müsste sie Willenskraft aufbringen, um seine Einladung anzunehmen?

„Natürlich bin ich sicher. Woran haben Sie gedacht?"

Er überlegte einen Moment. „Aktivitäten im Freien werden leider nicht möglich sein. Vielleicht würde ihnen das Museum gefallen?"

„Ziemlich öffentlich, meinen Sie nicht?"

„Vielleicht, aber es ist weniger wahrscheinlich, dass Reporter dort angelockt werden, als im Zoo."

„Stimmt. Jennifer erwähnte, dass sie Arturo und Paolo das Damespiel beibringt. Vielleicht könnten wir ein neues Spiel finden und es sie lehren. Etwas Lustiges für einen verregneten Tag. Ich vermute, dass sie vor allem mit Ihnen zusammen sein wollen. Nichts Formelles, nur einen freien Tag, an dem sie sich unterhalten und herumalbern können, anstatt einen organisierten Ausflug zu machen wie in den Zoo oder ein Museum."

Mit einem schelmischen Funkeln in den Augen fügte sie hinzu: „Apropos formell, ich werde Ihnen die englische Umgangssprache beibringen."

In einem Augenblick der Erleuchtung starrte er sie an. Sie hatte genau das Problem erkannt, das er mit seinen Söhnen hatte. Zwar hatte Lucrezia dafür gesorgt, dass die Jungen Musikunterricht bekamen und an anderen bereichernden Aktivitäten teilnahmen, jedoch hatte sie Arturo und Paolo auch immer viel Freizeit gelassen. Sie waren stundenlang im Spielzimmer und taten nichts Besonderes oder sie unternahmen lange Spaziergänge durch die Palastgärten. Doch seit Lucrezias Tod versuchte er, den Jungen zu zeigen, dass sie ihm wichtiger waren als seine königlichen Pflichten, und plante für jeden Moment, den sie gemeinsam verbrachten, irgendwelche Aktivitäten. Und schlimmer noch, diese fanden fast immer in der Öffentlichkeit statt.

Er hatte nur begrenzt Zeit für sie und immer das Gefühl gehabt, dass er aus jedem Moment das meiste herausholen musste. Aber vielleicht war ruhige Zeit – private, unverplante Zeit – das, wonach sie sich sehnten.

Pias sanfte Stimme unterbrach seine Gedanken: „Es tut mir leid. Ihr Englisch ist hervorragend, vor allem wenn man bedenkt, dass Sie nicht wie Prinz Marco und Prinzessin Isabella in den Staaten studiert haben. Ich sollte Sie nicht damit aufziehen. Und ich sollte wirklich keine Vermutungen über Ihre Kinder anstellen, geschweige denn den Mund aufmachen, wenn es um sie geht. Ich trete immer ins –"

„Nein, ich schätze Ihre ..." Er suchte nach dem richtigen Wort, bevor er weitersprach: „Ihre Offenheit. Ich glaube sogar, Sie haben recht. Ein Tag, an dem nichts Bestimmtes auf dem Programm steht, könnte ihnen Spaß machen."

Sie wurden von einem Bediensteten unterbrochen, der ihr Geschirr abräumte und die leere Kaffeekanne durch eine neue ersetzte, nachdem er ihre Tassen wieder aufgefüllt hatte. Sie lehnten sich beide zurück und ließen den Mann seine Arbeit machen. Als er das letzte Geschirr in die Küche getragen hatte und Federico und Pia wieder allein waren, beugte sich der Prinz vor. „Also, welche Art von Aktivitäten sollten wir *nicht* planen?"

Auf ein amüsiertes Schmunzeln von Pia hin fügte er hinzu:

„Englisch kann ich lernen, auch wenn ich oft Zweifel an der Richtigkeit habe, bevor ich spreche. Aber ich glaube, ich weiß nicht, wie man *nicht* plant. Ich fürchte, das ist eine tief verwurzelte Angewohnheit."

„Nun, ich bin eine Expertin im Nichtplanen. Als wir im Haffali-Lager arbeiteten, war Jennifer diejenige, die den Tagesplan aufstellte und alles an diesem Ort zusammenhielt. Ich musste nur eine Checkliste abarbeiten und dafür sorgen, dass die wichtigen Dinge erledigt wurden."

Er lehnte sich auf seinem Stuhl zurück. Das hätte er nicht gedacht, trotz ihres gewöhnlich so saloppen Aussehens. „Da ich die überragenden Planungsfähigkeiten Ihrer Mutter kenne, dachte ich, Sie wären diejenige, die organisiert ist."

Pia zuckte zusammen und ihm wurde klar, dass er etwas Verletzendes gesagt hatte. Vielleicht hatte Sabrina Renati die Führungsqualitäten ihrer Tochter kritisiert?

Pias Stimme war jedoch munter, als sie antwortete: „Sie kennen meine Mutter?"

„Ja", antwortete er und beschloss, das Unbehagen, das er bei ihr gespürt hatte, zu ignorieren. „Unsere Väter waren Klassenkameraden. Als Ihr Vater verstarb und Ihre Mutter ihr Unternehmen gründete, war mein Vater einer der Ersten, der sie mit der Planung einer Festlichkeit betraute."

„Das wusste ich nicht." Sie nestelte an ihrer Serviette, dann wurde ihr offenbar bewusst, was sie tat, und sie ließ ihre Hände ruhen. „Das war nett von ihm. Ich bin sicher, dass es ihr geholfen hat, sich einen guten Ruf zu erwerben."

„Den hat sie verdient", antwortete Federico und das meinte er ernst. „Sabrina ist eine der angesehensten und gefragtesten Veranstaltungsplanerinnen in Südeuropa. Mein Vater und Antony engagieren sie immer wieder. Tatsächlich hoffte der König, sie für dieses Wochenende zu buchen, wenn wir unseren jährlichen Ball zur Unterstützung der Jugenddiabetesforschung veranstalten."

Eine senkrechte Falte bildete sich zwischen ihren Brauen. „Meine Mutter kommt hierher?"

„Leider nein. Als mein Vater vor ein paar Monaten mit ihr sprach, hatte sie bereits einen Auftrag in Berlin angenommen, wo sie ein dreitägiges Kunstfestival für den deutschen Bundeskanzler organisiert." Er lachte leise. „Es passiert nicht oft, dass mein Vater eine Absage erhält. Er war ziemlich enttäuscht."

Pia nickte, aber ihr Blick blieb gesenkt. „Sie war in den letzten Wochen nicht zu Hause, aber ich wusste nicht genau, wo sie sich aufhielt."

Ihr Tonfall ließ Federico überlegen, ob Sabrinas Anwesenheit – oder vielmehr ihre Abwesenheit – in San Rimini Pias Entscheidung, bei Jennifer zu bleiben, beeinflusst hatte.

Sie blickte wieder zu ihm auf, auch wenn das eine mentale Anstrengung zu erfordern schien. „Ich nehme an, der König hat jemand anderen gefunden?"

„Das hat er." Da er merkte, dass ihr das Thema nicht behagte, wies er mit einer Geste zur Tür. „Die Jungen hatten eine frühe Musikstunde. Sollen wir nachsehen, ob sie fertig sind?"

„Ja klar."

Pia schob ihren Stuhl zurück, als er sagte: „Und was *machen* wir mit ihnen?"

„Haben Sie sie gefragt?"

Er hob eine Augenbraue. „Das ist mir nicht in den Sinn gekommen. Meine Eltern haben mich ganz bestimmt nie gefragt."

„Nun, Sie könnten herausfinden, dass Sie ihre Ideen mögen."

„ICH BIN NICHT SICHER, ob mir diese Idee gefällt." Federico durchwühlte Arturos Kleiderschrank und schüttelte den Kopf über das Durcheinander, während er nach dem gelben Regenmantel seines Sohnes suchte. Selbst das Hauspersonal schien in letzter Zeit nicht mehr Herr über die Jungen und ihre Unordnung zu werden.

Neben ihm überprüfte Pia das Größenetikett eines blauen Regenmantels, den Teodora ihr geliehen hatte, und gab einen leisen zufriedenen Laut von sich, bevor sie ihn anzog.

Schließlich erblickte Federico im hinteren Teil von Arturos großem Schrank etwas Gelbes. Nachdem er den Regenmantel herausgefischt hatte, wandte er sich an Pia. „Es wird als unangebracht angesehen, wenn königliche Kinder im Regen herumlaufen. Sie könnten sich erkälten."

„Das ist ein Mythos." Pia half Paolo, seinen Arm in den Ärmel seines sonnengelben Mantels zu stecken, bevor sie über den ersten Teil von Federicos Aussage überrascht eine Augenbraue hob. „Warten Sie. Haben Sie als Kind nie im Regen gespielt? Sind Sie nie in Pfützen gesprungen? Niemals?"

„Sie kennen meinen Vater, König Eduardo? Nein, das hätte er nicht erlaubt, schon gar nicht in jenen Tagen." Er ließ ein unbeschwertes Lachen hören. „Allerdings hätte ich auch nie gedacht, dass ich es erlauben würde."

„Aber Papa, du hast doch gesagt, wir dürften alles tun, was wir wollen!" Paolo schaute seinen Vater beunruhigt an.

„Wir gehen, Paolo. Stimmt's, Papa?" Arturo warf seinem Vater einen fragenden Blick zu, während er seine bestrumpften Füße in ein Paar schwarze Gummistiefel steckte, fest entschlossen, so weit wie möglich voranzukommen, bevor Federico seine Meinung über ihren Ausflug ins Freie änderte.

Federico wuschelte Arturo durchs Haar. „*Nonno* ist im Laufe der Jahre etwas lockerer geworden. Wenn ich jetzt ein Kind wäre, würde er es vielleicht erlauben. Und ich habe euch mein Wort gegeben, oder nicht?"

„Ja!", riefen die beiden Jungen, schlugen unbeholfen die Fäuste gegeneinander und hätten Pia beinahe umgerissen, als sie nach draußen drängten.

Keine fünf Minuten später begann Pia, die Dinge mit Federicos Augen zu sehen. Die Idee der Jungen, im Regen zu spielen, war vielleicht doch nicht so gut, auch wenn sie Federico nicht zustimmte, dass die Jungen sich erkälten könnten. Sie vermutete eher, dass sie trotz der Regenmäntel ihre Kleidung ruinieren würden. Oder schlimmer noch, dass sie sich verletzen könnten, denn der Rasen war glitschig und vom Regen aufgeweicht.

In dem Moment, als sie durch die hinteren Türen des Palastes traten und die Stufen zum Garten nahmen, rannten Arturo und Paolo vor. In Anbetracht ihrer Geschwindigkeit und der regennassen Stufen sowie ihrer Neigung, sich beim Laufen umzudrehen, um zu sehen, ob ihr Vater sie beobachtete, befürchtete Pia, dass einer der beiden Jungen oder beide die ganze Treppe hinunterfallen würden.

Paolo stieß einen Freudenschrei aus, als er unten ankam, dann sprang er von der letzten Stufe mitten in eine Pfütze. Wasser und Schlammklümpchen spritzten auf seine Gummistiefel und seine khakifarbene Cargohose. Pia warf einen Blick auf Federico und erwartete, Missbilligung in seinem Gesicht zu erkennen. Ihr wurde jedoch leichter ums Herz, als er stattdessen die Taschen seines Trenchcoats abklopfte und sich ärgerte, dass er weder sein Handy noch eine Kamera dabeihatte, um das Ereignis festzuhalten.

Arturo kreischte vor Vergnügen. Nachdem er die Reaktion seines Vaters auf Paolos spielerischen Sprung beobachtet hatte, hopste er ebenfalls von der untersten Stufe, wobei er Paolo mit schlammigem Regenwasser durchnässte. Mit den Füßen bespritzten sich die Jungen gegenseitig und streckten die Hände aus, um die Wasserspritzer des anderen abzuwehren, bis Federico das untere Ende der Treppe erreichte und sie aus der Pfütze auf einen trockeneren Abschnitt des Kieswegs schob, der den Palast vom Garten trennte. „Kinder, Kinder! Sollen wir Signorina Renati die Schaukeln zeigen?"

„Guckt mal!" Arturo hüpfte voraus und warf seinem Vater

einen Blick zu, bevor er um eine weitere Pfütze herumlief, die sich in einer Reifenspur gebildet hatte. Er rief Paolo über die Schulter zu, er solle ihn fangen, und nahm dann einen kleineren, mit Kies bestreuten Pfad, der eindeutig als Fußweg gedacht war und durch den offiziellen Rosengarten des Palastes führte.

„Sind Sie darauf vorbereitet, zu rennen?", fragte Federico Pia, während er sein Tempo beschleunigte.

„Habe ich eine andere Wahl?" Pia machte einen Doppelschritt, um zu Federico aufzuschließen, und dachte dabei, dass sie mit ihrer legeren Kleidung und einem Regenmantel richtig angezogen war, um Kinder zu fangen, Federico jedoch nicht. Er hatte immer noch das an, was er zum Frühstück getragen hatte: eine schwarze Hose, eine blaugraue Krawatte und ein hellgraues Hemd. Statt eines Regenmantels hatte er einen doppelreihigen schwarzen Trenchcoat übergestreift, der viel besser zu seinen üblichen Repräsentationspflichten passte als zu einem Nachmittag, an dem er mit Kindern in einem verregneten Garten spielte. Sie warf einen Blick auf seine makellosen schwarzen Schuhe mit der Lochmusterverzierung, als er einen großen Schritt über eine Pfütze machte, um Paolo mit einem Arm hochzuheben.

Gut, dass der Prinz stinkreich war, denn seine polierten Schuhe würden den Tag wahrscheinlich nicht überleben.

Pia joggte neben Federico her, der einen kichernden Paolo auf seiner Hüfte balancierte. Sie überließen Arturo die Führung auf dem gewundenen Kiesweg. Trotz des Tempos genoss Pia das erfrischende Gefühl des weichen, warmen Regens auf ihrem Gesicht und den würzigen Geruch des perfekt beschnittenen Buchsbaums. Selbst der Duft der im Frühherbst blühenden Rosen schien im strömenden Regen noch intensiver.

Schließlich bogen sie um eine Ecke am hinteren Ende des Gartens, wo der mit Buchsbaum gesäumte Kiesweg in den großen Rasen des Palastes mündete. Als Arturo vorauslief, bemerkte sie, dass im Schutz von zwei großen Bäumen Schaukeln angebracht waren. Darum herum standen immergrüne Pflanzen, die einen natürlichen Sichtschutz bildeten, sodass weder die Besucher der öffentlichen Bereiche des Palastes noch die Fußgänger auf den Kopfsteinpflasterstraßen, die am schmiedeeisernen Zaun des Anwesens entlangführten, den Spielplatz einsehen konnten.

„Man hat hier so viel Privatsphäre", staunte sie. „Ich hätte nicht geglaubt, dass das auf dem Palastgelände möglich ist."

„Sie wären überrascht", antwortete er, während er Paolo absetzte und zusah, wie der Junge seinem älteren Bruder folgte und sich auf eine Schaukel hievte. „Meine Mutter hat sich wirklich bemüht, uns Zeit abseits der Kameras zu verschaffen. Sie hat diesen Platz ausgewählt und die Bepflanzung so angelegt, dass er Abgeschiedenheit bietet. Antony und ich haben unsere Kindheit praktisch auf diesen Schaukeln verbracht. Später kam Marco hierher, wenn er sich nicht irgendwo im Rosengarten versteckte."

„Und was war mit Ihrer Schwester?"

Er zuckte mit den Schultern, als er Paolo anstieß. „Isabella las gern, schon als sie noch klein war. Sie hatte immer ein Buch dabei, wenn wir hierherkamen, und saß meistens im Gras, statt zu spielen. Später ermutigte meine Mutter sie, den mittelalterlichen Teil des Palastes zu erkunden. Ich glaube, da Isabella das einzige Mädchen war und ruhiger als wir anderen, wollte meine Mutter, dass sie ihr eigenes Reich hatte. Sie erlaubte ihr, einen der Räume im alten Bergfried als Leseecke zu nutzen."

Pia beugte sich vor und half Arturo, seine Schaukel aufzudrehen. Als sie losließ, damit die Seile sich wieder abwickeln konnten, kreischte er vor Freude, lehnte sich zurück und starrte in den bedeckten Himmel, der sich über ihm drehte.

Pia erwiderte Arturos begeistertes Grinsen, aber innerlich spürte sie einen Anflug von Neid auf Federicos Kindheit. Was hätte sie für ein Versteck wie Isabellas gegeben! Oder für einen

Elternteil, der mit ihr nach draußen ging, sie auf einer Schaukel anstieß oder mit ihr Gartenwege entlangrannte.

Sie trat einen Schritt zurück und sah zu, wie der Junge mit den Beinen Schwung holte und die Schaukel höher und höher trieb. Von der Seite warf sie einen Blick auf Federico. Er hatte sich von Paolo entfernt, der schrie, dass er genauso hoch schaukeln würde wie sein älterer Bruder. Sie fragte sich, ob das zu hoch war, aber Federico schien nicht beunruhigt.

„Die Königin muss Ihnen eine wunderbare Mutter gewesen sein", bemerkte sie. Trotz ihrer eigenen Wehmut erkannte Pia, dass diese liebevolle Erziehung wahrscheinlich dazu beigetragen hatte, Federico zu einem besseren Vater zu machen.

„Das war sie. Es ist jetzt fast acht Jahre her, und ich vermisse sie immer noch. Sie ist viel zu früh gestorben. Sie wusste, dass Arturo unterwegs war, aber sie hat nicht mehr lange genug gelebt, um ihn kennenzulernen." Er senkte die Stimme, damit Arturo und Paolo ihn nicht hören konnten. „Ich kann mir nicht vorstellen, wie es gewesen wäre, wenn ich sie in dem Alter verloren hätte, in dem meine Söhne jetzt sind. Mein Leben wäre ganz anders verlaufen."

„Ihr Vater hätte sich besondere Mühe gegeben, Ihnen eine schöne Kindheit zu bereiten", versicherte Pia ihm. „Es gibt keinen Ersatz für zwei liebende Eltern, aber ich denke, wenn Ihr Vater in Ihrer Situation gewesen wäre, hätte er die gleichen Anstrengungen unternommen wie Sie seit Lucrezias Tod. Und Sie hätten es zu schätzen gewusst, genau wie Ihre Söhne dies tun werden."

Federico nickte, aber die Fältchen in seinen Augenwinkeln schienen sich vertieft zu haben und sie vermutete, das Wissen, dass seine Kinder ihrer Mutter beraubt worden waren, würde ihm immer Kummer bereiten. Ein Schrei von Arturo lenkte ihn von ihrem Gespräch ab. Bevor Pia den Grund feststellen konnte, rannte Federico von ihr weg und stürzte an Paolo vorbei auf Arturo zu.

Zu ihrem Entsetzen stellte Pia fest, dass Arturo beschlossen hatte, von der Schaukel zu springen, und dass er viel zu hoch in der Luft war, um dies sicher tun zu können. Pia stand wie angewurzelt da, ihr Magen krampfte sich vor Schreck zusammen, als Federico seinen Sohn zu fassen bekam, kurz bevor der Junge aufschlug, und sich rückwärts auf den Boden warf, um Arturos Sturz abzubremsen.

„Arturo!", schimpfte Federico, als er wieder zu Atem gekommen war. „Wie oft habe ich dich schon gebeten, nicht abzuspringen, wenn die Schaukel so hoch ist?"

Arturo verzog das Gesicht. „Ich war sechs, als du das gesagt hast. Jetzt bin ich siebeneinhalb!"

„Das spielt keine Rolle. Du darfst nie springen, wenn deine Füße höher sind als mein Kopf. Du kannst dich verletzen. Besonders auf nassem Gras."

„Ich bin nicht gesprungen, Papa! Sieh mich an!" Paolo kicherte und holte noch mehr Schwung. Er war sich des Risikos, das Arturo eingegangen war, nicht bewusst.

„Gut, Paolo!" Während Federico Arturo stirnrunzelnd ansah, schaffte Pia es endlich, den Mund zu öffnen und etwas zu sagen: „Das macht Spaß, stimmt's?"

Der kleine Junge zuckte mit einer Schulter und grinste, froh, dass er keinen Ärger bekommen hatte. Pia teilte Paolos Freude jedoch nicht. Der Anblick von Arturo, der sich von der Schaukel stürzte, mit den Beinen strampelte und die Arme ausbreitete, um sich gegen den unvermeidlichen Sturz zu wappnen, brachte sie direkt zurück zu dem Nachmittag, an dem sie ein Kind gehütet hatte und der Unfall passiert war.

Ein harter Kloß bildete sich in ihrem Hals. Federico war es mit dem angeborenen elterlichen Beschützerinstinkt gelungen, seinen Sohn vor einem schlimmen Sturz zu bewahren. Doch sie hatte unbeweglich dagestanden und ihr Herz hatte dermaßen gehämmert, dass sie glaubte, es würde durch ihre Brust brechen. All diese Jahre und zahlreiche

Notfalltrainings später hatte sie immer noch nicht ihre Unfähigkeit überwunden, den Unfall eines Kindes zu verhindern.

Arturo schaute seinen Vater kleinlaut an und entschuldigte sich, was, wie Pia vermutete, nicht ganz von Herzen kam, und kletterte wieder auf seine Schaukel.

„Wenn du das noch einmal machst, darfst du einen Monat lang nicht schaukeln. Hast du verstanden, Arturo?"

„Ja, Papa", sagte er und fing wieder an, mit den Beinen Schwung zu holen. „Ich springe nicht mehr."

„Sind Sie in Ordnung?", fragte Pia Federico, als der nicht aufstand.

Er stützte sich mit beiden Händen auf dem Gras ab und stemmte sich hoch. „Oh, mir geht es gut. Ich bin nur verärgert. Sie umgehen gerne die Regeln." Er schüttelte den Kopf, aber ein Lächeln umspielte seine Lippen, als er seine Stimme vertraulich senkte und hinzufügte: „Zumindest Arturo tut das. Ich muss ihn ständig im Auge behalten. Er ist meinem Bruder Marco zu ähnlich, fürchte ich. Er will immer alles ausloten und versucht herauszufinden, wie weit er gehen kann, bis er gemaßregelt wird."

„Wenn er mein Sohn wäre, würde ich einen Herzinfarkt bekommen. Sie haben das sehr ruhig gehandhabt."

„Nur weil ich daran gewöhnt bin." Federico trat einen Schritt vor, um Paolo von der Schaukel zu helfen, und hob ihn dann auf die Leiter, die zu der kurzen Rutsche an der anderen Seite des Schaukelgestells führte.

Als der Prinz zu Pia zurückkehrte, fügte er hinzu: „Ihre Bereitschaft, Grenzen auszutesten, kann anstrengend sein, doch das macht auch ihre Anziehungskraft aus. In meinem Leben ist alles vorhersehbar, außer den Jungen, und an manchen Tagen genieße ich das."

Pia murmelte ihre Zustimmung, aber insgeheim war sie nicht sicher, ob sie an Federicos Stelle genauso empfinden würde. Kinder sorgten schon für genug Aufregung ohne ihren Hang zur Unbesonnenheit.

Dennoch wuchs ihre Bewunderung für Federico, weil er fähig war, die natürliche Verspieltheit seiner Söhne zu schätzen. Wie wenig hatte sie ihm an dem Tag zugetraut, als sie in San Rimini angekommen war! Auf dem Rücksitz des Mercedes waren sie auf das Palastgelände gefahren und hatten das Lachen der Jungen gehört. Damals hatte sie sich erdreistet, seine Zuneigung für seine Kindern infrage zu stellen. Sie hätte falscher nicht liegen können und es war ein Fehler gewesen, ihn an ihrer eigenen Unsicherheit zu messen.

Arturo rutschte mit dem Kopf voran hinter Paolo, dann rannte er zu seinem Vater und packte seinen Arm. „Papa, können wir im Garten Verstecken spielen?"

„Nur wenn du versprichst, in diesem Bereich zu bleiben", mahnte Federico. „Geh nicht weiter als bis zum Springbrunnen. Ich muss immer wissen, wo ihr seid."

Paolos Stirn legte sich in Falten. „Wir können nicht Verstecken spielen, wenn du weißt, wo wir sind. Das ist nicht fair."

„Du weißt, was er meint." Arturo schlug die Augen zum Himmel. „Wir können uns nur in diesem Bereich verstecken und dürfen ihn nicht verlassen. Es wäre nicht sicher."

Paolos Miene hellte sich auf. „Okay! Finde mich, Papa! Du bist dran!"

Mit diesen Worten rannte er los. Seine Schritte waren unbeholfen, als er in seinen Gummistiefeln über das nasse Gras lief. Sein Regenmantel hing ihm bis über die Knie und beeinträchtigte seine Bewegungsfreiheit. Als er den Rand des Rasens erreicht hatte, drehte er sich zu den Erwachsenen um. „Signorina Renati kann sich auch verstecken, *si?"*

„*Si*", stimmte Federico zu, dann bedeutete er Pia, weiterzugehen. „Verstecken Sie sich."

Sie war nicht sicher, ob das Lächeln, das an ihren Lippen zupfte, der Erleichterung entsprang, weil sie die Schaukeln –

und die Erinnerungen, die sie bei ihr auslösten – hinter sich lassen konnte, oder ihrer Belustigung darüber, dass Paolo sie gebeten hatte, sich zu verstecken, obwohl er nach dem Vorfall mit dem Bumerang so schüchtern mit ihr umgegangen war. Ohne ein Wort zu sagen, huschte sie hinter den Jungen her.

Als sie aus Federicos Blickfeld verschwunden waren, blieb Paolo stehen und drehte den Kopf so, dass er Pia anschaute. „Ich kenne einen wirklich guten Platz. Willst du dich mit mir verstecken?"

Wie könnte sie da widerstehen? „Zeig ihn mir."

Seine braunen Augen funkelten vor Aufregung, als er nach ihrer Hand griff. „Hier entlang."

Er führte sie einen Seitenweg hinunter, unter einer rosenbewachsenen Laube hindurch und zog sie dann zu ihrer Überraschung zur Außenseite des Bogens auf ein kleines Stück Gras zwischen der Laube und einer Reihe von Buchsbaumhecken. „Hier wird Papa nie suchen", verkündete er.

„Das ist eine sehr gute Stelle", flüsterte sie und wischte einen Regentropfen von Paolos rosa Näschen, während sie sich hinhockten. „Solange man sich nicht an den Dornen sticht."

„Ich weiß! Die Rosen haben spitze Dornen." Er streckte seine kleine Hand aus und zeigte ihr einen langen roten Kratzer. „Ich bin letzte Woche hängen geblieben. Es hat aber gar nicht wehgetan."

„Das sieht schlimm aus, Paolo."

„Das Kindermädchen hat die Wunde gesäubert und ein Pflaster draufgeklebt. Papa hat sie sich angesehen und gesagt, es wäre in Ordnung."

Paolo beugte sich vor und steckte seine Finger durch die Querstreben des Spaliers. Dabei vermied er die dornigen Rosenstöcke und machte ein Loch, damit er den Weg sehen konnte, der unter der Laube hindurchführte. Arturo schlitterte vorbei und schnitt eine Grimasse in Paolos Richtung. Offensichtlich hatte er dieselbe Idee wie sein jüngerer Bruder gehabt.

Paolo kicherte, während Arturo sich umdrehte und lauschte, ob er seinen Vater kommen hörte, und sich dann auf der anderen Seite der Laube versteckte.

„*Mamma* hat mir diese Stelle gezeigt, als ich klein war", flüsterte er. „Signorina Fennini hat mich nie gefunden, wenn ich mich hier versteckt habe!"

Pia lächelte das Kind mit dem rosigen Gesicht an, das offensichtlich glaubte, von einem kleinen Jungen zu einem großen herangewachsen zu sein, fühlte aber gleichzeitig erneut Schuldgefühle wegen der Entlassung des Kindermädchens. Sie fragte sich, wie sehr die beiden Mona gemocht hatten. Eindeutig nicht so sehr, wie sie ihre Mutter liebten, obwohl es Pia schwerfiel, sich die modebewusste Lucrezia vorzustellen, wie sie unter der Laube hindurchrannte und Verstecken spielte, ganz zu schweigen davon, wie sie sich an dem beengten Platz neben der Laube zusammenkauerte, wo sie und Paolo jetzt hockten.

Dennoch war sie froh, dass die Jungen liebevolle Erinnerungen an ihre Mutter hatten. Obwohl seit Lucrezias Tod erst zwei Jahre vergangen waren – in der Erinnerung eines Erwachsenen keine lange Zeit –, bedeuteten zwei Jahre für kleine Kinder eine Ewigkeit.

Als sich jedoch Schritte auf dem Weg näherten, den sie gerade verlassen hatten, wandten sich Pias Gedanken Federico zu. Von ihrer Position aus konnte sie durch eine Lücke im Spalier an den dicken Rosenstöcken vorbeisehen. Schlammspritzer bedeckten Federicos Schuhe und die Aufschläge seiner Hose und sie lächelte, als er sich mit einer Hand durch sein dunkles, feuchtes Haar fuhr. Für Federico war es wichtig, sich mal schmutzig zu machen, locker zu werden und etwas Ungeplantes zu tun, vielleicht sogar wichtiger als für seine Söhne.

Und was war mit den blauen Augen des Prinzen? Strahlten sie im Regen stärker als sonst?

„Arturo, Paolo", rief Federico in einer Art Singsang. Angesichts seiner vollen, männlichen Stimme und seiner königlichen

Haltung hätte sie angenommen, dass er dazu gar nicht fähig wäre. „Eins, zwei, drei, ich komme!"

Paolo rückte näher an Pia heran, kuschelte sich an sie und kicherte. Ein winziges Lächeln zuckte um Federicos Mundwinkel, aber er ging weiter den Weg entlang, rief nach den Jungen und tat so, als hätte er nichts gehört.

Er bewegte sich weit genug von der Laube weg, um außer Sichtweite zu sein, wenn auch nicht außer Hörweite. Er rief erneut nach den Jungen, während er dem Rundweg durch den Rosengarten folgte, und gab vor, in Panik zu sein, weil er niemanden finden konnte.

Sie blickte auf Paolos aufgeregtes Gesicht hinunter und grinste ihn an. „Das macht Spaß, nicht?"

Er nickte. „Spielst du morgen wieder mit uns? Wir haben nur einen halben Tag Schule, weil es der erste Tag ist."

„Wir werden sehen. Ich hoffe es." Abgesehen davon, dass sie beinahe einen Herzinfarkt erlitten hätte, als Arturo von der Schaukel gesprungen war, amüsierte sie sich prächtig, genau wie Jennifer es vorhergesagt hatte. Und Arturos Sprung war eigentlich gar nicht so schlimm gewesen. Wenn sie ein paar Missgeschicke der Jungs miterlebte, könnte sie das vielleicht davon überzeugen, dass Kinder widerstandsfähiger waren, als sie glaubte.

„Ich wünschte, du würdest es tun." Paolos Gesicht spiegelte die Aufrichtigkeit eines Kindes wider. „Meine *Mamma* ist gestorben und ich möchte unbedingt eine zum Spielen haben. Das würde Papa auch glücklich machen."

Pia wollte erst antworten, doch dann schloss sie wieder den Mund. Was sollte sie auf eine so herzzerreißende und doch unschuldige Bitte antworten?

„Komm!" Paolo ergriff ihren Arm und drängte sie, aufzustehen. Seine Gedanken sprangen offensichtlich schneller von einer Idee zur nächsten als ihre. „Papa kommt bestimmt gleich zurück. Wir müssen uns irgendwo verstecken, wo er schon nachgesehen hat."

„Ist das fair?"

Er zuckte mit den Schultern, seine Augen funkelten spitzbübisch. „Arturo macht das dauernd."

Sie schüttelte amüsiert den Kopf, folgte ihm jedoch den Weg entlang. Weil der Kies unter seinen Gummistiefeln knirschte, waren Paolos Schritte laut genug, dass Federico ihn hören musste. Sie fragte sich, wie lange es dauern würde, bis er sie fand.

Die Vorstellung, von Federico gefunden zu werden, während sie sich zwischen Reihen duftender Rosen und Buchsbaum versteckte, ließ ihren Puls rasen, obwohl ein Kind neben ihr stand.

Sie sog tief die feuchte Gartenluft ein und atmete dann aus. Was war nur los mit ihr? Sie hatte kein Recht, sich irgendwelche Abenteuer mit Federico vorzustellen. Sie musste ihn als Paolos und Arturos Vater sehen, als einen Mann, dessen Kinder Stabilität brauchten, und keine Frau, die sich in die Familie drängte, eine heiße Affäre mit ihrem Vater anfing und sich dann nach Afrika absetzte. In eine Gegend, wo sie froh sein konnte, wenn sie eine zuverlässige Telefonverbindung hatte, geschweige denn persönlichen Kontakt zu ihm. Einer der Beweggründe, warum sie sich heute Nachmittag zu ihnen gesellt hatte, war, dass sie Federico aus einer anderen Perspektive sehen wollte – einer praktischen – und nicht, um sich noch mehr in ihn zu verlieben.

Die Gedanken an Federico verblassten, als Paolo um eine scharfe Kurve bog und sie sich einem großen Springbrunnen gegenübersahen. Pia blieb stehen, ihr Mund öffnete sich zu einem stummen O. Noch nie in ihrem Leben hatte sie etwas so Atemberaubendes gesehen.

Der niedrige Rand eines steinernen Beckens trennte das Wasser vom Weg. In der Mitte stand die große Skulptur einer sich öffnenden Blüte, aus deren Spitze Wasser in ein Dutzend verschiedene Richtungen sprühte. Statuen munterer Waldnymphen zierten die zu mehreren angeordneten Blätter dieser Blume und gossen Wasser aus gemeißelten Vasen in das Becken, als ob die Frauen von den Göttern dazu beauftragt worden wären. Das Wasser bewegte sich in lebhaften Wellen und sie bemerkte einige Euros, die verstreut auf dem Grund des Brunnens lagen – Wünsche der königlichen Familie, ihrer adeligen Gäste oder ihrer Bediensteten, die als Einzige diesen Teil des Gartens betreten durften. Sie hatte während Jennifers Hochzeitsempfang Zugang zu diesem Bereich gehabt, war aber nicht bis hierher gekommen.

„Gefällt dir der Brunnen?", fragte Paolo.

„Er ist wunderschön." Sogar im Regen erweckte das Geräusch des plätschernden Wassers in dem Garten ein Gefühl der Gelassenheit, das sie im Zentrum einer geschäftigen europäischen Großstadt nie vermutet hätte. Sie betrachtete einen Moment lang das Wasser, das in anmutigen Bögen in das Becken strömte, bevor sie hinzufügte: „Aber hat dein Vater nicht gesagt, dass wir nicht weiter als bis zu dem Brunnen gehen sollen? Warum kehren wir nicht um und –"

Wo war Paolo?

Sie blickte zurück und fragte sich, wie er weggelaufen sein konnte, ohne dass sie seine Schritte auf dem Kies gehört hatte.

Dann hörte sie ein Platschen. Als sie sich umdrehte und Paolo sah, lief es ihr kalt den Rücken hinunter. „Paolo! Paolo!"

Der kleine Junge lag mit dem Gesicht nach unten im Wasser, sein heller Regenmantel schwamm um ihn herum. Weder seine Arme noch seine Beine bewegten sich.

KAPITEL 6

PIA SPRANG über den niedrigen Beckenrand und strebte durch das Wasser auf Paolos reglose Gestalt zu. Ihr Herz pochte so stark, dass sie es in den Ohren spürte.

Bitte, bitte, bitte, lass ihn nicht tot sein!

Sie machte einen Satz nach vorn, außer sich vor Angst, obwohl sie gleichzeitig wusste, dass er nicht so schnell ertrunken sein konnte. Gerade als sie die Rückseite von Paolos Mantel zu fassen bekam, schoss er hoch, lachte und spritzte Wasser in ihre Richtung, während sie schrie.

„Ich habe dich reingelegt!" Sein Gesicht verzog sich zu einem breiten Lächeln und er strahlte sie mit kindlicher Freude an.

Pia setzte sich ins Wasser, durchnässte sich dabei bis auf die Knochen und schloss erleichtert die Augen. „Paolo, du hast mich zu Tode erschreckt. Bitte, tu das nie wieder."

„War das nicht lustig? Du dachtest, ich wäre reingefallen!"

„Paolo!" Federicos Stimme erschallte hinter ihnen, sein Befehlston war der eines Mannes, der erwartete, dass man ihm gehorchte. „Raus aus dem Wasser! *Adesso!*"

Paolo erstarrte erschrocken. Er schien nicht gerade froh

darüber, dass sein Vater Zeuge seiner spontanen Schwimmein-
lage geworden war. Er schaute kurz zu Pia, bevor er zum Rand
watete. Sein Gesicht war flammend rot, als er sich Federico
näherte.

Die ernste Miene des Prinzen ließ keinen Zweifel an der
Schwere von Paolos Vergehen. „Du darfst unter gar keinen
Umständen in den Brunnen steigen, Paolo."

„Ich wollte nur Signorina Renati einen Streich spielen."
Seine Stimme stockte, er schaffte es jedoch, seine Tränen
zurückzuhalten. „Ich habe nur Spaß gemacht."

„Im Brunnen zu spielen, ist gefährlich, nicht lustig." Er warf
Pia einen Zustimmung heischenden Blick zu, dann schaute er
wieder Paolo an. „Signorina Renati findet dich lustig, so wie du
bist, also keine Streiche mehr. *Capisce?*"

Paolo schniefte, während er sich die nassen Locken aus dem
Gesicht strich. „Es tut mir leid, Papa. Ich werde es nicht wieder
tun."

„Gut. Ich vertraue darauf, dass du dein Wort hältst. Und jetzt
musst du dich bei Signorina Renati entschuldigen."

Das tat Paolo und die Entschuldigung kam von Herzen.
Federico nickte beifällig, dann legte er eine Hand auf Paolos
tropfenden Kopf. „Das Spielen draußen ist für heute vorbei. Wir
müssen dir ein paar trockene Sachen anziehen."

„Müssen wir das?"

Es genügte, dass Federico eine Augenbraue hob, um jeden
weiteren Protest zu ersticken. Paolo duckte sich unter der Hand
seines Vaters weg und kletterte aus dem Brunnen.

„Papa! Du hast mich nicht gefunden!"

Pia stand auf und blickte den Weg hinunter, von dem
Arturos erboste Stimme zu ihnen drang. Dann ging sie auf den
Rand des Brunnens zu und versuchte, ihre Nerven zu
beruhigen.

„Du hast wohl ein sehr gutes Versteck gefunden", sagte
Federico, als Arturo näher kam. „Nächstes Mal machst du es

einfacher für mich. Ich bin nicht so gut in diesem Spiel wie du."

Arturos Verärgerung wich einem Lächeln, doch Federico drehte beide Jungen in Richtung der Hintertüren des Palastes. „Es wird Zeit, diese nasse Kleidung auszuziehen. Wir haben für heute genug Abenteuer im Freien erlebt."

„Können wir uns meine Flugshow ansehen?", fragte Paolo. „*Per favore?*"

„Nein, Papa, ich möchte Spongebob gucken", bettelte Arturo und hielt Federico am Arm fest. „Du hast es mir heute Morgen versprochen."

„Da ihr mir heute beide nicht gehorcht habt, werden wir das Fernsehen ausfallen lassen. Vielleicht morgen."

Die Jungen murrten, aber nur leise. Federico drehte sich zu Pia um, sein Blick wurde weicher, als er ihr eine Hand reichte. Sie nahm sie und war froh, dass er sie festhielt, als sie über den glitschigen Rand des Brunnens auf den Kiesweg trat.

„Es tut mir wirklich leid, Pia. Paolo weiß es besser. Ich habe keine Ahnung, was in ihn gefahren ist."

Das Bedürfnis nach Aufmerksamkeit, wenn sie raten müsste. Stattdessen sagte sie: „Es ist in Ordnung. Ich war schon lange nicht mehr nass bis auf die Knochen. Tief im Inneren wusste ich, dass er nicht in Gefahr war. Er war erst ein paar Sekunden im Brunnen, als ich ihm hinterherstürzte."

„Sie hätten heute nicht so durchnässt werden sollen", erwiderte er, ließ ihre Hand los und strich ihr ein paar feuchte Locken von dem Verband. Er runzelte die Stirn, befand dann aber offenbar, dass der Verband in Ordnung war, denn er hob für einen Moment das Gesicht zum Himmel. „Die Feuchtigkeit des Regens ist schon schlimm genug."

„Der Regen ist nicht so schlimm. Dadurch riecht es hier überall frisch. Außerdem ist es schön, dass wir den ganzen Garten für uns haben."

„Das ist wahr. Ich habe selten Zeit nur für mich. Nun, Sie

verstehen, was ich meine. Eine Auszeit, in der ich keinem Urteil ausgesetzt bin." Er berührte kurz ihre Schulter, dann schaute er sie aus seinen blauen Augen an und in ihnen lag dieselbe Gefühlstiefe, die sie in dem Moment bemerkt hatte, kurz bevor er sie auf dem Krankenhausflur geküsst hatte. Nicht wie bei dem ersten, sanften Kuss, sondern dem zweiten. Dem leidenschaftlichen Kuss.

Seine Gedanken mussten denselben Weg genommen haben, denn er trat einen Schritt zurück, als ob er zu dem Schluss gekommen wäre, dass ihre Nähe eine gefährliche Gratwanderung war. Er deutete auf seine Söhne, wie um auszudrücken, dass er und Pia zu ihnen aufschließen sollten.

Seite an Seite liefen sie den Pfad entlang und folgten den triefend nassen Jungen, die auf dem Weg zur Treppe keine Pfütze ausließen. Es war allzu leicht, sich ihre kalte Hand in seiner größeren vorzustellen, oder den Nervenkitzel, würde er sie für einen heimlichen Kuss unter die Laube ziehen.

Sie versuchte, sich auf den Pfad zu konzentrieren, auf die Rosen. Auf alles, nur nicht auf Federico.

„Für mich war heute ein guter Tag, trotz des Verhaltens der Jungen", sagte Federico und sah sie von der Seite an, als die Hintertür des Palastes am Ende des Gartenwegs in Sicht kam. „Lucrezia und ich waren tagsüber oft unterwegs, sodass wir selten Zeit mit ihnen im Garten verbracht haben. Meist waren sie dort mit ihren Kindermädchen. Jetzt weiß ich, dass das ein Fehler war."

Seine Bemerkung überraschte sie. „Paolo vermittelte mir den Eindruck, dass Lucrezia mit ihm Verstecken gespielt hat. Dass sie ihm das Versteck bei der Laube gezeigt hat." Sie musste schmunzeln, als sie hinzufügte: „Es war übrigens wunderbar, dass Sie das übersehen haben."

Er erwiderte das Lächeln. „So zu tun, als würde ich sie nicht finden, gehört zum Spiel dazu. Aber nein, ich glaube nicht, dass Lucrezia mit ihnen Verstecken gespielt hat. Das war nicht ihre

Art. Sie las den Jungen lieber etwas vor oder spielte Brettspiele drinnen, wenn sie gerade keine Termine hatte."

„Das war wahrscheinlich eine nette Abwechslung für sie." Sie hoffte, dass sie diplomatisch klang. Wenn Paolo sich gezwungen fühlte, zu lügen, oder sich zumindest einzubilden, er hätte mit seiner Mutter im Freien gespielt, dann nahm Lucrezias Tod den kleinen Jungen wahrscheinlich immer noch mehr mit, als Federico bewusst war. Zumindest so viel, dass Paolo sie gefragt hatte, ob sie seine neue Mutter sein würde.

Der Prinz räusperte sich. „Ich nehme an, Sie haben im Laufe der Jahre einige der Boulevardzeitungen von San Rimini gelesen?"

Wie kam er auf diese Frage? „Von Zeit zu Zeit, wenn ich in San Rimini war. Beim Friseur und an ähnlichen Orten. Aber nicht regelmäßig." Sie warf ihm einen Seitenblick zu. „Warum?"

„Dann wissen Sie vielleicht, dass ich oft *Principe Perfetto* genannt werde."

Sie konnte sich ein Grinsen kaum verkneifen. Sein Gesichtsausdruck verriet seine Abneigung gegen diesen Spitznamen. Damit er lockerer wurde, scherzte sie: „Oh, ich habe diesen Spitznamen vielleicht ein- oder zweimal auf Sie bezogen gesehen. Oder warten Sie … war Marco damit gemeint? Bei einem Spitznamen wie *Principe Perfetto* könnte es auch Marco gewesen sein." Sie tat so, als würde sie einen Moment darüber nachdenken, bevor sie den Kopf schüttelte und fragte: „Sind Sie sicher, dass Sie gemeint waren?"

Sie blickte vielsagend auf den Schlamm an seinen Schuhen und seiner Hose und bemühte sich dann, nicht über den vorgetäuschten Schmerz auf seinem Gesicht zu lachen.

Federico konnte sich nicht mehr beherrschen und stieß ein lautes Lachen aus, das so weit zu hören war, dass Arturo und Paolo sich umdrehten, um zu sehen, was es ausgelöst hatte. Pia freute sich, den Prinzen endlich einmal entspannt zu sehen. Nach außen hin gab er sich so steif und förmlich, aber unter dieser Oberfläche besaß er sowohl Humor als auch Herz.

„Es war ganz sicher nicht Marco gemeint", sagte er zwischen zwei Lachern. „Nur Marco selbst ist von seiner eigenen Vollkommenheit überzeugt."

„Vielleicht auch Amanda."

„Oh, sie ist sich seiner Unvollkommenheit durchaus bewusst. Zum Glück für Marco liebt sie ihn trotzdem."

Er wischte geistesabwesend ein nasses Blatt ab, das an der Seite seiner Hose klebte, und legte den Kopf schief, um sie anzusehen; dabei wurde sein Gesicht wieder ernst. „Ich hasse es, dass sie mich *Principe Perfetto* nennen."

„Warum?" Sie wollte einwenden, dass er wirklich der perfekte Prinz war. Fürsorglich, ehrenhaft, er stellte das Wohl anderer – eines ganzen Landes – immer über sein eigenes, aber wenn sie das aussprach, gab sie gleichzeitig zu, wie stark sie sich zu ihm hingezogen fühlte.

Auf die richtigen Worte bedacht, fügte sie hinzu: „Ich dachte, man nennt Sie *Principe Perfetto*, weil Sie das Musterbeispiel eines idealen Prinzen von San Rimini sind. Sie wissen, was Sie wann zu sagen haben, Ihre Taten spiegeln Ihre Worte wider und Sie haben den Medien nie auch nur den kleinsten Skandal geliefert, den sie als Aufhänger für eine Story benutzen könnten. Sie sind ein perfekter Repräsentant unseres Landes und ich bin sicher, Sie arbeiten hart daran, diesen Ruf aufrechtzuerhalten." Sie grinste ein wenig boshaft. „Ich wette, das macht diese Schmutzfinken wahnsinnig."

„Schmutz-? Ah, ja. Die Skandalreporter. Ich bin sicher, das tut es. Aber ich bin nicht perfekt. Weit gefehlt. Ich habe immer geglaubt, dass ich ein gutes Vorbild bin. Ich war stolz auf mein Verhalten. Aber jetzt … nun, jetzt weiß ich es besser." Sein Blick wanderte zu den Jungen, die am Fuß der Palasttreppe standen und verglichen, wie viel Schlamm ihre einst sauberen Überschuhe bedeckte. „Zum Beispiel war ich seit Lucrezias Tod kein perfekter Vater, und das ist die wichtigste Rolle auf der Welt. Ich dachte, ich tue das Richtige, wenn ich sie zu Ausflügen mitnehme. Förmliche Unternehmungen. Aber hier drinnen", er tippte sich auf die Brust, „fühlte es sich nicht stimmig an. Jetzt verstehe ich, warum."

Er blieb stehen und Pia hielt ebenfalls inne, denn ihr war klar, dass er ihre ungeteilte Aufmerksamkeit wollte. „Mir war nie bewusst, wie sehr Arturo und Paolo Zeit brauchten, um einfach nur Jungen zu sein, die nichts anderes zu tun haben, als zu spielen, und das mit ihrem eigenen Vater und nicht mit einem Kindermädchen."

„Erstens ist niemand ein perfekter Elternteil, nicht einmal die Leute, die Erziehungsratgeber schreiben. Und zweitens haben Sie mehr Verpflichtungen als typische Eltern. Seien Sie nicht so streng mit sich", sagte sie in lockerem Ton und mit der Hoffnung, Federico würde sich selbst weniger ernst nehmen. „Aber da es sich für Sie nicht stimmig anfühlte, sollten Sie die Veränderungen vornehmen, die Sie für richtig halten. Vielleicht können Sie Ihren Terminkalender so anpassen, dass Sie jeden Nachmittag Zeit mit ihnen verbringen können, und Sie sollten ihnen sagen, dass sich daran auch nichts ändern wird, wenn Sie eine neue Betreuung gefunden haben." Jemanden, der viele lustige Dinge mit den Kindern machen würde wie Fangen spielen, ihnen Zaubertricks beibringen oder Zelte aus Decken bauen.

Die Aussicht, dass eine andere Person mit ihnen lachen würde, sorgte für einen kurzen Anflug von Eifersucht.

„Ich beginne, das zu verstehen." Zu Pias Überraschung griff Federico nach ihrer Hand. Trotz der Feuchtigkeit im Palastgarten strahlten seine Finger Wärme und Kraft aus. „Ohne Sie hätte ich das nicht verstanden. Ich danke Ihnen."

„Es ist nicht der Rede wert", erwiderte sie mit rauerer Stimme, als sie beabsichtigt hatte. Es war nicht mehr als das, was sie dadurch gelernt hatte, dass ihre eigene Mutter sie ihr Leben lang ignoriert hatte. Kinder brauchten Liebe. Und Zeit.

Einen kurzen Moment lang, als Federicos Finger sich mit ihren verschränkten, wünschte sie sich, sie könnte etwas Besonderes für die Jungen tun. Sie wünschte, sie könnte Paolos Trauer wegknuddeln, ihm klarmachen, dass er kein Ertrinken vortäuschen oder sich Geschichten über seine verstorbene Mutter ausdenken musste, um Aufmerksamkeit zu bekommen. Und Arturo würde sie gern irgendwohin bringen, wo er ohne irgendwelche Einschränkungen seinen Bumerang werfen konnte.

„Mir ist es etwas wert." Federico drückte ihre Hand, dann ließ er sie wieder los und ging weiter, da er die Jungen nicht länger im Regen stehen lassen wollte. „Wissen Sie, Pia, eines Tages werden Sie eine wunderbare Ehefrau und Mutter sein. Ich hoffe, Ihr zukünftiger Ehemann und Ihre Kinder werden sich ihres Glücks bewusst sein."

Sie zwang sich zu einem Lächeln des Dankes, doch bevor ihr etwas einfiel, was sie erwidern konnte, joggte Federico ihr voraus, um seine kichernden Jungen zu umarmen, einen in jedem Arm. Ihr wurde ganz flau, als sie ihnen zusah. Von Federico und seinen Söhnen zu träumen, war gefährlicher, als einen Bumerang an den Kopf zu bekommen.

Seine Worte waren zwar als Kompliment gemeint, dienten aber auch als klare Absage an eine mögliche Beziehung.

Sie schalt sich innerlich dafür, dass sie ihn wollte, und konzentrierte sich darauf, wie sie ihre Füße setzte, als sie die nasse Treppe hinaufstieg. Trotz dem, was im Krankenhaus passiert war, hatte er deutlich gemacht, dass er nicht bereit für eine Beziehung war. So sehr ihr Herz auch schrie, dass das nicht wahr sein sollte, er hatte es offenbar ernst gemeint. Dazu kam noch ihre Panik, als Arturo von der Schaukel flog oder als Paolo bloß einen Scherz machte … sie biss sich auf die Lippe, um ein Seufzen zu unterdrücken. Sosehr sich ein Teil von ihr auch wünschte, Mutter zu sein, die Freude zu erleben, die Federico jedes Mal empfand, wenn er seine Söhne im Arm hielt, für sie stand es nicht in den Sternen geschrieben.

Die Kinder konnten es sich noch weniger als alle anderen leisten, dieses Risiko einzugehen. Sie wollte diesen Schmerz nicht noch einmal durchleben.

WARUM KONNTE er seine Gedanken nicht für sich behalten?

Federico hängt Arturos nassen Mantel mit einer heftigeren Bewegung als nötig an einen Haken, dann ging er in das kleine Badezimmer der Jungen, um ein Handtuch zum Trocken ihrer Haare zu holen. Er hatte sein ganzes Leben lang gelernt, nur dann zu sprechen, wenn es angebracht war, und zu schweigen, wenn es ihm, seiner Familie oder seinem Land mehr diente.

Was hatte ihn dazu bewogen, damit herauszuplatzen, dass Pia einem glücklichen Mann eine gute Ehefrau sein würde? Es stimmte natürlich – sie strahlte eine Mischung aus praktischer Veranlagung und Charme aus, die jeder lieben würde –, aber sie hatte die Aussage wahrscheinlich als Zurückweisung aufgefasst, bezogen auf die Anziehungskraft zwischen ihnen und den atemberaubenden Kuss, den sie vor weniger als vierundzwanzig Stunden getauscht hatten.

Er biss die Zähne zusammen. Er hatte es aus einem Urinstinkt heraus gesagt, um sich zu schützen. Er hatte schon einmal die Wertschätzung für eine Frau mit Liebe verwechselt und wollte den Fehler nicht wiederholen. Vielleicht hatte er gedacht, wenn er diese Worte laut aussprach, würde es beweisen, dass zwischen ihnen nichts war.

Doch das stimmte nicht. Die Verbindung zwischen ihnen war so stark, dass sie greifbar schien.

Dann war da noch seine Bemerkung über Pia als Mutter und der Schmerz, den er auf ihrem Gesicht gesehen hatte, bevor er sich abwandte, um die Jungs in den Arm zu nehmen. Sie hatte sich bemüht, es zu verbergen, aber dieser Blick hatte ihn direkt ins Herz getroffen.

Jetzt fragte er sich, ob ihr seltsames Verhalten beim Frühstück und ihr entsetzter Blick, als Arturo von der Schaukel sprang und Paolo in den Brunnen kletterte, darauf zurückzuführen war, dass sie nicht schwanger werden konnte. Er hatte einen ähnlich gequälten Gesichtsausdruck bei Freunden gesehen, die zunächst Schwierigkeiten gehabt hatten, Kinder zu bekommen. Sie waren immer besorgter um die Beulen und blauen Flecken ihrer Kinder als andere Eltern, denen Kinder widerstandsfähiger erschienen. Wenn es nicht Unfruchtbarkeit war, dann etwas anderes, das Pias Gefühle in Bezug auf Kinder in Aufruhr versetzte. Er hatte sich diesen Anflug von Panik nicht eingebildet.

Er war ganz sicher kein *Principe Perfetto*. Es hätte ihn nicht überraschen sollen, dass Pia sich entschuldigte und zu Jennifers Wohnbereich zurückkehrte, sobald sie im Haus waren, obwohl er ihr trockene Kleidung und ein Abendessen angeboten hatte. Es war nicht, wie sie behauptet hatte, das Bedürfnis, nach Jennifer zu sehen. Das konnte er an der Art erkennen, wie sie die Augen abwandte und die Schultern leicht sinken ließ.

Und er hatte es in ihren letzten Worten gehört, als sie ihm viel Glück wünschte bei seinen Bemühungen, eine Betreuung für seine Kinder zu finden.

Er sollte den Wink verstehen. Stattdessen wollte er wissen, was hinter ihrer Qual steckte.

„Papa?" Paolo steckte seinen Kopf aus dem Badezimmer. „Hast du mein Handtuch gefunden?"

„Das habe ich." Er versuchte, nicht an Pia zu denken, während er Paolos kurzes, dunkles Haar trocken rubbelte, das seinem eigenen sehr ähnlich war, wohingegen ihn aus dem Gesicht seines Sohnes Lucrezias Augen ansahen. „Such deinen Schlafanzug, Paolo, und bring ihn ins Bad. Du riechst nach

Schlamm und Regen. Heute Abend nimmst du dein Bad vor dem Abendessen."

„Mit Schaum?"

Federico tat so, als fiele ihm die Entscheidung schwer, aber ein flehender Blick von Paolo ließ ihn lächeln. „In Ordnung."

„Papa, heute war schön."

„Ich bin froh, dass du das findest."

„Können wir das bald noch mal machen?"

„Das würde mir gefallen."

„Und wird Signorina Renati meine neue *Mamma*?"

Federico versteifte sich. „Warum fragst du das?"

Paolo zuckte mit den Achseln. „Ich mag sie. Sie ist nett. Ich habe ihr gesagt, es wäre schön, wenn sie meine *Mamma* sein könnte."

Ein Kraftausdruck hallte in Federicos Kopf wider, aber er schaffte es, beiläufig zu klingen, als er fragte: „Das hast du gesagt?"

Als Paolo nickte, hakte er nach: „Was hat sie erwidert?"

Der kleine Junge verzog den Mund. „Ich weiß nicht mehr. Ich wollte ihr den Brunnen zeigen. Da waren Münzen drin, aber ich habe keine genommen. Kann ich meinen Froschpyjama anziehen?"

„Natürlich."

Paolo stürzte aus dem Bad, um den Schlafanzug zu holen.

Federico hob das Handtuch vom Boden auf. Er musste es fallen gelassen haben, als Paolo seine unmögliche Frage stellte.

Gut, dass der Kleine sich leicht ablenken ließ. Pia würde ein besseres Gedächtnis haben.

Sobald er damit fertig war, die Jungen zu baden, würde er seiner Assistentin eine Nachricht schicken, damit sie den Kinderbetreuungsservice kontaktierte, wie Pia vorgeschlagen hatte. Dann, wenn er sie das nächste Mal sah, würde er ihre Geheimnisse enthüllen und sich für seine gefühllose Bemerkung entschuldigen.

Wie er Paolo gesagt hatte, der Tag war so schön gewesen, dass er ihn gern wiederholen würde. Er musste dafür sorgen, dass das geschah.

„DU BIST JA KLATSCHNASS!" Jennifers Augen wurden kugelrund, als ihre Freundin den Wohnbereich betrat. Pia zog den geliehenen Mantel aus und hängte ihn im angrenzenden Bad auf, dabei hoffte sie, dass sie nicht auf einen der teuren Teppiche getropft hatte. Sie hatte beim Betreten des Palastes so viel Wasser wie möglich abgeschüttelt und ihre durchnässten Schuhe vor Jennifers Tür gestellt, aber jetzt fragte sie sich, ob sie in ihr Gästezimmer hätte gehen sollen, bevor sie nach ihrer Freundin sah.

Jennifers Blick verharrte auf Pias nassen Haaren und feuchter Kleidung, als diese aus dem Bad trat. „Ich hatte nicht gemeint, ihr sollt heute an den Strand gehen."

„Das sind wir auch nicht. Die Jungs wollten im Garten spielen, in Pfützen planschen und so weiter."

Jennifer schloss den Deckel einer Schachtel voll Fotos und schob dann Fotokleber, mehrere Seiten für ein Einklebealbum und Spezialmarker beiseite, um Platz zu schaffen, damit Pia sich neben sie aufs Bett setzen konnte. Pia winkte ab und deutete auf ihre nassen Sachen. „Ich sollte mich erst umziehen. Dank Paolo bin ich nasser geworden, als ich wollte."

„Hat es Spaß gemacht?"

„Das hat es."

Jennifer strahlte. „Ich liebe es, wenn ich verkünden kann: ‚Ich hab's dir ja gleich gesagt.' Ich wette, die Jungen waren begeistert. Federico würde nie mit ihnen in Pfützen herumspringen."

Als Pia sich das Lächeln nicht mehr verbeißen konnte, blieb Jennifer vor Erstaunen der Mund offen stehen. „Warte mal.

Federico war mit euch draußen? Im Regen? Das ist nicht dein Ernst! Wie hast du ihn überredet? Hat er einen Notfall ausgerufen, als er merkte, dass sein Designeranzug nass werden würde? Oder hat er die ganze Zeit einen Regenschirm über sich gehalten?"

„Er hatte keinen Regenschirm dabei, hat keinen Notfall ausgerufen und er brauchte nicht überzeugt zu werden. Zumindest nicht von mir. Die Jungs sagten, dass sie das heute gerne machen würden, also kam er mit."

„Unglaublich." Jennifer ließ die Foto-Utensilien in eine Aufbewahrungsbox fallen, dann legte sie ihre Hände in ihr Kreuz und massierte die Muskeln, während sie Pia betrachtete. „Das wurde aber auch Zeit. Er musste mal etwas Unterhaltsames tun. Ich schwöre, ich habe ihn kaum noch lächeln sehen, seit Lucrezia verstorben ist. Er hat sich so sehr verändert, dass es schwer ist, zu glauben, dass er noch derselbe Mann ist, den ich bei meinem ersten Besuch im Palast kennengelernt habe. In der Öffentlichkeit war er immer der Inbegriff von Klasse und Stil, aber privat ist er eigentlich amüsant und sehr freundlich. Er hat sogar einen Witz erzählt an dem Abend, als ich ihn das erste Mal traf – bei der Benefizveranstaltung für den Stipendienfonds."

Jennifer warf Pia einen fragenden Blick zu, um zu sehen, ob sie sich an ihre Reise nach San Rimini aus diesem Anlass erinnerte, und fuhr dann auf Pias Nicken hin fort: „Er machte eine Bemerkung über eine der anwesenden Damen der Gesellschaft – eine Frau, die, vorsichtig ausgedrückt, nicht gerade höflich zu mir war –, weil er mich beruhigen wollte, nachdem er ihr Verhalten mitbekommen hatte. In Anbetracht seines öffentlichen Images hätte ich mir das nie vorstellen können." Sie zuckte mit einer Schulter. „Jedenfalls habe ich diese Seite von ihm in letzter Zeit nicht mehr gesehen. Dass er mit dir und den Kindern in den Regen hinausgegangen ist, bedeutet vielleicht, dass er wieder zu seinem alten Ich zurückfindet."

Pia versuchte, ihre Überraschung zu verbergen. Sie hatte zwar hin und wieder einen Anflug von Humor gesehen, aber sie hätte Federico nie für jemanden gehalten, der sich über andere in seinem sozialen Umfeld lustig machte, vor allem nicht über die, die in seinen Kreisen eine wichtige Rolle spielten. Sie wollte Jennifer weiter über Federicos ‚altes Ich' ausfragen, aber ein Klopfen an der Tür unterbrach sie. Pia räumte Jennifers Schachteln vom Bett, ging dann zur Tür und öffnete sie, um Antonys Assistentin, Harriet Hunt, einzulassen.

Harriet nickte Jennifer ehrerbietig zu, als sie das Schlafzimmer betrat, und reichte ihr einen Stapel Briefe, bevor sie sich an Pia wandte: „Ihre Mutter hat gerade angerufen. Sie wartet auf Leitung drei." Sie deutete mit dem Kopf in Richtung Gang. „Ich habe den Anruf auf Ihr Zimmer gelegt, damit Sie ungestört sind, aber ich kann ihn auch hierhin umleiten, wenn Sie das möchten."

Pia unterdrückte den Impuls, den Anruf abzulehnen. Jennifer wusste nicht, wie tief Pias Frustration über ihre Mutter saß, aber jetzt war weder die Zeit noch der Ort, um darüber zu sprechen.

„Nein, das ist nicht nötig, Harriet. Ich wollte gerade in mein Zimmer gehen, um trockene Kleidung anzuziehen." Pia bedankte sich bei der Assistentin, sagte Jennifer, dass sie gleich zurückkommen würde, und ging dann über den Korridor zu ihrem Gästezimmer, das ein paar Türen von Antonys und Jennifers Wohnräumen entfernt lag.

Sie zögerte, bevor sie den Hörer abnahm, und starrte auf das rote Licht neben Leitung drei des internen Telefonsystem des Palastes. Hatte ihre Mutter den Nachrichtenbericht gesehen? Oder hatte jemand ein wenig königlichen Klatsch verbreitet und Sabrina Renati darüber informiert, dass ihre Tochter zu Gast bei der Familie diTalora war?

Wie auch immer ihre Mutter davon erfahren hatte, sie rief offenbar lieber im Palast an, als es auf Pias Handy zu versuchen.

Pia griff nach einem Handtuch, um den mit elfenbeinfarbener Seide bezogenen Stuhl neben ihrem Bett zu schützen, holte tief Luft, setzte sich und nahm den Hörer ab.

„Hi, Mom."

„Pia! Ich bin so froh, dass ich dich endlich erreicht habe. Warum hast du mir nicht gesagt, dass du in San Rimini bist? Ich bin in Berlin und schließe gerade ein Projekt ab, aber ich kann einen früheren Flug nehmen, wenn –"

„Das ist nicht nötig, Mom. Ändere deinen Zeitplan nicht. Außerdem bin ich hier ziemlich beschäftigt."

„Oh." Ein paar Sekunden verstrichen, bevor sie fortfuhr: „Also, was ist los? Ich habe dich im Fernsehen mit Prinz Federico gesehen. Ich wusste nicht, dass ihr euch kennt. Ich weiß, dass ihr, du und Jennifer, euch nahesteht, aber ist das, was ich gesehen habe, wahr? Bist du mit Prinz Federico zusammen?"

Sabrinas Stimme war voller Hoffnung und Pia war sofort in Alarmbereitschaft. Sie konnte sich darauf verlassen, dass ihre Mutter über jedes Gerücht in Europa bestens Bescheid wusste und von der Idee begeistert war, ihre Tochter könnte mit dem berühmtesten Single von San Rimini eine Beziehung haben.

„Nein, Mom. Ich bin hier, um Jennifer zu besuchen, bevor sie ihr Baby bekommt. Ich habe bald einen neuen Auftrag in Afrika und der Zeitpunkt war günstig. Ich weiß nicht, was du im Fernsehen gesehen hast, aber ich habe mich aus Versehen am Kopf verletzt. Prinz Federico war in der Nähe, als es passierte, und bot an, mich ins Krankenhaus zu bringen. Das ist die ganze Geschichte."

„Oh. In dem Bericht hörte es sich nach etwas mehr an."

„Du brauchst gar nicht so enttäuscht zu klingen, Mom."

„Es ist nicht so, wie du denkst, Liebes." Pia konnte sich den verärgerten Gesichtsausdruck ihrer Mutter gut vorstellen. „Ich will nur das Beste für dich. Ich möchte, dass du glücklich bist."

„Ich bin glücklich. Ich liebe meinen Job."

„Glaub mir, ein Job ist nicht genug."

Pia fiel beinahe der Hörer aus der Hand. „Und das von der Frau, die ihren Job über alles liebt? Sieh dir an, wie viel Zeit und Mühe du da reinsteckst. Du würdest das nicht machen, wenn du nicht lieben würdest, was du tust."

„Ich habe nie gesagt, dass ich es nicht liebe. Aber ich investiere Zeit und Mühe, weil das nötig ist, um in diesem Bereich erfolgreich zu sein. Es bedeutet eine Menge Opfer, wie du weißt." Sie seufzte hörbar am anderen Ende der Leitung. „Ich war nicht gerade ein Vorzeige-Elternteil, aber diese Entscheidungen im Leben sind schwierig. Ich hatte einfach gehofft, du hättest dein Glück gefunden, das ist alles."

Pia spürte die erzwungene Freude ihrer Mutter.

„Ich werde übermorgen wieder in San Rimini sein, falls du mich sehen möchtest. Und ich kann auch vorher da sein, wenn du es dir anders überlegst."

„Ich gebe dir Bescheid."

„Bitte tu das." Sabrina Renati hielt kurz inne, bevor sie fragte: „Ist mit deinem Kopf alles in Ordnung?"

„Vollkommen in Ordnung."

Wieder eine Pause. „Nun, du hast meine Handynummer. Ich hab dich lieb, Pia. Genieße deine Zeit dort."

Pia zögerte, dann antwortete sie: „Danke, Mom. Ich weiß das zu schätzen. Wir sprechen uns bald wieder."

Nachdem ihre Mutter sich verabschiedet hatte, legte Pia den Hörer auf und entledigte sich ihrer nassen Kleidung, ließ sie in einem Haufen auf die Badezimmerfliesen fallen und zog sich dann eine schlichte weiße Bluse und eine schwarze Hose an. Sie hatte vor, zu Jennifer zurückzukehren, doch nachdem sie sich die feuchten Haare gekämmt hatte, sank sie stattdessen aufs Bett und presste die Fäuste an ihre Schläfen.

Warum, warum, warum erinnerte das Gespräch mit ihrer Mutter sie plötzlich an Federico und *seine* Situation? Sie sollte kein Mitleid für ihre Mutter empfinden. Und doch fragte sie sich plötzlich aus einem Schuldgefühl heraus, ob sie mehr

Verständnis für Sabrina Renati aufbringen sollte, so wie sie Verständnis für Federicos Schwierigkeiten als Elternteil entwickelt hatte, ja sogar Wertschätzung für seine Bemühungen.

Vielleicht war es die Aussage ihrer Mutter, dass sie kein vorbildlicher Elternteil gewesen war und dass sie Entscheidungen hatte treffen müssen.

„Es wäre schön gewesen, wenn du einen Beruf gewählt hättest, bei dem du hin und wieder zu Hause sein könntest", murmelte Pia.

Natürlich hatten ihrer Mutter als Witwe mit einem kleinen Kind nicht unendlich viele Karrierewege offengestanden. Sabrina stammte aus einer kleinbürgerlichen Familie und als sie ihren Mann kennenlernte, hatte sie sich dafür entschieden, ihr Studium nicht abzuschließen. Als Ehefrau eines Aristokraten brauchte sie nur soziale und organisatorische Kompetenzen, die sie in Hülle und Fülle besaß.

Selbst Pia musste zugeben, dass eine Karriere als Veranstaltungsplanerin sich angeboten hatte.

Genauso wie Pias Entschluss, Menschen in den entlegensten Winkeln der Welt zu helfen, eine naheliegende Wahl gewesen war. Sie machte das Leben derer besser, die sich nicht selbst helfen konnten – Geflüchtete, Arme, Kranke. Dies vermittelte ihr den Eindruck, gebraucht zu werden, und gab ihr das Gefühl, etwas Sinnvolles zu tun, das ihr in ihrer Kindheit gefehlt hatte. Je mehr sie sich vom High-Society-Leben ihrer stets beschäftigten Mutter distanzierte, desto besser. Zumindest hatte sie das gedacht.

Pia fuhr sich mit der Hand übers Gesicht und stand auf. Während sie ihre nassen Sachen zum Trocknen über die Duschstange hängte, nahm sie sich vor, ihre Mutter anzurufen, wenn diese aus Deutschland zurück war. Auch wenn ihre Mutter die Vergangenheit nicht ändern konnte, vielleicht konnten sie jetzt als Erwachsene Freundinnen werden oder zumindest einen gebührenderen Respekt füreinander entwickeln.

Sie nahm den Notizblock vom Schreibtisch und notierte sich, dass sie ihre Mutter anrufen und zum Mittagessen einladen wollte. Vielleicht konnten sie nicht ganz reinen Tisch machen, aber zumindest würde sie nicht mehr vor dem Problem davonlaufen.

Pia vergewisserte sich, dass alles im Zimmer ordentlich war, für den Fall, dass das Reinigungspersonal vorbeikam, und ging dann zur Tür. Sosehr ihre Mutter sie auch aus der Fassung brachte, es war ein anderer Alleinerziehender, der sie nicht losließ. Seit sie Federico heute Nachmittag mit seinen Kindern beobachtet hatte, fühlte sie sich mehr zu ihm hingezogen, nicht weniger.

Wenn sie ihm nicht aus dem Weg ging, würde sie sich rettungslos in ihn verlieben.

„Zu spät", verspottete sie sich selbst. Gut, dass sie ihn daran erinnert hatte, dass er eine Betreuung für seine Söhne finden musste. Wenn sie noch einen Nachmittag wie diesen mit den beiden Jungen und ihrem viel zu attraktiven Vater verbrachte, würde sie als Nächstes davon träumen, dass sie eigene Kinder hätten und glücklich miteinander leben würden bis ans Ende ihrer Tage.

Wie Jennifer und Antony. Jennifer hatte wirklich alles.

Jetzt, da sie an Jen dachte, fiel Pia jedoch auf, dass ihre Freundin sich noch unwohler zu fühlen schien als zuvor. Während sie sich unterhielten, hatte sie die Muskeln im unteren Bereich ihres Rückens mit den Fäusten massiert; das hatte Pia noch nie bei ihr gesehen.

Sie war schon halb zur Tür hinaus, als das Telefon klingelte. Sie drehte sich wieder um und griff nach dem Hörer. Da sie ihre Mutter erwartete, fragte sie: „Hast du etwas vergessen?"

„Pia?"

Sofort erkannte sie die Stimme der Direktorin der Weltaids-hilfe. „Hallo, Ellen. Tut mir leid, ich dachte, es wäre jemand anders, der mich zurückruft. Ich bekomme hier nicht viele Anrufe."

„Ich habe eine Sprachnachricht auf Ihrem Handy hinterlassen, aber ich dachte, ich versuche es mal mit der Ersatznummer, die Sie mir gegeben haben. Ich hoffe, das ist in Ordnung."

„Klar. Was gibt's?"

Als das Gespräch nach wenigen Minuten beendet war, ging Pia zurück zu Jennifers Räumlichkeiten, um sie über die Neuigkeiten zu informieren. Es war nicht das, was sie ihrer Freundin gerne mitgeteilt hätte. Andererseits, sagte sie sich, würde sich so ihr Federico-Problem lösen.

Schließlich konnte sie einen unerreichbaren Prinzen schlecht aus dreitausend Kilometern Entfernung anschmachten, oder?

KAPITEL 7

„FEDERICO! Federico, wach auf!"

Die Worte hallten in Federicos Kopf wider, als würden sie durch einen dichten Nebel dringen. Er drehte sich auf die Seite, weg von der tiefen Stimme. Auf einer gewissen Bewusstseinsebene war ihm klar, dass er träumte, und er wollte nicht, dass eine männliche Stimme ihm sagte, was er tun sollte.

„*Lasciami in pace*", murmelte er. Er war mit Pia durch die Gärten spaziert, die Kinder waren sicher im Palast und sie wollte ihm gerade sagen, dass er niemanden für die Kinderbetreuung einzustellen brauchte, dass er seine Assistentin anrufen sollte, um die Vorstellungsgespräche abzusagen, die sie an diesem Tag für die Zeit nach dem Abendessen vereinbart hatte. Ihre Hand lag auf seinem Unterarm. Er konnte den Druck spüren, die Dringlichkeit.

Doch die schroffe Stimme, die anstelle von Pias sprach, durchbrach seinen Schlummer: „Ich werde dich nicht in Ruhe lassen." Diesmal wurden die Worte von einem Schütteln an der Schulter begleitet.

Federico blinzelte, dann richtete er sich ruckartig auf und stellte fest, dass er wach war, aber nicht im Garten, sondern in seinem privaten Wohnbereich. „Vater?" Seine Stimme klang rau. „Was ist los?"

„Es tut mir leid, aber ich brauche deine Hilfe."

Federico betrachtete die Kleidung des Königs, den gleichen mitternachtsblauen Anzug, den sein Vater seiner Erinnerung nach früher an diesem Abend bei einem Dinner getragen hatte, und warf dann einen Blick auf die Uhr an seinem Bett, die ein paar Minuten nach elf zeigte. Die Jungen mussten ihn mehr ermüdet haben, als er dachte, denn er hatte seinen Vater nicht klopfen hören und der König platzte nie bei seinen erwachsenen Kindern herein. Obwohl er sowohl ihr Vater als auch ihr König war, gewährte er ihnen so viel Privatsphäre wie möglich, um sie darin zu bestärken, weiterhin unter seinem Dach zu leben, wo hohe Sicherheitsstandards leichter zu gewährleisten waren.

Was immer ihn dazu veranlasste, Federicos Räumlichkeiten zu betreten, statt anzurufen, musste ein Notfall sein.

„Ist etwas mit den Jungen?" Federico verwarf den Gedanken, noch bevor sein Vater antwortete, denn er wusste, dass er jede Aufregung um Arturo und Paolo als Erster gehört hätte. „Oder reist du außer Landes?"

Das war schon passiert. Ein paar Monate zuvor hatte König Eduardo nach einem verheerenden Erdbeben kurzfristig eine Flugreise in die nahe gelegene Türkei unternommen. Auch während einer Krise auf dem benachbarten Balkan und nach einem Sturm, der Teile Zyperns verwüstet hatte, war er zu Krisensitzungen mit ausländischen Staatsoberhäuptern geflogen. Doch bei diesen Gelegenheiten hatte sich Antony innerhalb der Mauern von La Rocca befunden und er war derjenige gewesen, der mit der Nachricht geweckt worden war.

„Mit den Jungen ist alles in Ordnung. Du musst Jennifer ins Krankenhaus bringen. Pia Renati hat mir vor einer Stunde beim Abendessen eine Nachricht zukommen lassen. Der Arzt sagt, dass bei Jennifer die Wehen eingesetzt haben, die aber schnell an Stärke und Häufigkeit zunehmen. Wir haben beschlossen, dass es das Beste ist, nicht bis zum Morgen zu warten, bevor sie ins Krankenhaus geht. Es sind vier Besuchergruppen geplant, die sich dann in den öffentlichen Bereichen des Palastes aufhalten werden, und sie hätte kaum eine Chance, unbemerkt wegzukommen. Es ist nicht nötig, das Medieninteresse an ihrer Schwangerschaft noch größer zu machen, als es ohnehin schon ist. Ich bleibe hier, falls Arturo und Paolo aufwachen, bevor du zurückkommst."

Federico runzelte die Stirn, schob aber seine Decke beiseite und ging zu seinem Schrank hinüber, um sich eine schwarze Hose zu holen. „Du möchtest nicht, dass Antonys Fahrer sie hinbringt?"

„Er ist im Moment nicht im Dienst und es könnte die Paparazzi auf den Plan rufen, wenn ich ihn um diese Zeit in den Palast kommen lasse. Es ist vermutlich einfacher, wenn du deinen Privatwagen nimmst und sie selbst fährst. Da meine Dinnergäste gerade aufbrechen, wird ein weiterer schwarzer Mercedes, der das Palastgelände verlässt, keine Aufmerksamkeit erregen. Pia wird dich begleiten und im Krankenhaus bleiben, bis Antony eintrifft."

„Er ist auf dem Weg?"

„Ich habe ihn angerufen, bevor ich dich geweckt habe. Ihm steht mein Flugzeug im Nahen Osten zur Verfügung, also wird er heute Abend unter Dach und Fach bringen, was ihm möglich ist, und bei Sonnenaufgang abreisen."

Federico fand ein Paar Socken in demselben tiefen Schwarz wie seine Hose. „In Ordnung. Brauchst du mich später hier oder soll ich mit Jennifer und Pia im Krankenhaus bleiben?"

„Bleib, wenn du möchtest, und ich rufe dich an, wenn du gebraucht wirst. Ich habe meine Assistentin gebeten, meine morgendlichen Termine zu streichen, und Isabella und Nick sind vor zwei Stunden aus New York angekommen. Mit den Jungen wird es kein Problem geben. Ich würde gerne mit ihnen frühstücken, bevor sie zur Schule gehen, und ich weiß, Isabella kann es kaum erwarten, dass sie die Geschenke öffnen, die sie ihnen aus den Staaten mitgebracht hat."

Federico entschied sich für einen lässigen Look – zumindest für seine Verhältnisse –, nahm ein graues Poloshirt vom Bügel und wünschte, er hätte wenigstens ein bisschen Zeit, um sich zu rasieren und zu duschen. Aus Gewohnheit erschien er nie außerhalb seiner Räume, ohne auszusehen, als wäre er für einen öffentlichen Auftritt bereit. Und dann war da noch Pia. Sosehr es ihm auch egal sein sollte, ob er sie beeindruckte oder nicht, vor allem mitten in der Nacht kurz vor der Geburt von Jennifers Baby, war es ihm doch wichtig. Er hatte von ihr geträumt und sie beim Aufwachen immer noch begehrt, und dies war ein Beweis, dass zumindest sein Unterbewusstsein mehr von ihr wollte als Freundschaft. Er warf seinem Vater einen Blick zu. „Ich nehme an, ich muss jetzt los, sonst wärst du nicht hergekommen."

„Pia hilft Jennifer beim Packen. Wenn du gerne zehn Minuten hättest, um zu duschen, ist das kein Problem." Der König lächelte. „Ich werde wohl in Kürze wieder Großvater werden. Ich dachte, wir hätten noch ein oder zwei Wochen Zeit, um uns auf die Ankunft des Babys vorzubereiten."

„Das dachte Jennifer auch."

Ein paar Minuten später stand Federico in seiner Dusche aus italienischem Marmor. Kühle Wasserstrahlen trafen seinen Kopf und zwangen ihn, wieder wach zu werden. Als er sich blitzschnell wusch, ertappte er sich bei einem Lächeln. Morgen würde er ein neugeborenes Baby in seinen Armen halten, einen kleinen warmen Körper, der ihn an die emotionalen Geburten seiner eigenen Kinder erinnern würde. Es schien eine Ewigkeit her zu sein, dass er und Lucrezia erst Arturo und dann Paolo auf dieser Welt begrüßt hatten.

Er musste zugeben, dass er gern ein weiteres Kind in seinem Heim willkommen heißen würde, auch wenn es jetzt schon schwierig war, den Terminkalender mit der Betreuung der Jungen in Einklang zu bringen. Er beneidete Antony darum und um die Liebe einer Frau, die ihn mit offenen Armen in ihrem Ehebett empfing, während das Baby in seinem Bettchen schlief.

Als er die Brause abschaltete und sich abtrocknete, kam ihm ein anderer Gedanke, der weitaus pragmatischer war: Sobald das Baby geboren war, würde es ihn aus der Thronfolge verdrängen.

Federico hängte sein Handtuch an den entsprechenden Haken und lachte laut auf, als ihm bewusst wurde, dass er sich zum ersten Mal in seinem Leben über einen Prestigeverlust freute.

Mit einem bezaubernden Kind, das seinen Platz in der Thronfolge einnahm, und mit der Aufmerksamkeit, die Jennifer und Antony als die berühmtesten jungen Eltern der Welt auf sich ziehen würden, konnte er vielleicht aufhören, *Principe Perfetto* sein zu müssen, und mehr Zeit darauf verwenden, Vater zu sein.

Der heutige Tag hatte ihm gezeigt, wie wichtig es war, loszulassen und die Elternschaft zu genießen, ganz gleich, was die Medien oder sein Pflichtbewusstsein ihm vorschrieben. Pia, eine Frau ohne eigene Kinder, hatte ihm das gezeigt. Und nun würden sie zusammen das allergrößte Wunder der Elternschaft miterleben.

Er fragte sich, ob die Anwesenheit bei der Geburt eines Kindes Pias Gefühle ebenso beeinflussen würde wie seine. Oder ob das gemeinsame Erleben eines so intimen Ereignisses sie einander näherbringen würde.

Er steckte seine Geldbörse ein und lief mit für ihn untypischen beschwingten Schritten zu Jennifers Räumlichkeiten.

Solange Pia im Krankenhaus weilte, würde er ebenfalls dortbleiben.

PIA ZWANG SICH ZUR RUHE, als sie die Tür von Jennifers Krankenzimmer hinter sich zuzog, und machte sich auf den Weg zum Kaffeeautomaten, der sich in der Nähe des Stationszimmers und gegenüber dem Wartebereich der Entbindungsstation befand. Sie brauchte einen großen Becher Kaffee, und zwar schnell. So beunruhigend die Lektüre des Schwangerschaftshandbuchs auch gewesen war, im Vergleich dazu, wie ihre Freundin die in Wellen kommenden Wehen durchstehen musste, erschienen ihr die Seiten des Schwangerschaftsbuchs so ernsthaft wie ein morgendlicher Cartoon. Wie allem in ihrem Leben begegnete Jennifer dem Einsetzen der Wehen mit gelassenem Mut. Pia hingegen war aufgewühlt, weil sie nichts tun konnte, außer aufmunternde Worte zu finden. Sie hatte ihre Frustration vor Jennifer verborgen, aber eine Riesenmenge Koffein würde helfen, sie zu bekämpfen.

„Wie geht es ihr?"

Pias Kopf fuhr hoch, als sie Federicos Stimme hörte, die für halb sieben am Morgen viel zu ausgeglichen und kultiviert klang. „Sie sind noch hier?"

Federico lächelte und streckte seine langen Beine aus. Er saß auf einem der schmalen Stühle, die das Wartezimmer der Entbindungsstation säumten, nur wenige Schritte von Jennifers Zimmer entfernt. Er hatte den ganzen Raum für sich allein. „Ich habe vor etwa einer halben Stunde mit meinem Vater gesprochen. Antony wird in Kürze landen und ich wollte wenigstens so lange bleiben, bis er eintrifft." Er stand auf und musterte sie. Zögernd trat er näher und legte ihr eine Hand auf die Schulter. „Ich weiß, ich habe mich erkundigt, wie es Jennifer geht, aber ich hätte auch nach Ihnen fragen sollen. Sie wirken, als … wäre Ihnen nicht gut."

„Das können Sie laut sagen. Ich muss einen furchtbaren Anblick bieten."

Seine Augen funkelten amüsiert. „Nee, so schlimm ist es nicht. Außerdem glaube ich, es ist mir nicht erlaubt, zu sagen, dass jemand furchtbar aussieht. Das wäre ein ziemlicher Verstoß gegen die Etikette für einen Prinzen."

„Sie haben allerdings einen umgangssprachlichen Ausdruck benutzt. Sie sagten gerade *nee*. Auch wenn Sie streng auf gute Umgangsformen achten, Sie lernen, etwas lockerer zu werden."

Sein Lächeln verwandelte sich in ein breites Grinsen. „Sehen Sie? Zeit mit Ihnen zu verbringen, macht mich zu einem besseren Menschen. Bleiben Sie noch ein paar Wochen länger, dann sollte ich bei meinem nächsten Besuch in den Staaten als Amerikaner durchgehen."

„Jetzt werden Sie aber ehrgeizig", neckte sie ihn, nicht gewillt, über die Ernsthaftigkeit der Einladung – oder das Fehlen dieser Ernsthaftigkeit – nachzudenken. „Gehen Sie mit mir zum Kaffeeautomaten? Ich brauche dringend meine Dröhnung."

„Ich hätte auch gern einen Kaffee."

Als er sich ihrem Schritt angepasst hatte, sagte sie: „Ich habe schon öfter mit schwangeren Frauen zu tun gehabt, aber immer als Mitarbeiterin in einem Flüchtlingslager, wo ich die Notfälle von den Nicht-Notfällen unterschieden und dafür gesorgt habe, dass die schwangeren Frauen medizinisch betreut wurden. Es ist etwas anderes, bei einer Geburt persönlich dabei zu sein, besonders, wenn es sich um eine Freundin handelt." Sie wusste, dass ihre Angst in ihrer Stimme mitschwang, aber sie versuchte, diese zu überspielen, indem sie ein Poster zur Wiederbelebung von Säuglingen betrachtete, das an der Wand des Korridors hing. „Ich bin es gewöhnt, Menschen zu sehen, die Schmerzen haben. Aber wenn es Jen ist, die Schmerzen hat, und ich nichts dagegen tun kann und es so lange dauert ..." Sie atmete schwer aus. „Es tut mir leid. Ich glaube, ich bin müde, weil ich die ganze Nacht auf den Beinen war. Meine Frustration kommt zum Vorschein."

Sie beugte und streckte ihre Finger, um sich zu beruhigen, und begegnete dann Federicos besorgtem Blick. „Um Ihre ursprüngliche Frage zu beantworten: Es geht ihr so gut, wie man es beim ersten Kind erwarten kann. Ich bin kurz rausgegangen, damit der Anästhesist genug Raum zum Arbeiten hat, während er ihr eine Epiduralanästhesie setzt. Ich bin sicher, dass es ihr danach besser gehen wird. Sie wollte so lange wie möglich damit warten und am liebsten ganz darauf verzichten. Schließlich sagte sie jedoch, es ginge nicht mehr."

Pia wusste, dass sie zu schnell sprach, was ihre Nervosität verriet, obwohl sie sich bemühte, ruhig zu bleiben. Ohne ein Wort zu sagen, zog Federico sie in seine Arme. In ihr Haar hinein sagte er: „Es ist aufregend, beängstigend und überwältigend zugleich."

„Genauso ist es."

Ihre Arme legten sich so selbstverständlich um seine Taille, als würden sie einander ständig umarmen. Er atmete tief ein, sodass sich seine Brust an ihrer hob und senkte. „Bei der Geburt eines Kindes dabei zu sein, zwingt einen, die eigenen Prioritäten zu überdenken. Zu sehen, was im Leben wirklich wichtig ist."

Sie lächelte in sich hinein, froh, dass er sie nach einer langen Nacht ohne Schlaf beruhigte, aber auch wachsam, was seine schützende Umarmung und seine sanften Worte mit ihren Gefühlen machten.

„Wie schaffen Frauen das bloß jeden Tag?", murmelte sie an seiner Brust.

„Nicht jeden Tag. Nur ein- oder zweimal im Leben." Ein leises Lachen erschütterte seinen Brustkorb. „Oder wie im Fall meiner Mutter viermal."

„Ich bezweifle, dass ich es auch nur einmal könnte. Bei Jennifer zu sein, reicht mir schon."

Er strich mit einer Hand über ihren Rücken, seine warme Berührung brachte ihr Erleichterung, war jedoch zugleich auch eine Gefahr. „Manchmal denke ich, dass Zusehen schlimmer ist, als das Baby selbst zu bekommen. Ich war beide Male dabei, als

Lucrezia unsere Söhne zur Welt brachte. Beim ersten Mal wurde mir schwindelig und ich befürchtete, ich könnte in Ohnmacht fallen. Eine der Krankenschwestern musste mir Wasser bringen. Lucrezia schien dagegen kaum ins Schwitzen zu kommen."

Pia neigte ihren Kopf nach hinten und betrachtete sein Gesicht. „Das kann nicht Ihr Ernst sein. Sie wären beinahe ohnmächtig geworden? *Sie?*"

„Ja. Sie haben mir sogar eine dieser … ich glaube, man nennt sie Schalen, gebracht. Diese blauen Plastikbehälter, wenn sich jemand übergeben muss." Eine feine Röte überzog seine hohen Wangenknochen und er grinste verlegen. „Ich sagte doch, ich bin kein perfekter Prinz. Wäre ich wirklich ein *Principe Perfetto*, hätte ich die ganze Zeit an ihrer Seite gestanden und ihre Hand gehalten, ohne etwas anderes als Stolz auf sie zu empfinden. Zum Glück hatte das Krankenhauspersonal eine Verschwiegenheitsvereinbarung mit unserer Familie unterzeichnet, sodass meine Schwäche nie in die Zeitungen kam."

„Ich nehme an, bei Paolo haben Sie besser durchgehalten."

„Ja. Und auch Sie werden das bei Jennifer schaffen." Er drückte sie fester an sich und sie kam nicht umhin, zu bemerken, wie mühelos sich ihr Kopf unter sein Kinn schmiegte, wie gut ihre Arme um seine schmale Taille passten. Viel zu schnell ließ er sie los und einen Moment später bemerkte sie, dass Jennifers Hebamme sich näherte, um ihr zu signalisieren, dass sie wieder hereinkommen konnte. Federico hatte sie offenbar bemerkt.

„Soll ich Ihnen einen Kaffee bringen?", fragte er Pia.

„Machen Prinzen so was?"

„Wenn eine Frau für den abwesenden Bruder des Prinzen einspringt, dann ja."

Sie grinste. „In diesem Fall hätte ich gerne einen großen Becher. Ich trinke ihn –"

„Mit fettarmer Milch, ohne Zucker?"

Pia öffnete vor Überraschung den Mund und seine Lippen verzogen sich zu einem selbstzufriedenen Lächeln. „Das habe ich gestern beim Frühstück beobachtet. Ich trinke meinen Kaffee auch am liebsten so."

Zehn Minuten später war es jedoch Antony, der den dampfenden Becher in Jennifers Zimmer trug. Er reichte ihn Pia mit einem kurzen Wort des Dankes, obwohl seine Aufmerksamkeit auf seine Frau in den Wehen gerichtet war.

„Am besten gehe ich jetzt", flüsterte Pia dem Kronprinzen zu.

Er warf ihr einen zerstreuten Blick zu und nickte. „Danke."

Jennifer murmelte ebenfalls ihren Dank. Sie lag auf der Seite und fühlte sich sichtlich unwohl, aber besser als vorher, weil sie die schmerzhemmende Epiduralanästhesie bekommen hatte. Pia richtete ein paar aufmunternde Worte an sie und ging dann zurück in den Flur. Außer einer Krankenschwester, die auf Jennifers Zimmer zulief, begegnete sie niemandem, bis sie Federico im Wartebereich antraf.

„Wie ich sehe, haben Sie Ihren Kaffee." Federico nippte an seinem Becher, während er vor dem Poster mit der Darstellung von Wiederbelebungsmaßnahmen auf und ab lief.

„Netter Lieferservice. Es kommt nicht jeden Tag vor, dass zwei Prinzen für die Koffeinzufuhr einer Frau sorgen." Sie atmete aus und war erstaunt, wie Federico mit nur einem Blick ihre Unruhe beschwichtigte und gleichzeitig ihren Körper auf Hochtouren brachte.

Der Prinz blieb stehen und neigte seinen Kopf in Richtung des Zimmers. „Haben Sie eine Ahnung, wie lange es noch dauert?"

„Noch zwei Stunden, hieß es. Vielleicht auch drei."

Sie warfen beide einen Blick auf die überdimensionale schwarz-weiße Uhr, die von der Decke des Flurs herunterhing und deren langer Zeiger gerade um eine weitere Minute vorrückte. „Ich habe noch kein Geschenk für das Baby gekauft.

Vielleicht können wir einen kurzen Besuch im Geschenkeladen machen? Er sollte bald öffnen."

Pia nickte zustimmend und bedeutete Federico, voranzugehen. Sie verließen die Entbindungsstation und betraten den wartenden Aufzug, wobei sie sich der Anwesenheit des anderen in dem beengten Raum sehr bewusst waren. Sekunden später hielt der Aufzug ein Stockwerk tiefer an, um ein müdes Mädchen in einem Rollstuhl aufzunehmen. Ein Bein in einem offenbar neuen, schweren Gipsverband war hochgelagert. Die Krankenschwester, die den Rollstuhl schob, zögerte, als sie den Prinzen sah, aber er bedeutete ihr, einzutreten, und hielt die Tür offen, bis die Patientin sicher drinnen war.

Dem Mädchen wurde klar, wer da vor ihr stand. „Sie sind Prinz Federico!" Ihre Stimme klang aufgeregt.

Er ging in die Hocke und antwortete: „Das bin ich. Und wie heißt du?"

„Carlotta."

Er richtete seinen Blick auf ihren Gips. „Es sieht so aus, als hättest du dir das Bein gebrochen, Carlotta."

„An zwei Stellen. Ich bin beim Turnen vom Schwebebalken gefallen und wurde gestern operiert, um den Bruch zu richten. Ich muss den Gips zwei Wochen lang tragen, bevor sie ihn abnehmen und ich einen anderen Verband bekomme."

Er ließ seinen Blick zu ihren Armen wandern, die aus den Ärmeln des Krankenhaushemdes hervorschauten. Sie waren ziemlich muskulös, besonders für jemanden in ihrem Alter.

„Du trainierst sicher hart. Das wird dir helfen, schnell wieder auf die Beine zu kommen."

Die Türen schlossen sich und nachdem die Krankenschwester auf den Knopf gedrückt hatte, beugte sich Federico vor und flüsterte Carlotta mit einer Stimme zu, die gerade so laut war, dass Pia und die Krankenschwester sie hören konnten: „Willst du deinen Gips sauber halten oder lässt du deine

Freunde darauf unterschreiben? Wird das immer noch gemacht?"

Sie nickte. „Eine meiner Freundinnen hat gesagt, sie würde eine Zeichnung machen. Sie kann fantastisch zeichnen. Alle anderen werden wahrscheinlich nur unterschreiben."

Federico überdachte dies. „Du würdest es vermutlich vorziehen, wenn deine Freunde zuerst unterschrieben, aber darf ich?"

„Würden Sie das tun? Wirklich?"

„Es wäre mir eine Ehre." Die Krankenschwester reichte Federico einen Stift aus ihrer Reverstasche und er unterschrieb auf dem Gips mit schnellen, flüssigen Strichen. Die Türen öffneten sich auf der Etage des Mädchens und mit einem Lächeln des Dankes gab Federico der Krankenschwester den Stift zurück, bevor er sich wieder der Turnerin zuwandte. „Werde schnell wieder gesund, Carlotta."

„Das werde ich!"

Die Krankenschwester schob ihren Schützling aus dem Aufzug, dann schauten beide zurück und winkten, bevor die Türen zuglitten.

Federico drehte sich zu Pia um und wollte etwas sagen, schloss den Mund jedoch wieder und berührte ihren Augenwinkel. „Was ist denn los?"

Pia blinzelte erschrocken und bemerkte, dass er eine Träne weggewischt hatte. Beinahe hätte sie behauptet, sie hätte ein Sandkörnchen im Auge, aber er hätte gewusst, dass es geschwindelt war. „Sie müssen denken, dass ich die größte Memme der Welt bin."

Echte Verblüffung zeigte sich auf seinem Gesicht. „Wie kommen Sie darauf?"

„Nun, erstens kann ich mich wegen Jennifer kaum noch zusammenreißen. Dann bin ich gestern fast durchgedreht, als Paolo seinen kleinen Springbrunnen-Spaß gemacht hat. Und dieses Mädchen ... wie Sie ihr den Tag versüßt haben, das war so lieb. Sie haben mit ihr geredet, als wäre sie Ihresgleichen." Vor

Verlegenheit wurden ihre Wangen heiß. „Ich bin nicht immer so, wirklich nicht."

„Ich bezweifle, dass Sie mit Flüchtlingen oder HIV-Infizierten arbeiten könnten, wenn Sie nicht über ein großes Maß an Stärke und die Fähigkeit verfügen würden, mit leidenden Menschen umzugehen, ohne von oben herab mit ihnen zu sprechen."

„Es ist nur bei Kindern." Sie wusste, dass sie plapperte, dennoch konnte sie sich nicht bremsen. „Ich war noch nie sehr gut im Umgang mit ihnen, und wenn ich sehe, dass sie verletzt sind, so wie dieses Mädchen ..."

„Jetzt machen Sie aber Witze, oder?"

„Ich fürchte nein."

„Aber Sie sind doch wundervoll mit Arturo und Paolo." Seine Gesichtszüge wurden weicher und Pia bewunderte, wie Federicos Liebe zu seinen Söhnen aus seinen Worten sprach. „Nicht nur gestern, im Garten, sondern auch, als sie Sie mit dem Bumerang trafen. Viele Erwachsene hätten die Beherrschung verloren oder den Jungen zumindest böse Blicke zugeworfen. Aber Sie haben alles getan, damit sie sich besser fühlen. Sie haben gemerkt, wie erschrocken sie waren, und sich bemüht, sie zu trösten, obwohl Sie diejenige waren, die blutete."

Sie verließen den Aufzug, wandten sich nach links und folgten den Schildern, die ihnen den Weg zum Geschenkeladen wiesen. Sie sahen die Glastür vor sich, aber das Licht im Geschäft war noch ausgeschaltet und an der Tür hing ein *Geschlossen*-Schild. Sie verlangsamten ihren Schritt und er nahm das Gespräch wieder auf: „Sie haben ein natürliches Geschick, mit Kindern umzugehen. Und auch mit Erwachsenen. Die Krankenschwester, die vor ein paar Stunden aus Jennifers Zimmer kam, sagte zu mir, dass Jennifer besser durchhält, als es von einer Erstgebärenden zu erwarten ist, da Sie ihr zur Seite stehen. Sie haben ihr den Rücken massiert, sie beim Atmen unterstützt ... Ich glaube, Sie zollen sich selbst nicht genügend Anerkennung."

Er hielt inne und wartete darauf, dass sie ihn ansah. Als sie es tat, ließen der intensive Blick seiner blauen Augen und seine ernste Miene sie stocken.

„Federico?"

„Ich wollte Ihnen sagen", er sog scharf die Luft ein, „dass ich gestern, als wir mit Paolo und Arturo den Garten verließen, mit dieser Bemerkung einen Fehler gemacht habe. Ich muss Sie um Entschuldigung bitten."

Das verwirrte sie. „Welche Bemerkung?"

„Dass Sie jemandem eine gute Ehefrau und Mutter sein würden."

Sie musterte ihn, dann ging sie weiter und hoffte, dass er ihre Reaktion nicht bemerkte. „Dafür entschuldigen Sie sich? Es war ein nettes Kompliment. Es sei denn, Sie haben es nicht so gemeint."

„Nein." Er berührte ihre Schulter, um sie zurückzuhalten. „Es war falsch von mir, das zu sagen, nach dem, was das letzte Mal passiert ist, als wir hier waren, im Krankenhaus. Nachdem ich Sie geküsst hatte. In Wirklichkeit dachte ich, dass Sie eine wunderbare Ehefrau für mich und Mutter für meine Kinder sein würden, auch wenn es völlig unangebracht gewesen wäre, das zu äußern."

Pia kämpfte darum, sich den Schock über seine Worte nicht anmerken zu lassen.

Er fuhr fort: „Es fühlte sich so einfach an, mit den Jungen im Regen zu spielen." Er strich sich mit der Hand über den Kopf, als ob er um die richtigen Worte ringen würde. „Ich habe mich noch nie zuvor so entspannt, so wohl gefühlt mit einer Frau und meinen Kindern. Doch es war nicht nur *angenehm*. Da war noch mehr. Ich konnte nicht anders, als mich zu fragen, ob wir ..."

Pia umklammerte ihren Kaffeebecher fester, um ihre Hände

ruhig zu halten. Federico diTalora, der Mann, den jede Frau in der westlichen Welt begehrte, hatte *noch mehr* bei ihr gefunden? Einer Frau, die selbst unter Androhung der Todesstrafe Prada nicht von Chanel unterscheiden konnte?

Unmöglich. Dennoch musste sie es wissen, musste hören, wie er die Worte aussprach. „Ob wir …?"

„Ob die Möglichkeit einer Beziehung bestünde." Gefühle prägten seine Worte und zum ersten Mal, seit sie ihm begegnet war, fragte sich Pia, ob Federico Nervosität empfand. „Ich habe es ernst gemeint, als ich sagte, dass ich Lucrezia in Ehren halten muss. Sie war mir meine liebste Freundin. Aber wenn ich jemals wieder ausgehen oder mich verheiraten sollte, nun, dann hoffe ich, dass es mit einer Frau wie Ihnen sein wird."

Er streckte seinen Arm aus und berührte ihre Hand, seine Finger glitten über ihre. Obwohl es nur eine leichte Berührung war, würde jeder, der sie an der Tür zum Geschenkeladen des Krankenhauses stehen sah, ihre Verbindung für eine Liebesbeziehung halten. „Wie kann ein Mann, der zwei kleine Kinder hat und dessen ganzes Leben von Kameras beobachtet wird, eine Frau fragen, ob sie Zeit mit ihm verbringen möchte?"

Pia starrte den Prinzen nur an, gefesselt von seinen Worten, von der Mischung aus Hoffnung und Angst in seiner Stimme und dem schieren Verlangen in seinem Blick. Sie brachte kein Wort über die Lippen, aber sie wusste, dass ihr die Antwort ins Gesicht geschrieben stand.

Er brauchte nur zu fragen.

Zum Glück entband Federico Pia von der Notwendigkeit, etwas zu sagen, indem er seinen leeren Kaffeebecher in einen nahen Abfalleimer warf und sie langsam vom Geschenkeladen wegzog. Hand in Hand gingen sie schweigend den Flur entlang, ängstlich darauf bedacht, den neugierigen Blicken von Patienten, Besuchern und Personal zu entgehen, die die Flure bevölkern würden, sobald die Sonne aufging und eine neue Schicht anrückte. Er führte sie zu einem Treppenhaus, ein Stockwerk hinauf und dann eine Reihe von kurzen Gängen entlang. Ohne Vorwarnung zog er sie plötzlich in einen dunklen Raum, schloss die Tür hinter ihnen und verriegelte sie.

„Das ist das Sprechzimmer des Palastarztes." Federicos Stimme war kaum lauter als ein Flüstern. Er nahm Pia den Kaffeebecher aus der Hand und stellte ihn hinter sie auf den Schreibtisch, wobei sein Oberkörper den ihren streifte. „Ich werde ihn daran erinnern müssen, abzuschließen."

„Er war vorhin im Krankenhaus, um sich nach Jennifer zu erkundigen", brachte Pia heraus, obwohl es ihre Gedanken verwirrte, dass ihre Finger immer noch mit Federicos verschlungen waren. Es gab nur einen Grund, warum er sie hierhergebracht hatte.

Sie drehte ihren Kopf und betrachtete den Raum. Die Helligkeit der Neonröhren im Flur drang durch das rauchige Glas der Tür und tauchte den Raum in ein diffuses Licht. Patientenakten füllten den Ablagekorb auf einer Seite des Schreibtischs, ansonsten war der Raum penibel aufgeräumt. Sie trat einen halben Schritt von Federico zurück. Sosehr ihr Körper das Unvermeidliche spürte und danach verlangte, ihr Verstand kämpfte weiter dagegen an. „Wenn er die Tür unverschlossen gelassen hat, bedeutet das wahrscheinlich, dass er vorhat, zurückzukommen."

„Er hat die Entbindungsstation vor einer Stunde verlassen. Seine Autoschlüssel hatte er in der Hand." Federico umfasste Pias Kinn und drehte ihren Kopf so, dass ihr Mund dem seinen sehr nahe war.

Zweifel rang mit Begehren in ihr, einen Herzschlag bevor seine weichen Lippen ihren Mund berührten, so sanft, dass sie jederzeit die Möglichkeit gehabt hätte, sich von ihm zu entfernen und es auf der Stelle zu beenden, falls sie dies wünschte.

Ihr wurde bewusst, dass sie sich zum ersten Mal, seit sie sich begegnet waren, an einem Ort aufhielten, wo niemand sie

stören würde. Keine Kinder, keine Fotografen, kein Palastperso-
nal. Es gab nur sie beide. Federico roch wunderbar. Er strahlte
eine Beständigkeit und eine Freundlichkeit aus, die in Verbindung mit der Art, wie er sie hielt, unwiderstehlich waren.

Sie wollte ihn. Unbedingt. Nur einen Atemzug später lehnte
sie sich an ihn und erwiderte seinen Kuss. Er zog ihren Körper
fest an sich und machte damit jede Möglichkeit zunichte, zu
protestieren oder ihm zu sagen, dass sie bereits den Auftrag
erhalten hatte, San Rimini zu verlassen. Und dass sie schon
lange, bevor sie ihn kennenlernte, gewusst hatte, sie war keinesfalls die Richtige für einen Mann wie ihn.

Ein leises Geräusch drang aus seiner Kehle. In ihrem tiefsten
Inneren erwachte etwas. Ihre Finger wanderten zu seiner Taille
und dann langsam nach oben.

Was konnte ein Kuss schon schaden? Sie wusste, dass sie sich
den Prinzen nie aus dem Kopf schlagen könnte. Seit dem ersten
gestohlenen Kuss hatte er jeden ihrer wachen Gedanken erfüllt.
In einem öffentlichen Krankenhaus konnte nichts allzu Inten-
sives passieren, warum also nicht noch eine weitere Erinnerung
mitnehmen? Das würde ihr etwas schenken, wovon sie träumen
konnte, wenn sie das nächste Mal in einem überfüllten Lager
eine Essensausgabe einrichtete oder in einer stickigen Hütte
stand und mit Frauen über AIDS-Prävention sprach.

Sie öffnete ihren Mund für ihn und schmeckte einen Hauch
von Kaffee, als er sie langsam zum Schreibtisch drängte. Im
letzten Augenblick unterbrach sie den Kuss lange genug, um
ihren Kaffeebecher zu verschieben, den er nahe am Rand abge-
stellt hatte. Dann zeichneten ihre Hände langsam und beinahe
ehrfürchtig Muster auf seiner breiten Brust und seinen Armen
und sie spürte feste, perfekt proportionierte Muskeln unter
ihren Fingerspitzen. Trotz seines streng reglementierten Lebens
fand Federico offensichtlich immer noch Zeit für Sport – viel
davon, wenn man bedachte, wie seine Schultern die Baumwolle
seines grauen Poloshirts spannten. Der Mann sah in einem

Anzug zwar unglaublich gut aus, doch dieser verbarg zum Teil auch die harte Arbeit.

Er lächelte an ihrem Mund, denn er wusste genau, was sie tat.

Zwischen den Küssen murmelte sie: „Das ist so ungerecht. Wann könntest du wohl ...?"

Er las ihre Gedanken. „Um fünf Uhr morgens", flüsterte er. „Bevor die Jungen aufwachen. Das ist die einzige Zeit, die ich ganz für mich habe."

Wie viel gab es noch über ihn zu entdecken? Und wie sehr würde sie es bedauern, zu ihrem Einsatz in Afrika aufzubrechen? Doch es musste sein. Sie hatte sich verpflichtet und Hunderte von Menschen zählten auf sie.

Er beugte sich vor, um ihren Mund erneut zu erobern, neckend, ziehend, knabbernd. Seine Lippen wanderten hinab, um die zarte Stelle zu reizen, wo ihr Kiefer und ihr Ohr zusammentrafen, dann glitten sie weiter nach unten und er küsste ihre Halsgrube mit einer Leidenschaft, die ihr beinahe die Sinne raubte. Er hob sie auf den Schreibtisch und ohne nachzudenken, schlang sie ihre Beine um seine Mitte und ihre Arme um seine Schultern. Dabei legte sie eine Handfläche an seinen Nacken, um ihn noch näher an sich heranzuziehen. Was würde sie nicht alles tun, um diesen Mann nackt in ihrem Bett zu haben!

In einem Winkel ihres Verstandes regte sich die gefährliche Frage: *Und wie fantastisch wäre es?*

Seine Hände verfingen sich in ihrem Haar und ihre Küsse wurden immer heißer und verlangender. Als er den Kopf hob, waren seine Augen glasig und sein liebeshungriger Blick traf ihren. Er neigte sich nach vorn, um noch einmal ihren Mund in Besitz zu nehmen, hielt jedoch inne und drückte ihr stattdessen einen langen Kuss auf die Wange, bevor er ihr ins Ohr flüsterte: „Ich hoffe, das bedeutet, du überlegst dir, ob du bleibst."

KAPITEL 8

FEDERICO ZOG SICH ZURÜCK, als sie nicht antwortete. Ihm gefiel der Anflug von Misstrauen in ihren Augen nicht. „Für eine Weile", stellte er klar. „Und nicht als Kindermädchen für meine Söhne. Für uns. Da ist etwas Einzigartiges zwischen uns und ich möchte sehen, wohin es führt."

Es sei denn, sie wollte nicht, hätte er fast hinzugefügt. Hatte er zu schnell gehandelt? Er hatte nie eine Beziehung im herkömmlichen Sinn gehabt. Schon vor Lucrezia waren die meisten seiner Verabredungen arrangiert worden, entweder von Freunden aus seinem sozialen Umfeld oder von seinen Eltern. Überwältigt von dem Optimismus, den Pia in ihm weckte, hatte er die Sache vielleicht falsch angepackt.

„Ich kann nicht." Ihr Blick verdüsterte sich und ihre Miene wurde undurchdringlich. „Aber es liegt nicht an dir, Federico. Es liegt an mir."

Er ließ seine Hände sinken und zwang sich zu einem Lächeln, doch er wusste, dass es seine Augen nicht erreichte. „Ich habe genug amerikanisches Fernsehen geschaut, um zu wissen, dass dies eine ‚höfliche Abfuhr' genannt wird, nicht wahr?"

„Nein, nein. Es ist nur … meine Vorgesetzte hat gestern Abend aus D.C. angerufen. Ich kann nicht bleiben. Ich soll heute in einer Woche zu meinem nächsten Einsatz reisen."

„Wenn du bleiben wolltest, könntest du es verschieben?" Sie öffnete den Mund, aber da sie sich unbehaglich zu fühlen schien, antwortete er für sie: „Aber du willst nicht bleiben. Ich verstehe. Es war falsch von mir, zu fragen. So bist du nun einmal."

Er wandte sich zur Tür, doch als sie seinen Arm berührte, blieb er stehen.

„Es tut mir leid, Federico." Ihre Augen glänzten verräterisch, doch sie blinzelte die Tränen weg, bevor sie zu fließen begannen. „Ich würde es gerne versuchen, mehr als du ahnst, aber auf lange Sicht würde ich dir einen schlechten Dienst erweisen, wenn ich bliebe."

Also hatte sie doch Gefühle für ihn.

Er atmete tief durch, dann drehte er sich um und setzte sich neben sie auf den Schreibtisch. Lucrezia. Es musste an Lucrezia liegen.

Er war nicht der Typ, der sein Privatleben mit anderen besprach. Er war nicht nur von Natur aus zurückhaltend, eine Indiskretion stellte für jemanden seines Ranges ein großes Risiko dar. Doch wenn er sich nicht erklärte, würde er vielleicht nie das Glück erleben, das Antony, Marco und Isabella in ihrem Leben gefunden hatten.

Indem ihm das Schicksal Lucrezia genommen hatte – so schmerzhaft es auch gewesen war –, hatte es ihm eine zweite Chance geschenkt. Er konnte sie nicht verstreichen lassen. Er war nicht sicher, ob er das erklären konnte, ohne herzlos zu klingen, aber es hatte etwas Kameradschaftliches, so neben Pia zu sitzen, Schulter an Schulter, und es ließ ihn erkennen, dass es richtig war, ihr alles zu sagen und das Beste zu hoffen.

„Pia, es gibt etwas, das ich dir erklären muss." Er nahm all seinen Mut zusammen und fuhr fort: „Ich habe dich eine

Unwahrheit über mich glauben lassen, als ich dich am Tag deiner Ankunft in San Rimini vom Flughafen abholte."

Sie runzelte die Stirn. „Was?"

„Ich hatte nicht gewollt, dass sie heirateten." Als sie ihn verwirrt ansah, fügte er hinzu: „Antony und Jennifer, meine ich. Als Antony eine Beziehung mit Jennifer in Betracht zog, sagte ich, dass ich das für keine gute Idee hielte und dass sie nicht heiraten sollten."

Pia drehte sich leicht und legte den Kopf schief, sodass sie ihn anstarren konnte. Er sah deutlich, dass sie sich an ihr Gespräch in der Limousine erinnerte, als sie beiläufig erwähnt hatte, dass sie nicht glauben konnte, dass Jennifer und Antony verheiratet waren, geschweige denn Eltern wurden.

„Warum nicht?"

„Ich war der Meinung, ein Prinz – erst recht ein Kronprinz – sollte jemanden mit Rang und Namen aus einer adligen Familie heiraten. Jemanden, der unser Land und seine Traditionen versteht, ebenso wie das Ausmaß und die Bedeutung der Rolle, die Antony als zukünftiger König zu erfüllen hat. Ich glaubte nicht, dass eine Frau ohne Titel – eine Amerikanerin und Mitarbeiterin einer Hilfsorganisation – dazu in der Lage war, auch wenn ich Jennifer kennengelernt hatte und sie bewunderte. Und obwohl ich wusste, dass Antony, nun ja –"

„Verliebt war?", fragte sie leise.

Er nickte. „Schon als ich Jennifer das erste Mal bei einem Event im Palast traf, war offensichtlich, was Antony für sie empfand. Er konnte den Blick nicht von ihr wenden. Sie brachte ihn dazu, seine Ziele und Wünsche zu überdenken. Sie behandelte ihn wie einen Mann, der ihr gleichgestellt war, nicht wie einen Prinzen. Und er liebte sie dafür. Er liebte das Gefühl, das sie in ihm auslöste, wenn er sie seinerseits dabei unterstützen konnte, ein besserer Mensch zu werden. Sie hatten ein Band zwischen sich geknüpft. Ein enges Band."

Pia schien mit den Informationen zu kämpfen. Ihre haselnussbraunen Augen blieben mehrere Sekunden auf sein Kinn gerichtet, bevor sie ihren Blick hob und seinem begegnete. „Warum erzählst du mir das?"

„Weil ich mich in meiner Einschätzung geirrt habe. Antony hätte keine bessere Braut finden können, keine bessere Mutter für seine Kinder und keine bessere zukünftige Königin von San Rimini." Federico warf einen Blick zur Tür. Irgendwo, mehrere Stockwerke entfernt, wurden Antony und Jennifer gerade Eltern. Ihre Liebe zueinander würde nur noch wachsen, während ihre Familie wuchs, anders als in seiner eigenen Ehe. Zwischen ihm und Lucrezia hatte sich nichts geändert. Sie waren zu Beginn Freunde gewesen und auch am Ende.

„Da ich mich in meiner Einschätzung von Jennifer geirrt habe, lag ich vielleicht auch bei anderen Dingen falsch." Pias Hand ruhte auf ihrem Oberschenkel und er strich über ihre Fingerknöchel. „Es ist etwas, das ich nicht gern zugebe, aber es war ein Fehler, Lucrezia zu heiraten. Ich wusste es in meinem Herzen während unserer Ehe, aber ich habe es ignoriert. Es war einfach, jeden Tag meiner Routine nachzugehen und mich auf die Freundschaft zwischen uns und auf unsere Söhne zu konzentrieren. Es gab keinen Streit, keinen Konflikt. Aber an dem Tag, an dem Lucrezia starb, als ich erfuhr, dass Marco seine Beziehung zu Amanda aufgeben und dem Vorschlag meines Vaters folgen wollte, eine arrangierte Ehe einzugehen, wurde mir klar, wie falsch es gewesen war, sie zu heiraten."

„Marco wollte –?" Sie schaute ihn verwirrt an.

Er winkte ab. „Das ist eine lange Geschichte. Was ich sagen will: Als Lucrezia starb, wurde mir klar, dass ich sie der Chance beraubt hatte, ihr Leben mit jemandem zu teilen, der sie wirklich liebte. Sie hätte mit jemandem verheiratet sein müssen, der mehr war als ihr Freund und Vertrauter. Sie hätte all das und Leidenschaft haben sollen. Einen Ehemann, der morgens mit dem Gedanken an sie aufwachte und jeden Abend voller Vorfreude zu ihr zurückkehrte. Ich trauerte um sie, aber ich trauerte auch um das, was sie hätte haben sollen. Sie hatte nicht die Möglichkeit, ihr Leben in vollen Zügen zu genießen, und das war meine Schuld. Ich sagte Marco, er dürfe nicht denselben Fehler machen wie ich. Ich sagte ihm, er müsse weiterverfolgen, was er mit Amanda hatte."

Pia blieb stumm. Er drückte sanft ihre Hand und sagte: „Erst gestern Nachmittag beim Spiel mit den Jungen im Garten habe ich verstanden, dass es auch für mich ein Fehler war, Lucrezia zu heiraten. Ich habe mich selbst ebenso einer Chance beraubt, nicht nur Lucrezia."

„Du hast sie geheiratet, aber nicht geliebt?" Pias Stimme brach bei den letzten Worten.

„Ich liebte sie, aber ich war nicht in sie verliebt. Lucrezia war eine enge Freundin, die ich seit meiner Kindheit kannte und mit der ich mich gut verstand. Ich habe sie geheiratet, weil es San Rimini zugutekam, weil ich von Geburt an wusste, dass ich mich gut verheiraten und Erben zeugen musste, damit die Familie diTalora auf dem Thron und unser Land politisch stabil bleibt. So hat es jede Generation vor mir getan. Wer war ich, dass ich anders hätte handeln können?"

Auf Pias zweifelnden Blick hin ergänzte er: „Versteh mich nicht falsch. Lucrezia und ich sind gut miteinander ausgekommen. Ich habe sie respektiert und vermisse sie jeden Tag. Aber es gab keine Leidenschaft in unserer Ehe."

Sie saßen eine ganze Weile schweigend da. Als Pia schließlich sprach, waren ihre Worte bedächtig: „Würdest du es wieder tun? Pflichtbewusstsein ist dir wichtig. Ganz zu schweigen von deiner Familie und deinem Land."

Er glitt vom Schreibtisch herunter und drehte sich ganz zu ihr um. Er musste ihr die Bedeutung seiner Worte klarmachen. „Nein, und nicht nur, weil es falsch war, Lucrezia um das Leben zu betrügen, das sie verdiente. Weil ich meiner Pflicht gefolgt bin und nicht auf mein Herz gehört habe, habe ich die Gelegenheit verpasst, jemanden wie dich zu heiraten.

Eine Frau, die mit mir spricht, als wäre ich ein normaler Mensch und kein Prinz. Der etwas an meinen Kindern liegt und an der sie hängen. Eine Frau, die sich um ihre Freunde kümmert, wenn sie sie brauchen, die mit jeder Krise fertig wird und die sich derer annimmt, die sich selbst nicht helfen können. Eine Frau, die in mir den Wunsch weckt, mich in ein geschlossenes Büro zu schleichen, damit ich sie dort umarmen und küssen kann, weil ich keinen Moment länger damit warten möchte. Ich habe mich selbst um das betrogen, was Antony und Jennifer miteinander teilen." Er umfasste ihr Gesicht mit beiden Händen. „Pia, wir könnten eine solche Liebe teilen. Eine leidenschaftliche Liebe. Ich fühle eine tiefe Verbundenheit mit dir und eine Anziehung, die ich noch bei keiner anderen Frau gespürt habe, und ich vertraue diesem Gefühl genug, um zu wissen, dass du genauso empfindest. Aber es wird nichts daraus werden, wenn du fortgehst und wir uns die Möglichkeit versagen, einander besser kennenzulernen."

Er ließ seine Finger über ihre Schultern nach unten gleiten, bis er wieder ihre Hände hielt. Es faszinierte ihn, dass sie schon das Leben so vieler Notleidender verbessert hatte. Wie oft, fragte er sich, hatten Pias Hände einen verängstigten, erschöpften Menschen zu einem Unterschlupf für die Nacht geführt oder einem Hungrigen zu essen gegeben?

Wie hatte er sie jemals für ungepflegt und forsch halten können, wenn sie der Perfektion näher war, als er es je sein würde?

Er begegnete ihrem Blick. „Ich glaube, du hast ein noch größeres Pflichtbewusstsein als ich. Deshalb gehst du lieber nach Afrika, als deinem Herzen zu folgen. Wenn du deiner Pflicht gehorchst, könntest du denselben Fehler machen, den ich einst gemacht habe. Meinst du nicht auch?"

Zu seinem Entsetzen schüttelte sie den Kopf. Er hatte erwartet, dass sie kurz nachdenken und dann sagen würde:

„Vielleicht hast du recht." Stattdessen spannte sich ihre Kieferpartie an und sie weigerte sich, seinen Blick zu erwidern.

„Ich glaube", flüsterte sie schließlich, „man nennt dich *Principe Perfetto*, weil du das Gute in anderen siehst, selbst wenn es nicht vorhanden ist."

Sie löste ihre Hände aus seinen, berührte mit dem Zeigefinger ihre Lippen und dann seine. Dabei erfüllte Schmerz ihre Augen. „Ich bin nicht so edel, Federico. Ich gehe nach Afrika, weil ich nicht stark genug bin, um hierzubleiben." Sie rutschte vom Schreibtisch und schob sich an ihm vorbei, dann wandte sie sich der verschlossenen Bürotür zu. Sie setzte an, sie zu öffnen, hielt aber inne. „Warum gehst du nicht in den Geschenkeladen? Ich treffe dich in Jens Zimmer. Sie wird mich dabeihaben wollen, wenn das Baby kommt. Danach können wir getrennte Wege gehen und tun, was auf lange Sicht das Beste ist. Was wir hier geteilt haben, kann hier bleiben."

Damit öffnete sie die Tür und strebte auf die Aufzüge zu.

PIA SANK gegen die kühle Metallwand des Aufzugs, sobald sich die Türen schlossen und sie gegen die Welt abschirmten. Mit der flachen Hand tupfte sie ihre Tränen ab und trocknete die Hand an ihrer Hose. Warum musste Federico so verdammt *vollkommen* sein?

Wie konnte sie so *un*vollkommen sein?

Sie war ein verängstigtes Huhn. Ein großes, feiges, verwirrtes Huhn.

Sie hatte sich erlaubt, ihn zu küssen, weil sie sich eingeredet hatte, dass er es nie ernst mit ihr meinen könnte. Ein Mann, der noch um seine geliebte Frau trauerte und sich nur über ihren Verlust hinwegtrösten wollte, war ein Mann, der sie vergessen würde, bevor ihr Flugzeug abhob.

Aber offensichtlich traf das auf Federico nicht zu. Er war ein

Mann, der sich – wahrscheinlich zum ersten Mal – wirklich zu einer Frau hingezogen fühlte. Sosehr diese Vorstellung ihr auch schmeichelte, wenn sie blieb, obwohl sie wusste, dass sie ihm nie ganz gehören konnte, behandelte sie ihn nicht besser als er Lucrezia.

Eher noch schlimmer.

Pia unterdrückte eine neue Welle ihres Kummers, ehe sie in ihr aufsteigen konnte. Jennifer brauchte sie jetzt. Bevor sie ihrer Freundin gegenübertrat – oder Jennifers Kind im Arm hielt –, musste sie alles vergessen, was Federico gesagt hatte. Unaufmerksamkeit war das Letzte, was sie gebrauchen konnte, wenn ein Neugeborenes in ihren ungeschickten Armen lag.

Sie mochte sich in Prinz Federico verliebt haben – nein, sie *wusste*, dass sie sich in ihn verliebt hatte, lange bevor er sie in das Büro gezogen hatte, um sie zu küssen, und ihr die Wahrheit über seine Ehe erzählt hatte –, aber ihre eigenen Dämonen waren stärker. Viel gefährlicher. Wenn sie der Versuchung erlag und Federico und sich selbst vormachte, dass sie alles sein konnte, was er von ihr erwartete, würden er und seine Kinder verletzt werden. Vielleicht nicht morgen oder übermorgen, aber irgendwann.

Wie könnte sie das tun, wenn Hunderte anderer Frauen – Frauen, die weitaus bessere Mütter für Arturo und Paolo wären – Federico lieben würden, wie er war, und ihn auf der Stelle heiraten würden?

Sie machte sich keine Illusionen darüber, dass er der traditionelle Mann zum Heiraten war. Er würde wieder heiraten, diesmal aus Liebe.

Als sie den Aufzug auf der Entbindungsstation verließ, hörte sie Jubelrufe. Innerhalb von Sekunden war sie um die nächste Ecke gebogen und sah in der Nähe des Wartebereichs blaue Luftballons, die an der Theke beim Stationszimmer befestigt waren. Das medizinische Personal hatte sie offenbar vorher in Erwartung der Ankunft des königlichen Kindes versteckt gehalten. Neugierige Ärzte und Pflegepersonal füllten den Flur, lächelten und umarmten sich.

Jennifer hatte das Ende ihrer Wehen gut überstanden und einen gesunden Jungen zur Welt gebracht. Einen zukünftigen König.

Als Pia es geschafft hatte, sich einen Weg durch die feiernden Menschen zu bahnen, und Jennifers Tür erreichte, erhellte ein aufrichtiges Lächeln ihr Gesicht angesichts der Szene im Raum.

Es war erstaunlich, dass ein so unglaublich niedliches Wesen ihre Dämonen beschwören konnte.

ALS FEDERICO mit einem großen Plüschbären in der einen und einem Blumenstrauß in der anderen Hand aus dem Geschenkeladen in Jennifers Zimmer zurückkehrte, zog Pia seine Aufmerksamkeit auf sich, noch bevor er den Raum in Augenschein nehmen konnte. Ein Anflug von Panik hatte sich kurz auf ihrem Gesicht abgezeichnet. In dem Moment, als er ihre Miene erblickt hatte, wusste er, dass Jennifer bereits entbunden hatte und dass er an all den Luftballons an der Stationstheke vorbeigelaufen war, ohne zu begreifen, warum sie da waren.

Sofort schaute er zu Jennifer, doch ihr Anblick lenkte ihn nicht so sehr ab, dass er Pias plötzliches Verschwinden nicht registriert hätte. Er glaubte nicht, dass Pia die Gelegenheit gehabt hatte, das Baby zu halten, zumal das gesamte medizinische Personal kurz nach der Geburt im Zimmer aus und ein gegangen war. Die Enttäuschung darüber, dass sie nicht nur seinen Vorschlag abgelehnt hatte, sondern sich noch nicht einmal im selben Raum mit ihm aufhalten wollte, verursachte einen körperlichen Schmerz in seiner Brust.

Er wünschte, er würde es verstehen.

Jennifer schlummerte. Neben ihr, auf einem unbequem

aussehenden Stuhl, bewegte sich Antony im Halbschlaf, den Kopf auf die Faust, den Ellbogen auf die Armlehne gestützt.

Federico wandte sich zum Gehen, hielt aber inne, als Antony sich leise räusperte, um seine Aufmerksamkeit zu erregen, ohne Jennifer zu wecken.

Federico bewegte lautlos seine Lippen: „Alles in Ordnung?"

Antony nickte, streckte sich und winkte ihn zu sich heran. Im Flüsterton erklärte der Kronprinz: „Mein Sohn ist auf der anderen Seite des Gangs, im Säuglingszimmer. Er hat gerade sein erstes Bad bekommen."

Federico grinste über den Stolz in der Stimme seines älteren Bruders. „Und er ist so müde wie seine Mutter?"

Antony nickte erneut. „Es war für uns alle ein langer Tag. Ich habe seit etwa einer Stunde nicht mehr nach ihm gesehen. Würde es dir etwas ausmachen –?"

„Nein, natürlich nicht. Ruh dich aus. Dazu wirst du keine Gelegenheit mehr haben, wenn du zurück im Palast bist." Er wies mit dem Kopf zum Fenster. Ein paar Stockwerke tiefer warteten Reporter aus aller Welt auf die Gelegenheit, die neue Familie zu fotografieren und Fragen zu stellen. „Nicht nur wegen denen, sondern auch wegen der Gespräche im Nahen Osten."

„Ich bin mir dessen nur allzu bewusst. Wenn etwas nicht stimmt, weckst du mich dann?"

Federico nickte. Antony atmete tief durch und legte eine Hand auf das Bett, neben seine schlafende Frau, dann lehnte er sich auf seinem Stuhl zurück, schloss die Augen und genoss seine ersten Stunden als Vater.

Federico verließ den Raum und kämpfte gegen die Welle der Sehnsucht an, die ihn überrollen wollte.

Er konnte sich gut vorstellen, demnächst mit Pia dasselbe Leben zu führen. Seite an Seite mit ihr zu liegen, ihre Köpfe nebeneinander auf dem Kissen, nachdem die Jungen einge-schlafen waren, und zu besprechen, was der nächste Tag für

Abenteuer bringen würde. Mit den Fingern ihr widerspenstiges blondes Haar aus ihrem Gesicht zu streichen, damit er ihr in die sanften braunen Augen schauen konnte, und ihr einen Gutenachtkuss zu geben oder sie am Morgen zu wecken. Über sie zu wachen, wie Antony über Jennifer.

Er riss sich zusammen und ging zum Säuglingszimmer hinüber. Seine Tagträume waren dem rationalen Denken um Lichtjahre voraus. Jeder, der so kurz nach dem Kennenlernen so viel für einen anderen Menschen empfand, musste verliebt sein.

Andererseits hatte er genug Jahre in emotionaler Einsamkeit verbracht, um zu wissen, dass er nicht irgendwer war.

Er traf tagein, tagaus Frauen. Er unterhielt sich mit ihnen, freundete sich mit ihnen an, arbeitete mit ihnen an Projekten. Keine hatte ihn innerlich so berührt wie Pia Renati.

Er fand sie nicht nur körperlich schön, wenngleich ihr widerspenstiges Haar und ihr legerer Stil sich vollkommen von dem der Frauen unterschieden, denen er oft in seinem Leben begegnete, aber wenn Pia entspannt war, ließ sie Scharfsinn erkennen, ein großes Herz und einen Intellekt, der ihn jeden Tag seines Lebens faszinieren würde.

Zu einem gewissen Teil hielt er sich für einen Trottel, weil er nach dem Desaster, das er durch die Heirat mit Lucrezia angerichtet hatte, eine Frau in sein Leben einlud, doch sein Wunsch, mit Pia zusammen zu sein, war stärker. Er verzehrte sich nach ihr. Die öffentliche Meinung zählte nicht. Die Pflicht zählte nicht.

Er war wichtig. Seine Söhne waren wichtig.

Pia war wichtig.

Er fluchte leise. Keine Frau hatte ihn je so intensiv angeschaut oder geküsst wie sie.

Was also machte ihr Angst?

Er begab sich erst zum Stationszimmer, von dort aus wurde er mit der Ermahnung, leise zu sein, zu den Säuglingen geführt. Genau in dem Moment, als ihm einfiel, dass Pia ebenfalls hierhergekommen sein könnte, sah er sie über das Bettchen des kleinen Prinzen gebeugt.

Sie stand mit dem Rücken zu ihm, aber die Krankenschwester neben Pia, die an das Kommen und Gehen auf der Entbindungsstation gewöhnt war, bemerkte sein Eintreten. Da er Pia nicht stören wollte, bedeutete er der Schwester mit einer Handbewegung, nichts zu sagen. Diese zeigte ihm mit einem Blinzeln, dass sie verstanden hatte, dann konzentrierte sie sich wieder auf Pia. Mit dem Akzent von San Rimini sagte sie auf Italienisch: „Sie können ihn halten, wenn Sie möchten. Die Eltern haben ihr Einverständnis gegeben."

„Oh, nein", flüsterte Pia. Ihr Italienisch klang weich und melodisch, aber ihre Nervosität war deutlich daran zu erkennen, dass sich ihr Rückgrat versteifte. „Er sieht zufrieden aus, wo er ist."

Die brünette Krankenschwester lächelte Pia freundlich an. „Sehen Sie es als Übung für die Taufe. Man hat mir gesagt, dass Sie die Patin sein werden. Und Neugeborene mögen es, im Arm gehalten zu werden." Sie deutete auf das Ende der Reihe von Bettchen. In einigen schliefen Säuglinge. „Setzen Sie sich dort in den Schaukelstuhl. Ich werde das Baby zu Ihnen bringen."

Pia zögerte, dann setzte sie sich, Federico weiter den Rücken zugewandt. „Ich kann nicht sehr gut mit Kindern umgehen."

Die Schwester zog die Decke etwas fester um den kleinen Jungen mit den großen Augen und legte das Bündel dann in Pias Arme. „Machen Sie sich keine Sorgen. Ich weiß, dass er Sie mögen wird."

„Das ist es nicht." Besorgnis färbte Pias Stimme, während sie das Baby fasziniert betrachtete. „Ich neige dazu, ihnen Schaden zuzufügen."

Die Krankenschwester setzte sich auf die Fußbank vor Pias Schaukelstuhl. „Nicht solange ich da bin. Sie machen das gut. Sehen Sie, wenn Sie ihm Ihren Finger hinstrecken, hält er ihn fest."

Federico beobachtete noch einen Moment lang, wie die Schwester leise mit Pia und dem Baby sprach. Pia sank langsam zurück gegen die Holzlatten des Schaukelstuhls. „In Schwangerschafts- und Erziehungsbüchern klingt das alles so einfach", hörte er sie sagen.

„Und in Diät-Werbespots sieht es aus, als könnten alle zehn Kilo abnehmen, ohne Sport zu treiben oder sich nach Cannoli zu sehnen", erwiderte die Krankenschwester trocken. „Es braucht alles Übung. Sie schaffen das schon. Das Baby wird keinen Schaden nehmen."

Pia atmete zitternd aus, antwortete aber nicht.

Ohne sich bemerkbar zu machen, verließ Federico das Säuglingszimmer.

KAPITEL 9

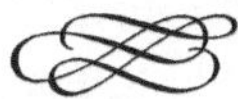

„HOHEIT, das erste Vorstellungsgespräch findet in einer halben Stunde statt. Die Taufe ist um elf Uhr, danach folgt das Mittagessen, und für den späten Nachmittag habe ich die übrigen drei Gespräche eingeplant. Möchten Sie sich die Lebensläufe der Kandidatinnen und Kandidaten ansehen?“

Als Federico Teodoras Stimme hörte, blickte er von seinem Schreibtisch hoch, auf dem ein großer Stapel Korrespondenz darauf wartete, abgearbeitet zu werden, und er sah, dass sie ins Arbeitszimmer getreten war. Er hatte wieder einmal seinen Tagträumen nachgehangen – ein Luxus, den er sich selten gönnte –, aber er konnte die Gedanken an das, was er mit Pia im Krankenhaus geteilt hatte, und an das, was er im Säuglingszimmer beobachtet hatte, nicht vertreiben.

Seitdem war eine Woche vergangen, aber die Zeit hatte nur bewirkt, dass er noch mehr an sie dachte. Selbst die Arbeit, in die er sich vergraben hatte, und die Suche nach einer neuen Kinderbetreuung hatten ihn nicht ablenken können.

Natürlich hatte es nicht geholfen, dass sie den größten Teil dieser Woche zusammen verbracht hatten, wenn auch unter den Augen anderer. Nun, da Isabella und Marco mit ihren jeweiligen Ehepartnern nach La Rocca zurückgekehrt waren, war das Esszimmer der Familie zum Zentrum des Geschehens geworden. Dort verweilten alle noch nach den Mahlzeiten, da sie für die Tage zwischen der Geburt und der Taufe ihre öffentlichen Termine reduziert hatten. Pia war ein ständiger Gast bei diesen Zusammenkünften, sie blieb nach dem Essen, um mit den Geschwistern Karten und mit Paolo heiß diskutierte Dame-Partien zu spielen und Arturo Schach beizubringen. Wenn die Familie nicht im Esszimmer versammelt war, lockte das herrliche Frühherbstwetter alle in den Garten. Pia war bei fast jeder Gelegenheit dabei und packte auch mit an, als Marco vorschlug, ein Badmintonnetz aufzubauen.

Mit jedem Tag fühlte sich Federico mehr zu ihr hingezogen. Sie hatte eine positive Lebenseinstellung, die er bewunderte, sie war geduldig mit seinen Söhnen und sie ging immer entspannter mit seinen Geschwistern und deren individuellen Eigenheiten um. Sie hatte Marco sogar zur Rede gestellt, als sie ihn verdächtigte, beim Kartenspiel zu schummeln, und hatte alle auf herzerwärmende Weise über Jennifers Befinden auf dem Laufenden gehalten, bis es Jennifer zwei Abende zuvor gut genug ging, um mit allen zusammen zu Abend zu essen. Danach hatte Eduardo die Familie überrascht, indem er eine große Leinwand in der Bibliothek des Palastes aufstellen ließ, und sie hatten sich gemeinsam einen Disney-Film angesehen.

Federico hatte mehrfach bei den Mahlzeiten neben Pia gesessen und war zweimal ihr Badmintonpartner gewesen. Als Paolo beschloss, während des Films auf Pias Schoß zu klettern, hatte Federico sich auf dem Sofa neben ihr auf dem leeren Platz niedergelassen, damit er den Jungen übernehmen konnte, falls er zu schwer werden sollte.

Im Laufe der Woche hatten sie zusammen gelacht, sich über Lokalpolitik und Kinofilme unterhalten und scherzhafte Wortgefechte geführt, besonders während eines hitzigen Badmintonspiels gegen Marco und Amanda. Aber sie hatten sich nie berührt, nichts Ernsthaftes besprochen. Und sie waren nicht einen einzigen Moment allein gewesen.

Diese Zweisamkeit ohne Privatsphäre machte Federico wahnsinnig.

Er nahm den kleinen Stapel mit den Lebensläufen von Teodora entgegen und blätterte sie durch, obwohl er den Inhalt bereits kannte. Er und Teodora hatten beide einige Zeit am Telefon mit dem Leiter der Agentur über die Kandidaten und Kandidatinnen gesprochen und die Vorstellungsgespräche auf diese vier beschränkt. Alle ließen Potenzial erkennen, aber allein bei der Vorstellung, den Bewerbern und Bewerberinnen heute gegenübertreten und herausfinden zu müssen, wer sich am besten um Arturo und Paolo kümmern und welchen Einfluss er oder sie auf die Jungen haben würde, fühlte er sich erschöpft.

Er starrte auf die oberste Seite, die Informationen über die Kandidatin enthielt, mit der er zuerst sprechen würde. Nach dem heutigen Tag würde seine Welt eine andere sein. Er würde eine neue Kinderbetreuung haben und Pia würde nicht mehr da sein.

Laut Antony sollte sie heute Abend nach Botswana fliegen, nach der Taufe des kleinen Prinzen Gianluca, den Antony und Jennifer Luc nannten. Federico war noch nicht bereit, sie ins Flugzeug steigen zu lassen. Aber er konnte es auch nicht verhindern.

„Prinz Federico? Kann ich Ihnen bei irgendetwas behilflich sein?"

Federico blinzelte, wieder einmal dabei ertappt, wie er ins Leere starrte. „Ich bitte um Entschuldigung. Ich war mit meinen Gedanken woanders."

Teodora zog eine Augenbraue hoch. „Wenn es Ihnen lieber wäre, kann ich gerne die Bewerbungsgespräche führen, um eine Vorauswahl zu treffen."

Er schüttelte den Kopf. „Nein, wir haben den Kreis der

infrage kommenden Personen schon bestmöglich eingegrenzt. Ich muss so viel Zeit mit ihnen verbringen, wie ich kann, bevor ich eine Entscheidung treffe."

Seine Assistentin nickte und ging zur Tür, doch er hielt sie zurück, als ihm eine Idee kam. „Teodora, bis wann sollen die Vorstellungsgespräche heute abgeschlossen sein?"

„Bis sechs oder halb sieben, je nachdem, wie viel Zeit Sie darauf verwenden. Sie werden den Abend mit Ihren Söhnen verbringen können, wenn Sie es wünschen. Prinzessin Isabella hat angeboten, auf sie aufzupassen, während Sie die Interviews führen."

Er klopfte mit seinem Stift auf den Schreibtisch, während er kurz nachdachte. Es war unprofessionell und grenzte an Unhöflichkeit, aber die Zeit drängte. Er musste sein Glück versuchen.

„Ist es zu spät, die Gespräche von heute Nachmittag auf morgen zu verschieben? Es gibt noch etwas anderes, was ich erledigen muss, und wenn es klappt, möchte ich, dass der Rest des Tages frei ist." Er skizzierte ihr seinen Plan und sagte dann: „Also, wie sieht es aus?"

Teodora öffnete den Mund, bis sie sich wieder gefasst hatte, und nickte dann, als ob nichts Ungewöhnliches an der Bitte wäre. „Gewiss, Hoheit. Ich glaube aber, Jennifer hat die Fahrt zum Flughafen bereits organisiert ..."

„Gut. Richten Sie bitte den Kandidatinnen und Kandidaten meine Entschuldigung für die kurzfristige Änderung aus. Sollte es jemand morgen nicht schaffen, werde ich den Termin nach Wunsch verlegen und für alle Kosten aufkommen, die durch die späte Benachrichtigung entstehen könnten. Rufen Sie dann Harriet an, um die Fahrt zu verschieben. Aber bitte sagen Sie Signorina Renati nichts davon. Ich möchte sie gerne überraschen."

Oder genauer gesagt, Pia davon abhalten, ihm aus dem Weg

zu gehen. Bevor sie La Rocca für immer verließ, würde er so eine letzte Chance haben, mit ihr zu sprechen.

PIA SCHARRTE mit den Füßen auf dem alten Marmorboden. Sie hörte gar nicht richtig zu, wie der Priester der versammelten diTalora-Familie sagte, dass Gianlucas Geburt ein Segen für seine Eltern und für das Land war, das er eines Tages regieren würde.

Abgesehen von den ruhigen Handgriffen des Priesters war es im Duomo vollkommen still. Sogar die Staubkörnchen in der alten Kathedrale kamen für die Zeremonie zur Ruhe und schienen im Licht, das durch die Buntglasfenster fiel, reglos zu verharren. Obwohl Gianluca nun hinter seinem Vater an zweiter Stelle der Anwartschaft auf den ältesten Thron Europas stand, war es Jennifer und Antony gelungen, die Presse vom Gottesdienst fernzuhalten. Nur die Paten und die unmittelbare Familie waren anwesend, sodass es die intimste Feier war, die die königliche Familie seit Jahren erlebt hatte.

Während die Worte des Priesters unter den weiten, grauen Kuppeln der Kathedrale widerhallten, hielt Pia ihren Blick starr auf den Säugling gerichtet. Das Kind schlief selig in Jennifers Armen und hatte dasselbe zweihundert Jahre alte Taufkleid aus weißer Spitze an, das einst sein Vater getragen hatte. Es kostete Pia ihre ganze Willenskraft, ihre Aufmerksamkeit nicht auf Prinz Federico zu richten, der ihr gegenüber am Altar stand.

Sie hätte wissen müssen, dass Jennifer und Antony ihn bitten würden, Gianlucas Patenonkel zu werden. Antony hatte eine engere Beziehung zu Federico als zu jedem anderen außer seiner eigenen Frau. Und dies bedeutete, dass Pia und Federico auf Gedeih und Verderb für immer aneinander gebunden sein würden, zumindest in diesem kleinen Punkt. Gott sei Dank gab es keine Patenschaftsregel, die besagte, dass sie Zeit damit verbringen müssten, das Kind gemeinsam aufzuziehen.

Pia atmete langsam ein, um Ruhe auszustrahlen, und versuchte, nicht an die Worte zu denken, die Federico zu ihr gesagt hatte, als sie den Duomo betrat. Während die Orgelmusik durch den Kirchraum dröhnte, hatte er ihr ein Kompliment über ihr zartrosa Kleid und die Wahl ihrer hochhackigen Schuhe gemacht – beides natürlich geliehen –, und dann hatte er erwähnt, dass Arturo und Paolo sich darauf freuten, mit ihr zusammen das Mittagessen im Palast einzunehmen, das nach der Taufe geplant war.

Er hatte hinzugefügt, dass sie sie vermissen würden, doch die Art und Weise, wie er sich zu ihr herübergebeugt hatte, ließ keinen Zweifel daran, dass er sich selbst in das Wort *sie* mit einschloss. Danach hatte er erwähnt, dass er während des Essens neben ihr sitzen würde. Beim Klang seiner vollen Baritonstimme liefen ihr wohlige Schauer über den Rücken.

Dass er in seinem makellosen marineblauen Anzug umwerfend aussah, machte die Sache nicht einfacher. Das hellblaue Hemd, das er dazu trug, ließ seine Augen noch heller leuchten.

Es lenkte sie ungemein ab.

Pia hob ihren Blick zu dem wunderschönen Rosenfenster über Federicos Kopf. Ein Teil von ihr – der logische – hatte gehofft, dass er sie im Laufe der Woche vergessen würde, während er seinen königlichen Pflichten nachging, sich um seine Söhne kümmerte und eine neue Kinderbetreuung suchte. Aber als Gianluca das Licht der Welt erblickte, schränkte die Familie ihre öffentlichen Auftritte ein und verschob viel auf die Zeit nach der Taufe. Das bedeutete, dass sie die Stunden davor eingeigelt mit der gesamten diTalora-Familie im Palast verbrachte ... einschließlich Federico. Sie und Federico waren zweimal Partner bei Badmintonspielen gewesen, aber sie hatten sich nur oberflächlich unterhalten. Dank der Anwesenheit der anderen war es ihr gelungen, bei den meisten Mahlzeiten und abendlichen Kartenspielen einen Puffer zwischen sich und Federico zu schaffen, während sich die Gespräche um Nicks und Isabellas Flitterwochen, um Marcos und Amandas anstehende Verpflichtungen sowie um das neue Baby drehten. Selbst an dem Abend, als König Eduardo sie alle überraschte, indem er einen Disney-Film in der Bibliothek zeigte, und Federico neben ihr saß, hatte sie Paolo auf dem Schoß gehabt, der über die Figuren schwatzte, und so hatte sie sich gegen Federico abschirmen können.

Die ganze Zeit über war sie sich jedoch seiner Anwesenheit sehr bewusst gewesen.

Zweimal hatte sie ihn in der vergangenen Woche im Fernsehen gesehen: einmal bei der Wiedereröffnung eines historischen Hauses im Herzen der Stadt, das bald vom neuen amerikanischen Botschafter bewohnt werden sollte, und dann während eines Interviews in einer Nachrichtensendung. Er hatte geäußert, dass er in der Tat eine Betreuung für seine Söhne suche, dass er weder männliche noch weibliche Kandidaten und Kandidatinnen bevorzuge und hoffe, dass die Person, die er einstellen werde, einen positiven und nachhaltigen Einfluss auf seine Söhne haben würde.

Er hatte auch auf eine ziemlich gezielte Frage nach ihr geantwortet und erklärt, dass, ja, Pia Renati eine Freundin von Jennifer sei und dass, nein, es keine romantische Beziehung zwischen ihnen gebe. Er fügte hinzu, dass er solche persönlichen Fragen unpassend finde und dass er zwar eine öffentliche Person sei und die Neugier der Medien verstehe, Pia jedoch eine Privatperson sei, was derartige Fragen doppelt unangemessen erscheinen lasse. Abschließend wies er den Moderator und die Medien im Allgemeinen darauf hin, dass er künftig Fragen zu Liebesbeziehungen nicht mehr beantworten werde.

Als sie Federico die Worte *keine romantische Beziehung* sagen hörte, empfand der emotionale Teil von ihr eine schmerzhafte Leere. Dieser Teil träumte immer noch davon, dass er ihr

Gesicht in seine Hände nahm und sie mit Verlangen in den Augen anblickte.

Der gesunde Menschenverstand sagte ihr jedoch, dass es so zum Besten war.

Als der Priester den Kopf des Säuglings mit Weihwasser benetzte, lächelte Pia auf Gianluca herab, der in seinem Taufkleid so winzig und zerbrechlich aussah, und sagte sich erneut, dass sie die richtige Entscheidung getroffen hatte. In den letzten Tagen hatte sie genug Zeit damit verbracht, Jennifer mit dem Baby zu beobachten, um sich selbst mit dem kleinen Gianluca sicherer zu fühlen, aber nicht genug, um sich um ihn zu kümmern, ohne dass Jennifer oder Antony dabei waren. Obwohl sie helfen wollte, damit die beiden mehr Schlaf bekamen, war Pia nicht überzeugt, dass sie jemals mit einem Säugling allein bleiben konnte, ohne von Panikattacken oder Erinnerungen an den Unfall überwältigt zu werden, der sich ereignet hatte, als sie ein Teenager war.

Es war viel besser für sie, wenn sie dort hinging, wo sie nützlich war und dazu beitragen konnte, die Ausbreitung von HIV in Gegenden zu verhindern, wo Infektionen grassierten. Sie konnte das Leben von Hunderten von Menschen dauerhaft verbessern.

Gianluca machte leise Schmatzlaute, was Antony zum Lachen brachte. Ein strahlendes Lächeln erhellte das Gesicht von Federico, der hinter Antony stand. Sie wandte ihre Aufmerksamkeit wieder dem Baby zu, als sie spürte, dass Federico den Kopf hob, um dieses Lächeln mit ihr zu teilen. San Rimini zu verlassen, mochte logisch sein, aber es schnitt ihr so tief ins Herz, dass sie ihn nicht ansehen konnte. Nicht in diesem Moment.

Orgelmusik beendete die Zeremonie und König Eduardo trat vor, um seinen Sohn und seine Schwiegertochter zu umarmen und dem Priester zu danken. Danach besprachen sie schnell die Rückfahrt nach La Rocca für das Festessen. In den

Straßen rund um den Duomo drängten sich Menschen, die gekommen waren, um einen Blick auf die nächste Generation der diTaloras zu erhaschen. Obwohl die Menge nicht so groß war wie bei Jennifers und Antonys Hochzeit, drang der Lärm doch durch die dicken Mauern des Duomos und es war notwendig, den Fußgängerstrom mit Absperrungen entlang der umliegenden Straßen zu kontrollieren.

Pia entfernte sich von Federico und stellte sich zu König Eduardo. Bevor sie hinaus zu einem der wartenden Fahrzeuge schlüpfen konnte, hielt der König sie zurück und dankte ihr, dass sie Jennifer in den letzten Wochen ihrer Schwangerschaft zur Seite gestanden hatte. Federico nutzte die Gelegenheit, um sich ihr erneut zu nähern, und als sein Vater zu Ende gesprochen hatte, nahm der Prinz ihren Ellenbogen und führte sie zwischen den Reihen der Kirchenbänke hindurch den breiten Hauptgang hinunter.

Dies kam so unerwartet, dass Pias Puls in die Höhe schoss, als hätte sie gerade einen Sprung aus einem Flugzeug gemacht. „Federico, was ist los? Was –"

„Nichts ist los. Wir fahren gemeinsam zum Palast."

KAPITEL 10

PIA SPIEẞT ihn von der Seite mit ihrem Blick auf. „Ich dachte, der Plan wäre, dass ich mit Marco und Amanda fahre, während du –"

„Es gibt einen neuen Plan. Mein Vater wird mit Jennifer, Antony und dem Baby im ersten Wagen mitfahren. Isabella und Nick schließen sich Marco und Amanda an."

In diesem Moment wurde Pia klar, dass sich der Plan geändert hatte, weil Federico ihn geändert hatte. Sie bemühte sich, ihre Miene neutral zu halten, um ihre Beunruhigung nicht zu zeigen, als Federico fortfuhr: „Heute Morgen wurde verkündet, dass wir die Paten sind. Es macht also Sinn, dass wir gemeinsam zum Palast zurückfahren, *si?*"

„Wird die Presse nicht denken, dass da etwas läuft?" Es war überflüssig, *zwischen uns beiden* hinzuzufügen. Angesichts der Fragen, die sie parieren mussten, nachdem die Wunde im Krankenhaus genäht worden war, brauchten sie nicht noch mehr Gerüchte.

„Die Jungen werden natürlich mit uns fahren. Mit zwei Kindern an unserer Seite kann gar nichts laufen."

Pia schätzte ihre Fluchtchancen ab und erkannte, dass ihr

kaum eine Wahl blieb. Dass Amanda, Marco, Isabella und Nick bereits durch die Seitentür des Duomo zu den Limousinen gingen, die darauf warteten, sie zum Palast zurückzubringen, besiegelte die Entscheidung.

„In Ordnung. Ich werde mit dir und den Jungs mitfahren." Sie sah sich nach Paolo und Arturo um. Sie hatten während des Gottesdienstes auf einer Bank hinter ihren Tanten und Onkeln gesessen und sich so gut benommen, dass sie vergessen hatte, dass die beiden zusammen mit dem König nach ihr angekommen waren.

Federico entdeckte die Jungen als Erster: Sie drängten sich in der Nähe der Seitentür zusammen und kicherten, die Jacken ihrer kleinen Anzüge waren teils offen, die Hemden hingen halb aus den Hosen. Der Prinz ging zu ihnen hinüber und Pia folgte ihm. Dabei fiel ihr auf, dass die Jungen etwas in ihren Händen hielten. Sie zuckten zusammen, als sie bemerkten, dass ihr Vater vor ihnen stand.

„Ähm, können wir jetzt gehen, Papa?", fragte Paolo und verbarg die Hände hinter seinem Rücken.

„Ja. Sobald du mir gezeigt hast, was du da versteckst."

„Wir haben Hunger bekommen", erklärte Paolo trotz eines bösen Blicks von Arturo. „Der Priester hat gesagt, wir dürfen."

„Arturo?" Federico richtete den Blick auf seinen älteren Sohn. Arturo stieß einen tiefen Seufzer aus und zeigte ihm eine Handvoll kleine Schokoriegel. „Ich weiß, dass wir das eigentlich nicht dürfen, Papa, aber der Priester hat sie uns gegeben und ich mag keine Appetithäppchen."

Federico streckte seine Hand aus. Er hatte den Jungen offenbar erklärt, dass dem Mittagessen ein Empfang mit Getränken und Appetithäppchen vorausgehen würde. „In Ordnung. Jeder von euch darf sich jetzt einen Riegel nehmen. Den Rest hebe ich für später auf."

Widerwillig händigte Arturo seine Beute aus. Federico richtete die Hemden und Jacken seiner Söhne, bevor er die Kinder zur Tür hinaus in Richtung der wartenden Limousine führte. Pia schaffte es kaum, während dieses Austauschs ernst zu bleiben. Ihr eigener Magen knurrte beim Anblick der Schokoriegel und sie bezweifelte, dass die Kinder bis zwei Stunden nach ihrer normalen Mittagszeit auf ihr Essen warten konnten.

Sie blieb in der Tür stehen, als Federico und die Jungen vor dem Duomo innehielten, um die Menge zu begrüßen. Arturo und Paolo hatten dieses Prozedere schon früh gelernt. Sie lächelten, sie winkten, sie posierten für Fotos. Nach einer angemessenen Zeitspanne hielt Federico Paolo seine Hand hin, der sie ergriff. Das war das Zeichen, dass sie sich zur Limousine begeben würden. Als sie in der Nähe des Fahrzeugs waren, schlüpfte Pia aus dem Duomo und lief ebenfalls zum Wagen. Sie hatte das Kinn gesenkt, aber ein Lächeln auf den Lippen. Ein angemessener Gesichtsausdruck für die Patin nach einer Taufe, hoffte sie.

Zum Glück dauerte die Fahrt nur ein paar Minuten, und dann konnte sie an Blätterteigpasteten oder einer Mini-Quiche knabbern, während sie sich unter die Mitglieder des Parlaments und die Angehörigen der Aristokratie mischte, die zum Festessen versammelt waren. Die Taufe selbst war zwar auf die Familie beschränkt gewesen, aber das Mittagessen war ein größeres Ereignis. Zunächst hatte sie sich davor gefürchtet, aber jetzt erkannte sie, dass das Event es ihr ermöglichte, sich von Federico fernzuhalten.

Der Prinz half ihr in die Limousine und setzte sich neben sie. Die Jungen hatten sich bereits auf der gegenüberliegenden Sitzbank angeschnallt, Arturo gegenüber Federico und Paolo in einem Kindersitz gegenüber Pia. Die Kinder waren aufgedreht, nachdem das, was sie als einen langen und langweiligen Gottesdienst empfunden hatten, vorbei war. Ihre Energie wirkte ansteckend und wurde durch die festliche Atmosphäre in der Menge und den strahlenden Sonnenschein noch verstärkt. Dies gab Pia das Gefühl, von Magie umhüllt zu sein, an einem Ort, an dem nichts schiefgehen konnte und wo sie hingehörte.

Sie holte tief Luft und ignorierte den Drang, näher an Federico heranzurücken, ihre Hand auf sein Knie zu legen und ihm zu sagen, dass sie einen schrecklichen Fehler gemacht hatte und gerne bleiben würde, um zu sehen, ob eine Beziehung zwischen ihnen möglich wäre. Stattdessen lehnte sie sich nach vorne, lächelte und unterhielt sich mit den Jungen, während sie sich der Blicke innerhalb und außerhalb des Fahrzeugs bewusst war. Alle Beobachter würden denken, dass sie sich auf die Kinder konzentrierte und nicht auf den Prinzen neben ihr.

Die Realität sah anders aus. Sie lächelte über Arturo, als er fragte, warum Gianluca ein ‚schickes Spitzenkleid‘ trug, aber als Federico seinem Sohn erklärte, dass es das Taufkleid war, das sowohl Arturo als auch Paolo ebenfalls bei ihrer Taufe getragen hatten, nahm er ihre Aufmerksamkeit vollständig in Beschlag. Sie spürte genau, wie das Polster neben ihr unter seinem Gewicht nachgab und seine Schultern sich an die Rückenlehne drückten, und sie nahm seinen vertrauten, verführerischen Duft wahr. Sie bemerkte sogar seine gespreizten Finger, die am Rand ihres Blickfelds auf seinem Knie lagen.

Wie konnte ein einzelner Mann so viel Charisma besitzen? Selbst die Luft in der Limousine schien von seiner Anwesenheit erfüllt zu sein. Es war gut, dass das Festessen im weitläufigen Königlichen Ballsaal des Palastes stattfinden würde, denn sie würde jeden Millimeter dieses Raumes benötigen.

„Ich habe gehört, dass du heute Abend nach Afrika aufbrichst“, sagte Federico, als der Fahrer den Motor startete. Der Wagen entfernte sich vom Duomo und folgte den anderen Fahrzeugen der Familie. „Botswana, richtig?“

Sie nickte. „Da befindet sich derzeit der Fokus der Krise. Wir haben dort ein Zentrum.“

Er ermunterte die Jungen, ihre Schokoriegel auszupacken, dann senkte er die Stimme: „Mir ist klar, dass dies weder der richtige Zeitpunkt noch der richtige Ort ist, aber ich muss mit dir sprechen, bevor du abreist. Ich habe dich am Tag von Gianlucas Geburt im Säuglingszimmer des Krankenhauses gesehen. Ich betrat den Raum hinter dir und bin wieder gegangen, bevor du mich gesehen hattest. Ich weiß, ich hätte etwas sagen sollen, aber ich wollte nicht stören." Er holte tief Luft und die Pause fühlte sich bedeutungsvoll an.

Pia wandte sich zu ihm hin und begriff sofort, was er gehört haben musste. Sie hatte nie gewollt, dass er das Ausmaß ihrer Ängste erfuhr, vor allem nicht, nachdem er ihr erlaubt hatte, mit seinen eigenen Kindern zu spielen, aber vielleicht war es besser so. Vielleicht würde er jetzt verstehen, warum sie gehen musste.

„Pia, warum hast du zu der Schwester gesagt –"

So wichtig ihr die Worte des Prinzen auch waren, ein plötzliches Geräusch von Paolo lenkte ihre Aufmerksamkeit auf den kleinen Jungen. Er schlug mit der Faust gegen die Seite seines Kindersitzes, dann in Richtung des Knies seines Bruders.

„Paolo?", fragte sie. „Paolo, ist alles in Ordnung?"

Paolos Gesicht wurde purpurrot. Zuerst die Wangen, dann ganz vom Scheitel bis zum Hals. Er keuchte, versuchte, zu husten, aber es gelang ihm nicht. Panisch starrte er sie an und flehte stumm um Hilfe.

„Er bekommt keine Luft", rief sie Federico zu, während sie ihren Sicherheitsgurt löste und sich vor den Jungen kniete. Sie befreite ihn aus dem Kindersitz, beugte ihn in ihren Armen nach vorne und schlug ihm ein paar Mal auf den Rücken. Er umklammerte noch immer die Verpackung seines Schokoriegels.

Pia arbeitete schnell, löste Paolos Krawatte und knöpfte den oberen Teil seines Hemds auf. Sie beugte ihn noch weiter nach vorne und versuchte erneut, den Schokoriegel zu lösen.

Federico kniete sich neben Pia auf den Boden der Limousine.

„Paolo, oh nein, Paolo." Er beugte sich über die Sitze der

Kinder und suchte den Blick des Fahrers im Rückspiegel. „Halten Sie an, sofort. Dann rufen Sie einen Krankenwagen."

„Hoheit, wenn wir hier anhalten, werden wir umzingelt", sagte der Fahrer und deutete auf die Menschenmenge am Rand der kopfsteingepflasterten Straße. „Und bei den Straßensperrungen wird ein Krankenwagen nur schwer durchkommen. Ich schlage vor, dass wir den Wagen Ihres Vaters überholen und schnell zum Palast fahren." Ohne Federicos Zustimmung abzuwarten, schnappte er sich das Handy, das am Armaturenbrett befestigt war, rief im Palast an und sagte demjenigen, der abnahm, dass der Arzt sie am Vordereingang erwarten sollte.

In der Zwischenzeit umfasste Pia Paolos Mitte und wuchtete ihn auf ihren Schoß, so gut das in dem engen Raum zwischen den Sitzen möglich war. Da Paolo keine Luft mehr bekam, wollte Pia nicht warten, bis sie im Palast angekommen waren.

„Paolo", sagte sie und bemühte sich, ihre Stimme ruhig zu halten, während sie ihn so hochhob, dass sein Kopf direkt vor ihrem war. „Ich werde meine Hände unter deine Rippen legen, hier." Sie machte eine Faust und platzierte sie an der kleinen Vertiefung unter seinem Brustkorb. „Versuch, dich locker gegen mich zu lehnen, ja?"

Der kleine Junge rang weiter nach Luft. Aus einem Instinkt heraus wollte er zu seinem Vater. Arturo schrie vor Angst um seinen Bruder. Federico verstand, was Pia brauchte, ignorierte Arturo und konzentrierte sich auf Paolo. Er beschwor seinen verängstigten Sohn, auf Pia zu hören. Einen Moment lang begegnete Paolo dem Blick seines Vaters und sein Körper entspannte sich. Pia drückte ihre Hände nach oben in die Vertiefung, einmal, dann noch einmal.

Komm schon, Paolo, komm schon. Dass Paolo keinen Laut von sich gab und seine Gesichtsfarbe immer dunkler wurde, erfüllte Pia mit Entsetzen. Sie verdrängte die Erinnerung an die Haare des kleinen Mädchens, die über ihrem Kopf wehten, als sie durch die Luft flog, sprach ein stummes Gebet und versuchte ein drittes Mal, Paolo von dem Riegel zu befreien, der in seinem Hals feststeckte.

Ein halb geschmolzenes Stück Schokolade schoss aus dem Mund des kleinen Jungen, landete auf der Hose seines Vaters und rutschte zu Boden.

Paolo sank in sich zusammen. Er holte tief Luft, hielt inne und gab dann ein Keuchen von sich, bevor ein Schrei aus ihm hervorbrach.

Sofort umarmte Federico die beiden. „Alles ist gut, Paolo. Jetzt wird alles wieder gut. *Tutto va bene.*"

Pia ließ ihren Kopf auf Paolos sinken, Erleichterung durchflutete sie. Was hätte sie getan, wäre Paolo nicht in der Lage gewesen, die Schokolade auszuhusten? Hätten sie es bis zum Palast geschafft? Wie wäre Federico mit einer solchen Katastrophe umgegangen?

„Lass uns das nicht wiederholen. Du hast mir einen Schrecken eingejagt, Paolo", flüsterte sie in sein weiches braunes Haar und drückte ihn an sich.

„Mir auch", murmelte Federico.

„Mir auch!", rief Arturo, der von seinem Sitz rutschte und sich an Federicos breite Schultern klammerte.

Sie drückte Paolo einen Kuss auf den Scheitel und sagte ihm, dass alles in Ordnung sei. Er murmelte „Okay" zwischen zwei abgehackten, von Schluchzern unterbrochenen Atemzügen. Aber jetzt, da die unmittelbare Gefahr vorüber war, meldete sich ihr Kampf-oder-Flucht-Instinkt, der sich dagegen sträubte, Federico oder seiner Familie näherzukommen.

Doch es fühlte sich einfach zu gut an, auf dem Boden des Wagens zu sitzen, selbst als der Fahrer in halsbrecherischem Tempo über die kopfsteingepflasterten Straßen zurück zum Palast raste. Von Federico und den Jungs umarmt zu werden, fühlte sich zu … zu *richtig* an. Als wäre sie endlich Teil der liebevollen Familie geworden, die sie sich als Kind so sehr gewünscht hatte.

„Wir sollten dich wieder in deinem Kindersitz anschnallen", sagte sie zu Paolo, als die Limousine um die nächste Ecke bog. „Bevor es einen weiteren Unfall gibt."

Paolo nickte, sein gerötetes Gesicht verriet immer noch seinen Schock über den Vorfall. Stumm klomm er zurück in seinen Kindersitz. Federico beugte sich an ihr vorbei nach vorne, um dem Chauffeur mitzuteilen, dass alles in Ordnung war und er ruhig langsamer fahren konnte. Als Pia Paolo anschnallte und Arturo auf seinen Sitz kletterte und seinen Gurt befestigte, legte sich Federicos Hand warm auf ihre Schulter.

Ganz leise sagte er: „*Grazie mille*, Pia. Ich habe noch nie jemandem geholfen, der zu ersticken drohte, erst recht nicht meinem eigenen Sohn. Ich bin nicht sicher, ob ich –"

„Ich bin sicher, das hättest du geschafft." Pia drehte sich zur Seite, um sich anzuschnallen, und als sie dabei aus dem Fenster sah, beeindruckte sie der Anblick der imposanten Fassade des Palastes. Sie ließ den Gurt einrasten und sagte: „Ich habe so etwas auch noch nie gemacht. Wenn du mich vor fünf Minuten gefragt hättest, hätte ich trotz der ganzen Erste-Hilfe-Schulungen, die ich für meinen Job bekomme, nie gesagt, dass ich mir zutraue, mit der realen Situation fertig zu werden."

„Du solltest mehr Vertrauen in dich haben."

Federico sprach mit Nachdruck und dies erinnerte sie daran, dass er das Gespräch im Säuglingszimmer mitbekommen hatte. Als sie Paolo ansah und merkte, dass sich seine Gesichtsfarbe normalisierte, musste sie zugeben, dass Federico recht hatte. Vielleicht war sie doch nicht so unfähig, wie sie immer geglaubt hatte, wenn es um kleine Kinder ging.

Sie kamen vor dem beeindruckenden Haupteingang des Palastes zum Stehen. Die Reporter und Kameraleute, die anlässlich der Taufe des zukünftigen Königs von San Rimini exklusiven Zugang zum Palastgelände erhalten hatten, drängten gegen das Seil, das sie vom Fahrzeug zurückhielt. Alle riefen gleichzeitig durch die Autofenster, was sie wissen wollten: Warum hatten die Insassen dem Vernehmen nach auf dem Boden der Limousine gesessen? – Wieso waren sie vor der Autokolonne hergerast? – Gab es einen Notfall?

Federico erlaubte seinem Fahrer, die Autotür zu öffnen, und versicherte den Journalisten, dass er ihre Fragen gleich beantworten würde. Er streckte den Arm aus, um Pia aus dem Wagen zu helfen, und bei dem Meer von Kameras, die sich auf sie richteten, ergriff sie Federicos Hand reflexartig fester als angemessen.

Nachdem Federico die Jungen abgeschnallt hatte, übergab er sie an seine Assistentin und den Palastarzt, die aus dem Eingang getreten waren, als sich das Fahrzeug näherte. Federico erklärte Teodora flüsternd, was im Auto passiert war, und bat sie, Paolo vom Arzt untersuchen zu lassen, bevor sie die Kinder zum Empfang brachte.

Nachdem die beiden Jungen sicher nach drinnen geleitet worden waren, führte Federico Pia zur Treppe des Palastes und stellte sich dann den Reportern.

Als Pia auf der untersten Stufe stand, hatte sie ein Déjà-vu. Das Heer von Paparazzi erinnerte sie an die Szene vor dem Krankenhaus an dem Abend, als sie genäht worden war. Allerdings waren ihre Gefühle für Federico sowohl stärker als auch verworrener als damals, als ihr bei seinem ersten leidenschaftlichen Kuss die Knie weich geworden waren.

An diesen Kuss auf dem Krankenhausflur würde sie sich für den Rest ihres Lebens erinnern.

Paolos Rettung und diesen Moment würde sie ebenfalls für den Rest ihres Lebens im Gedächtnis behalten.

Federico hob die Hände, um das Stimmengewirr der Menge zu dämpfen. „Um Ihre Fragen zu beantworten: Wir hatten einen kleinen Schreckmoment im Auto. Nichts, worüber man sich Sorgen machen müsste. Ich hatte Paolo erlaubt, einen Schokoriegel zu essen, als wir vom Duomo hierherfuhren, und er wollte offenbar herausfinden, was passiert, wenn er einen im Ganzen herunterschluckt."

Einige der Reporter lächelten bei Federicos heiterem Tonfall, doch ihren Mienen nach zu urteilen, schien niemand bereit, eine so einfache Erklärung zu akzeptieren. Federico fügte schnell hinzu: „Dank Signorina Renati ist nichts Ernstes passiert. Wie Sie bei unserer Ankunft gesehen haben, ist Paolo wohlauf. Er ist vielleicht ein wenig aufgewühlt von der Taufe seines Cousins, aber es geht ihm gut."

Pia wich in Richtung Palasteingang zurück, weg von den Journalisten, die eine Salve von Folgefragen abfeuerten: Was genau hat sie getan? – Ist sie qualifiziert, ein Mitglied der königlichen Familie zu behandeln? – Wie ernst war der Vorfall? – Konnte Paolo atmen? – Musste sie das Heimlich-Manöver anwenden oder hat Paolo die Schokolade einfach ausgehustet? – War er –?

Federico versuchte, den Lärm zu übertönen und versicherte, dass Paolo nie wirklich in Gefahr war, aber bevor die Reporter ihn nach weiteren Einzelheiten ausfragen konnten, bog der Wagen mit König Eduardo, Antony und Jennifer sowie dem Täufling in die Einfahrt ein. Die Neuankömmlinge lenkten einige der Paparazzi ab, die alle zum Palast geschickt worden waren, um Fotos des neuen Thronfolgers zu machen.

Federico wies auch den Rest der Journalisten auf die Limousine des Kronprinzen hin und sagte, dass der Palast später weitere Informationen über Paolo herausgeben würde, sollte es angebracht sein. Er versicherte ihnen ein letztes Mal, dass es seinem Sohn gut gehe, bevor er sich zum Palast umwandte.

„Folge mir", sagte Federico und stupste Pia an. Das tat sie und innerhalb von Sekunden waren sie durch die Türen ins Innere getreten und umringt von Bediensteten, die bereitstanden, um die Gäste in Empfang zu nehmen, die nach dem Konvoi vom Duomo ankommen sollten.

Pia warf Federico einen Blick zu, als sie die breite Eingangshalle durchquerten und in Richtung des Königlichen Ballsaals gingen. „Das hast du gut gemacht. Ich hatte schon befürchtet, durch die Fragen würden die anderen Fahrzeuge aufgehalten, sodass das Festessen verschoben werden müsste. Ich bin am Verhungern."

Federico antwortete nicht. Stattdessen nahm er ihre Hand, als sie außer Sichtweite des Personals und in der Rotunde vor dem Königlichen Ballsaal waren, und führte sie zu einem großen gepolsterten Sofa. Es stand unter einem bodentiefen Fenster, das den Blick auf den Palastgarten freigab, und der Sonnenschein wärmte sie.

Vielleicht lag es auch daran, dass Federico nicht nur ihre Hand hielt, sondern sich so gesetzt hatte, dass sein Knie das ihre berührte.

„Was ist los?", fragte sie und schaffte es irgendwie, dass ihre Stimme nicht zitterte.

„Es ist alles gut, aber so einfach kommst du mir nicht davon. Das Gespräch, das wir im Auto begonnen haben, müssen wir zu Ende führen."

Pia warf einen Blick zurück in die Eingangshalle. Der Rest der königlichen Familie hatte den Palast noch nicht betreten. Sie konnte davon ausgehen, dass die Reporter sie noch eine Weile beschäftigen würden. „Hör zu, Federico –"

„Was an Kindern macht dir Angst? Warum benutzt du sie als Vorwand, um fortzugehen, wenn dein Bauchgefühl und dein Herz dir sagen, dass wir füreinander bestimmt sind?"

Pia kämpfte gegen den Drang an, aufzustehen und wegzulaufen. Irgendwie war er von „Bleib und lass es uns versuchen" im Krankenhaus zu „Wir sind füreinander bestimmt" gelangt, obwohl sie seit Gianlucas Geburt nicht einen Moment allein gewesen waren. Das war ein gewaltiger Sprung.

Sie schaute erneut zum Eingang und sagte dann: „Für einen Mann, der sein ganzes Leben lang die Rolle des besonnenen

Prinzen gespielt hat, kannst du ganz schön geradeheraus sein, wenn du willst."

„Pia."

„Okay, okay." Sie biss sich auf die Lippe und versuchte, nicht daran zu denken, dass seine Hand ihre immer noch umfangen hielt. „Es ist nicht so, dass ich Angst vor Kindern habe. Ich finde bloß, ich sollte keine Verantwortung für sie tragen, das ist alles. Es geht nicht um Arturo und Paolo. Es geht um alle Kinder. Ich habe einige schwere Fehler gemacht. Der Frau, mit der du eine Beziehung eingehst, musst du deine Jungen anvertrauen können. Ich bin nicht diese Frau."

„Meinst du die Art Mensch, die fürsorglich, intelligent und liebevoll ist?"

„Federico, bitte –"

„Ich habe gesehen, wie du dich um Jennifer gekümmert hast. Du hast dir dafür eine Auszeit von deiner Arbeit genommen, einer Arbeit, von der ich weiß, dass sie dir genauso wichtig ist wie mir meine. Und ich habe dich im Umgang mit meinen Söhnen gesehen." Er verstärkte seinen Griff um ihre Hand mit seiner Linken und umfasste mit der Rechten ihr Kinn, sodass sie gezwungen war, in seine blauen Augen zu sehen, die einen so scharfen Blick hatten. „Ich fordere dich hier und jetzt heraus, zu leugnen, dass du all dies bist. Und zu leugnen, dass auch du den großen Wunsch hegst, zu sehen, was eine gemeinsame Zukunft für uns bereithalten könnte. Bitte bleib. Oder geh, wenn es das ist, was du wirklich willst. Aber benutze deine Ängste nicht als Vorwand."

Tränen schnürten ihr die Kehle zu und traten in ihre Augen. Sie hatte es genossen, Zeit mit Paolo und Arturo zu verbringen, aber seit dem Tag, als sie im Regen den Garten erkundet hatten, war ihr angst und bange. Mit ihnen Karten zu spielen und Filme zu schauen, war nicht dasselbe, wie einen dauerhaften Platz in ihrem Leben zu haben. Es war nicht der Umgang mit Schrammen und Stürzen, mit Rüpeleien und schlechtem

Benehmen. Doch in ihrem Herzen wusste sie, dass sie nach diesem Tag im Regen weggelaufen wäre, hätte Jennifer sie nicht ermutigt und sie nicht die dumme Idee gehabt, dass die gemeinsame Zeit mit Federico ihr klar machen würde, dass die Anziehung zwischen ihnen nur flüchtig war.

In diesem Punkt hatte sie sich gewaltig getäuscht.

Federicos Einladung, zu bleiben, war verlockend, wenn sie die Verpflichtungen, die sie mit ihrer Arbeit eingegangen war, zurückstellen könnte. Sie bezweifelte, dass eine Frau, die bei klarem Verstand war, einen so wundervollen Mann wie Federico diTalora verschmähen würde. Aber Pia wusste, dass ihre Ängste auf echten Erfahrungen beruhten. Sie waren kein bloßer Vorwand.

Das hatten die Jungen nicht verdient. Federico ebenso wenig. Auf lange Sicht verdiente er eine hingebungsvolle, liebevolle Partnerin. Eine Frau, die sich im Palast genauso wohlfühlte wie Lucrezia, die aber jede Facette von Federicos vielschichtiger, komplexer Persönlichkeit zu schätzen wusste. Die ihn so sehr liebte, wie er es verdiente.

Vielleicht dachte Federico, er könnte sie lieben. Aber er bemerkte nicht den Unterschied zwischen der Frau, die er vor sich sah, und der Frau, die sie wirklich war. Er erkannte nicht die Fehler, die sie immer noch zu überwinden versuchte.

Sie sammelte sich und zwang sich, ihn anzuschauen. Einen Moment lang zögerte sie, dann sagte sie: „Es ist kein Vorwand. Glaub mir, Federico, ich wünschte, es wäre so einfach. Nach Afrika zu gehen, ist das Richtige für mich."

KAPITEL 11

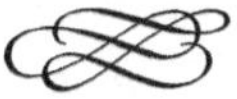

„WARUM ZWEIFELST DU AN DIR? Es kann nicht nur mit Verantwortung zu tun haben, sonst würdest du nicht deinen Job ausüben." Sein Blick war scharf und prüfend, aber seine Stimme hatte einen besorgten Unterton. „Kannst du nicht schwanger werden? Ist das der Grund, warum du dich mit Kindern unwohl fühlst?"

Sie schüttelte den Kopf und brach die Befragung ab. „Nein, das ist es nicht. Ich meine, ich weiß es nicht. So etwas findet man normalerweise erst heraus, wenn man in der Situation ist."

Er massierte ihren Handrücken mit seinem Daumen und nickte. „Ich weiß, dass Unfruchtbarkeit einen Menschen sehr belasten kann, deshalb habe ich gefragt. Wenn das nicht das Problem ist, was beunruhigt dich dann an Kindern? Als Gianluca geboren wurde, hörte ich, wie du der Krankenschwester im Säuglingszimmer sagtest, du hättest Angst, ihm Schaden zuzufügen. Ich kann so etwas nicht nachvollziehen, aber deine Furcht war offensichtlich. Du hast einen konkreten Grund. Ich möchte ihn hören."

Sein sanfter Gesichtsausdruck verriet so viel Liebe, so viel Fürsorge, dass sie wusste, sie musste es ihm sagen. Sie konnte nur hoffen, dass er dann verstehen würde, warum sie gehen musste, ganz gleich, wie stark seine Gefühle für sie sein mochten – oder ihre für ihn.

Sie entzog ihm vorsichtig ihre Hand und richtete sich auf. „Du hast wahrscheinlich schon gemerkt, dass ich mich mit meiner Mutter nicht so gut verstehe."

Verwunderung flackerte in seinen Augen auf. Das war ganz und gar nicht die Antwort, die er erwartet hatte. „Ich habe mir schon Gedanken darüber gemacht, aber ich wollte nicht nachbohren. Letzte Woche beim Frühstück, an dem Tag, als wir mit den Jungen im Regen draußen waren, war es dir unangenehm, über sie zu sprechen."

Pia nickte. „Meine Mutter ist ein großartiger Mensch und jetzt, wo ich erwachsen bin, beginne ich endlich, sie wertzuschätzen. Aber in meiner Jugend war sie nicht oft da. Sie war nicht die Art von Elternteil, dem ich nacheifern konnte. Mit sechzehn konnte ich sie nicht ausstehen. Das war um die Zeit, als ich meinen allerersten Job als Babysitterin für eine Familie in der Nachbarschaft bekam. Das kleine Mädchen war ungefähr im selben Alter wie Arturo."

Als ob er wüsste, was sie als Nächstes sagen würde, beugte er sich vor. „Was ist passiert?"

„Um es kurz zu machen: Das Mädchen fiel von einer Schaukel. Ich habe sie zu stark angestoßen und sie ist vom Sitz gerutscht. Sie brach sich den Arm und verletzte sich die Nieren, weil sie so hart auf dem Rücken aufschlug. Sie musste operiert werden."

Pia schloss für einen Moment die Augen und wünschte, sie müsste sich nie wieder an das schmerzverzerrte Gesicht des kleinen Mädchens erinnern. Die Minuten, in denen sie auf die Sanitäter gewartet hatten, waren qualvoll gewesen und hatten sich ihrem Gefühl nach ewig hingezogen. Als Pia hochschaute und Federicos besorgten Blick sah, erklärte sie: „Ich fühlte mich schrecklich und es wurde noch schlimmer, als ich versuchte, dem Vater des Mädchens zu erklären, was passiert war. Der Krankenwagen kam ein paar Minuten vor ihm an. Als sie seine Tochter einluden, drehte er sich um und brüllte mich so an, wie du es dir gar nicht vorstellen kannst. Er war ein riesiger Kerl, muskulös und furchteinflößend, zumindest für mich, obwohl er bis zu diesem Tag immer nur freundlich zu mir gewesen war. Als ich ihm alles erzählt hatte, sagte er, dass man mir nicht vertrauen kann und dass er nie eine Babysitterin hätte einstellen sollen, deren eigene Mutter nicht in der Lage ist, sich um sie zu kümmern. Er fuhr zum Krankenhaus und ließ mich stehen, sodass ich nach Hause gehen musste."

Pia verzog bei Federicos entsetztem Blick den Mund. „Ich weiß, ich weiß. Jetzt, wo ich älter bin, ist mir klar, dass ich ihm nicht hätte glauben sollen. Er stand unter großem Stress, Unfälle passieren, er hat nicht wirklich gemeint, was er gesagt hat, und so weiter. Aber tief in meinem Inneren habe ich ihm geglaubt. Ich wusste, dass ich seine Tochter auf der Schaukel zu stark angestoßen hatte und dass der Unfall wirklich meine Schuld war. Ich wusste auch, dass zutraf, was er über meine Mutter sagte, und dass er nicht der Einzige war, der so dachte."

Federico atmete tief aus. „Und jetzt denkst du, dass du nicht bei mir bleiben kannst, weil ich Arturo und Paolo habe. Glaubst du wirklich, dass du sie verletzen würdest?"

Pia presste ihre Finger gegen die Augenwinkel, um die Tränen zurückzuhalten. Darüber zu sprechen, was all die Jahre zuvor geschehen war, sollte nicht mehr so schwierig sein, und doch war es das. „Ich würde sie niemals verletzen. Nicht absichtlich. Aber ich habe eine Menge Zweifel. Die meisten Leute würden mir sagen, dass diese irrational sind, aber mir liegt so viel an dir, Federico. Ich glaube, ich liebe dich vielleicht sogar." Sie nagte an ihrer Unterlippe, denn sie wusste, es war idiotisch, diese Worte auszusprechen, doch sie hatte sie nicht herunterschlucken können. „Sagen wir einfach, dass meine Gefühle so stark sind, dass ich deine Söhne keiner Gefahr aussetzen will. Es gibt buchstäblich Millionen Frauen auf der Welt, die sich darum reißen würden, mit dir zusammen zu sein – intelligente, schöne Frauen, die nicht meine Probleme haben. Frauen, die dich lieben würden und die die Jungen lieben würden. Das habt ihr verdient."

Zu ihrer Überraschung lachte Federico. Nicht laut, aber die Form des Rundbaus ließ das Geräusch widerhallen.

„Pia." Er löste ihre Finger von ihrem Gesicht, dann lächelte er und schüttelte den Kopf. „Wir haben viel gemeinsam. Nach dem, was ich mit Lucrezia erlebt hatte, zweifelte ich an mir selbst, wahrscheinlich auf ähnliche Weise wie du nach dieser Erfahrung. Ich war sicher, dass ich mit keiner Frau ausgehen könnte, ohne sie zu verletzen. Dass ich Bequemlichkeit fälschlicherweise für Liebe halten würde oder vielleicht sogar unfähig wäre, zu lieben. Du warst sicher, dass du nie für Kinder sorgen könntest, dass du nicht in der Lage wärst, sie vor Schaden zu bewahren."

„Du lässt uns so erbärmlich erscheinen", seufzte sie. „Wie kannst du bloß glauben, dass wir gut zusammenpassen?"

„Weil wir beide daran arbeiten, unsere Zweifel zu überwinden. Als ich dich kennenlernte", er legte kurz eine Hand auf seine Brust, „habe ich endlich verstanden, dass die richtige Partnerin nicht nur intensive Gefühle in mir auslösen, sondern mich auch zu einem besseren Vater für meine Kinder machen könnte. Du lernst gerade, dass du mit Kindern umgehen kannst, ohne dass etwas Schreckliches passiert."

Sarkasmus mischte sich in ihr Lachen. „Aha. Und was ist vorhin mit Paolo passiert? Das war nicht so schlimm?"

„Es war nicht schlimm, weil du da warst, um zu helfen. Dass er zu ersticken drohte, war nicht deine Schuld. *Ich* war derjenige, der ihm erlaubt hatte, im Auto einen Schokoriegel zu essen, und dann nicht aufgepasst hat."

Pia wusste es zu schätzen, dass er Zutrauen zu ihr hatte, aber letztendlich war sie nicht sicher, ob das etwas änderte „Kinder sind unberechenbar", sagte sie. „Man kann unmöglich vorhersehen, wann ein Notfall eintreten könnte. Ich habe es im Auto mit Paolo geschafft, aber erinnere dich nur, was passierte, als er in den Brunnen geklettert war. Ich geriet in Panik. Und als Arturo von der Schaukel sprang, habe ich noch nicht mal Anstalten gemacht, ihm zu helfen. Ich war so erschrocken, dass ich vollkommen nutzlos war."

Geräusche vom Eingang des Palastes drangen in den Rundbau und sowohl Pia als auch Federico drehten sich um. König Eduardos Stimme erhob sich über das leise Stimmengewirr. Pia konnte die Worte nicht ausmachen, aber es klang wie eine Begrüßung. Pia erkannte, dass Antony, Jennifer und der König mit der Presse fertig waren und die ersten Gäste eintrafen.

„Hör zu", begann sie, „wir haben nicht viel Zeit, um das zu besprechen. Unter dem Strich läuft es darauf hinaus, dass ich nicht weiß, ob ich mich in der Nähe von Kindern jemals wohl genug fühlen kann, um zu bleiben, selbst wenn ich mich nicht schon für meinen nächsten Job verpflichtet hätte. Und du kannst bestimmt jemanden finden, der geeigneter ist als eine unfallgefährdete Blondine, die in Panik gerät, sobald ein Kind etwas tut, was Kinder normalerweise tun. Du bedeutest mir so viel, dass ich nur das Beste für dich und deine Söhne will. Ich möchte, dass du glücklich bist."

Die Falten auf Federicos Stirn vertieften sich und er schüttelte den Kopf. „Du bist das Beste für mich und für die Jungen. Du bist stärker, als du denkst. Was mit Arturo passiert ist, musste dich erschrecken. Auch mir hat es Angst gemacht und dann war er ausgerechnet auch noch auf einer *Schaukel*. Als Paolo seinen Streich im Brunnen gespielt hat, hast du reagiert. Du hast ihn sofort aus dem Wasser gezogen. Ich habe alles gesehen und Paolo war nur drei oder vier Sekunden nicht an deiner Seite. Nicht lange genug, als dass ihm etwas hätte zustoßen können. Hinterher hast du mir sogar selbst gesagt, du seist dir sicher, dass er nicht lange genug außerhalb deiner Reichweite war, um zu Schaden zu kommen."

„Und doch –"

„Und doch, als es darauf ankam – als Paolo fast erstickt wäre –, hast du so professionell gehandelt, wie es jede medizinisch geschulte Person tun würde. Du bist ruhig geblieben, hast ihn von seinem Sitz gehoben, ihn in eine Position gebracht, die es dir erlaubte, einzugreifen, und du hast sein Leben gerettet."

Federico blickte an ihr vorbei in die Richtung, aus der sich die Stimmen von seinem Vater und Antony näherten.

Pia löste sich von dem Prinzen, stand auf und versuchte, auf den für sie ungewohnten hohen Absätzen nicht zu schwanken. „Ich bin froh, dass es Paolo gut geht, und das nicht nur, weil dadurch mein Selbstvertrauen gestärkt wird. Aber, Federico, ich kann ein ganzes Leben voller Bedenken nicht an einem einzigen Tag überwinden. Mein Flug nach Afrika geht heute Abend. Ich muss ihn nehmen."

Er stellte sich neben sie, streichelte ihre Wangen und zwang sie, ihm in die Augen zu sehen. Im Flüsterton flehte er: „Nimm dir die Zeit, deine Fähigkeiten zu entdecken. Nimm dir die Zeit, herauszufinden, was wir haben."

Pia versuchte, die Luft anzuhalten, denn sie wusste, wenn sie nur einen Hauch des sauberen Duftes seiner warmen Haut einatmete, würde sie dies um den Verstand bringen, obwohl allein schon seine Hände und sein Blick dazu führen könnten.

„Was ist mit meinem Job? Den kann ich nicht einfach aufgeben. Die Leute verlassen sich auf mich."

„Lass uns darüber reden."

Einen Sekundenbruchteil bevor die anderen die Rotunde betraten, nahm er sie bei der Hand und führte sie die Treppe hinauf. Sie stieg schneller nach oben, als sie es angesichts ihrer Absätze für möglich gehalten hätte, aber sie hatten den Treppenabsatz bald erreicht und waren außer Sichtweite der königlichen Familie. Sie kamen an einem Wachmann vorbei, der

Federico lediglich zunickte, als sei es etwas Alltägliches, dass er eine Frau an der Hand hielt und mit ihr einen Gang hinuntereilte. In weniger als einer Minute erreichte er eine Tür mit einem Tastenfeld und tippte einen Code ein.

„Das ist mein Wohnbereich", sagte er, als sie eintraten. „Wir haben mindestens eine halbe Stunde Zeit, bis alle Gäste drinnen sind, und weitere fünfzehn bis dreißig Minuten für Häppchen und Getränke, bevor alle zum eigentlichen Festessen Platz genommen haben. Wenn wir am Ende des Empfangs zurück sind, sollte es keine Probleme geben."

Sobald sie die Diele durchquert hatten, betrachtete sie die Räumlichkeiten. In all den Wochen, die sie im Palast verbracht hatte, war sie noch nie in Federicos Privatbereich gewesen. Eine Wand bestand fast ausschließlich aus Fenstern, die vom Boden bis zur Decke reichten, sodass der Raum in Sonnenlicht getaucht war. Eine Sitzecke mit bequem aussehenden Sofas und zwei Sesseln befand sich gegenüber einem großen Flachbildfernseher. Auf der einen Seite des Apparates führte eine Tür zu einer Art Miniküche. Auf der anderen öffnete sich eine Tür zu einem Korridor. Pia vermutete, dass dort die Räume der Jungen und Federicos Schlafzimmer lagen.

„Es ist moderner als das Apartment von Antony und Jennifer", sagte Pia. Sie fügte nicht hinzu, dass sie sich für Federico, *Principe Perfetto* höchstpersönlich, eher traditionell gestaltete Räume mit einigen antiken Stücken aus dem Besitz seiner Familie vorgestellt hatte. Stattdessen war die Einrichtung schlicht, mit wenig Schnickschnack.

„Lucrezia ließ den Wohnbereich nach Arturos Geburt umgestalten, damit mehr Platz zum Spielen ist und man einen guten Blick auf den Fernseher hat. Wir hatten schönere Teppiche und Möbel, beschlossen aber, sie einzulagern, bis die Jungen älter sind. Alle wertvollen Kunstwerke haben wir ebenfalls deponiert."

„Clever."

„Ich war nicht sicher, ob es mir gefallen würde, aber ich mag es. Es ist viel entspannter." Er führte sie zu einem der Sofas und sagte dann: „Was deine Arbeit betrifft: Ich verstehe, dass du eine Verpflichtung eingegangen bist, und du nimmst sie genauso ernst wie ich meine. Aber sprich mit Jennifer über deine Möglichkeiten. Sie verbringt ihre Zeit nicht mehr in Flüchtlingslagern, doch sie macht mit ihrer Wohltätigkeitsarbeit einen echten Unterschied. Sie hat einen Wechsel vollzogen, diesen aber nicht überstürzt. Sie und Antony führten eine Zeit lang eine Fernbeziehung. Vielleicht könnten wir das auch versuchen."

Sie erinnerte sich noch gut an Jennifers Erfahrungen damals. In jenen Monaten nahm sie sich an den meisten Abenden etwas Zeit, um Antony von ihrem Lager aus anzurufen. Auch kam er mehrmals zu Besuch. Ihre Beziehung vertiefte sich in dieser Phase, aber Jennifer verließ nie ihren Posten. Sie tat, wozu sie sich verpflichtet hatte, und überlegte sich gleichzeitig neue Wege, um anderen zu helfen.

Federico fuhr fort: „Du hast einiges überall auf der Welt erlebt und Zeit an abgelegenen Orten verbracht, was jemand in meiner Position niemals tun kann. Dies macht den entscheidenden Unterschied in deiner Fähigkeit aus, das Bewusstsein für eine Sache zu schärfen. Stell dir nur vor, was passieren würde, wenn du deine Kenntnisse mit den Ressourcen hier in La Rocca verbinden könntest, um anderen das Ausmaß der HIV-Epidemie in Afrika deutlich zu machen."

Er rutschte näher an sie heran und strich mit einer Hand über ihren Arm. „Ich will damit sagen, dass ich es verstehe, wenn du deine Verpflichtung in Afrika erfüllen möchtest. Wir könnten eine Fernbeziehung aufbauen und es so handhaben wie Jennifer und Antony, wenn du das wünschst. Andererseits möchte ich aus egoistischen Gründen, dass du bleibst. Ich habe die Befürchtung, dass du, wenn du gehst, vielleicht nicht mehr zurückkehrst. Die Entfernung wird dich dazu bringen, wieder an dir zu zweifeln, und du wirst die Arbeit vorschieben, um deinen Ängsten auszuweichen."

Federicos Worte trafen einen Nerv in ihr, sodass sie ein wenig vor ihm zurückwich.

Hatte sie sich hinter ihrem Job versteckt? Sie hatte sich selbst vor Jahren freimütig eingestanden, dass sie ihn benutzt hatte, um ihrer Mutter zu entkommen. Als sie das Studium abgeschlossen hatte und ihre Mutter andeutete, dass sie nach San Rimini zurückkehren sollte, um sich eine Stelle zu suchen, hatte sie die Gelegenheit beim Schopf gepackt und sich einer Hilfsorganisation angeschlossen. So konnte sie Menschen helfen und gleichzeitig Sabrina Renati aus dem Weg gehen.

Aber war der Job auch eine Ausrede gewesen, um dem *Leben* zu entfliehen? Ihre Freunde machten ihren Abschluss, fanden einen Arbeitsplatz und gründeten schließlich eine Familie. Für jemanden in ihrem Beruf, in dem sie rund um die Uhr im Einsatz war und kurzfristig an einen anderen Ort versetzt werden konnte, war es eine große Herausforderung gewesen, eine Liebesbeziehung zu führen. Das wiederum bedeutete ein geringes Risiko für Kinder.

Sie hatte immer dafür gesorgt, dass sie zu beschäftigt war, um sich mit dem Problem auseinanderzusetzen. Und vor Federico hatte auch niemand ihr Verhalten hinterfragt.

Ganz plötzlich wurde ihr klar, dass er recht hatte. Bei den Pflichten, die sie bisher erfüllt hatte, war sie nie direkt für Kinder verantwortlich gewesen. In Haffali, wo sie mit Jennifer zusammengearbeitet hatte, war sie den ganzen Tag mit Kindern in Kontakt gewesen, aber es gab medizinisches Personal, Therapeuten und in vielen Fällen einen Elternteil oder beide Eltern, die die Betreuung und Verantwortung übernahmen. Sie hatte die Beseitigung von Problemen zu ihrer Spezialität gemacht und dafür gesorgt, dass Vorräte beschafft und verteilt wurden, dass das Wasser kontrolliert wurde und die Einrichtungen im Lager in gutem Zustand blieben.

Sie hatte diese Aufgaben mit Leidenschaft ausgeführt. Aber sie hatte sich auch dahinter versteckt.

„Wie kommt es, dass du mehr über mich weißt als ich selbst?"

Er fuhr fort, mit seiner Hand über ihren Arm zu streichen, auf die langsame, fürsorgliche Art eines langjährigen Partners. Es kam Pia seltsam vor, dass es sich nicht seltsam anfühlte. Es fühlte sich tröstlich an. Und richtig.

Er zuckte mit den Schultern, ein sanftes Lächeln umspielte seine Lippen. „Wir haben viel gemeinsam. Deine Arbeit befriedigt dich, aber in vielerlei Hinsicht hat sie dir auch die Möglichkeit gegeben, deinen Ängsten auszuweichen. Als ich über deine Situation nachdachte, wurde mir klar, dass meine Position dieselbe Funktion hat."

Als sie ihn verwirrt ansah, fügte er hinzu: „Ich habe dir im Krankenhaus gesagt, dass ich Lucrezia nie geliebt habe. Als ich ihr einen Antrag machte, glaubte ich, dass es aus den richtigen Gründen wäre. Man braucht sich nur die Windsors anzusehen, um zu verstehen, wie ich mir einreden konnte, dass es logisch war, Lucrezia zu heiraten – eine Freundin, die mich nie in Verlegenheit bringen würde und die bereit war, eine königliche Ehefrau wie aus dem Bilderbuch zu sein. Ich wusste, meine Eltern würden meine Entscheidung nie hinterfragen. Lucrezia war intelligent, schön, selbstsicher und stammte aus einer Familie, die für ihre edle Gesinnung und Wohltätigkeit bekannt war."

„Aber ...?"

„Wir haben uns gut verstanden und ich habe es für Liebe gehalten. Das war es aber nicht. Es war bequem. Ich habe meine Position benutzt, um meinen Entschluss zu rechtfertigen, doch in Wahrheit habe ich Lucrezia aus anderen Gründen geheiratet. Ich wollte vermeiden, dass mir das Herz gebrochen wurde. Ich wusste, wenn sie mich heiratet, wird sie mir treu sein. Ich wollte nicht, dass mein Liebesleben zum Gegenstand von Medienspekulationen oder Skandalen wurde. Und ich glaubte nicht, dass

Liebe und Romantik es wert wären, mein seelisches Gleichgewicht oder meinen Ruf zu zerstören."

Er schüttelte den Kopf und Pia merkte, dass er sich bemühte, seine Gefühle im Zaum zu halten. „Ich musste erst Lucrezia verlieren – und dich finden –, um zu erkennen, wie bereichernd eine Beziehung sein kann und was für einen Unterschied sie macht. Wie wertvoll sie ist. Nun, da ich das entdeckt habe, will ich die Chance nicht ungenutzt verstreichen lassen. Ich will nicht, dass du gehst."

Sie schloss die Augen und ließ sich ein paar Sekunden Zeit zum Nachdenken. Federico plante alles, aber er war auch scharfsichtig. Was er sagte, machte Sinn und ließ sie erkennen, dass der kleine Lichtpunkt, der für die Hoffnung stand, dass sie zusammen sein könnten, langsam größer und heller wurde.

Dass er möglich wurde.

Sie genoss seine Berührung noch einen weiteren langen Moment, dann öffnete sie die Augen. „Du bist bereit, deinen Ruf zu opfern, um eine Beziehung mit mir einzugehen?"

„Das bin ich. Aber ich glaube nicht, dass ich das tun muss."

„Du hast selbst gesagt, dass du Lucrezia ehren willst. Wenn wir eine Beziehung beginnen sollten – selbst wenn wir die Dinge sehr langsam angehen lassen –, du weißt, was in den Medien erscheinen wird. Es wird genau wie im Krankenhaus sein. Die Leute werden Vermutungen anstellen, sie veröffentlichen und als Fakten präsentieren."

Sie legte eine Hand auf seine, mit der er immer noch eine Spur auf ihrem Arm zeichnete. Das war der schwierige Teil. „Selbst wenn die Medien kein Problem sind, könnte ich dir immer noch das Herz brechen. Ich bin nicht perfekt. Ich werde Fehler machen. Und wir kennen uns noch nicht lange. Wir haben noch eine Menge herauszufinden."

„Und wenn ich dir sage, dass ich bereit bin, das Risiko einzugehen? Und dass ich weit davon entfernt bin, perfekt zu sein, egal, welche Spitznamen mir die Medien geben." Er lächelte.

„Wenn du bereit bist, die Herausforderung anzunehmen, bin ich es auch."

Ein Lachen kam aus ihrem Mund. „Die Herausforderung anzunehmen? Das hört sich an, als würden wir uns auf ein Wagnis einlassen."

„Das tun wir ja auch." Er zuckte mit den Schultern. „Es ist ein Wagnis, das ich auf mich nehmen möchte."

Sie beugte sich nach vorn und er kam ihr ein Stück entgegen und berührte ihre Lippen mit einem langen, zärtlichen Kuss, einem Kuss voller Verheißungen. Sie lächelte an seinem Mund, dann zog sie sich so weit zurück, dass sie eine Hand auf seine Brust legen und dann zu seiner Schulter wandern lassen konnte, bevor sie zu ihm hochschaute. Hoffnung, Sehnsucht und Erwartung lagen in seinem Blick und das ließ ihr Herz stolpern.

„Ich werde trotzdem heute Abend in diesem Flugzeug sitzen. In den nächsten Monaten werde ich viel unterwegs sein. Ich mache in mindestens vier Ländern Station und an manchen Orten bleibe ich länger als an anderen, je nach Notwendigkeit. Es wird Tage geben, an denen ich weder Telefon noch Internet habe. Aber ich verspreche, dass ich nach San Rimini zurückkehren werde. Ich weiß nicht, wie oft oder wann, aber ich werde kommen. Wenn du bereit bist, auf mich zu warten."

„Ich gehe nirgendwohin", sagte er, und der raue Ton in seiner Stimme hätte sie fast aus der Fassung gebracht.

„Ich werde meinen Einsatzplan in den nächsten Tagen erfahren und kann dann Zeiten für Gespräche mit dir vorsehen. Ich würde auch gerne mit den Jungen sprechen, wenn es dir recht ist."

Er nickte, dann schloss er die Augen. Seine Hände wanderten zu ihrer Taille. Sein Griff war fest. Er war fertig mit Reden.

Sie war es auch.

Als sich ihre Lippen diesmal trafen, wich die Zärtlichkeit schnell der Leidenschaft. Seine Hände glitten von ihrer Taille zu ihren Hüften. Als Pia an seinem Jackett zerrte, warf er es über den nächsten Stuhl und berührte sie sofort wieder. Seine Hände legten sich an ihren Brustkorb, bevor sie höher wanderten. Er atmete aus, als seine Fingerknöchel durch ihr Kleid hindurch über ihre Brüste strichen.

Sie wollte ihn so eng wie möglich an sich pressen. Sich auf seinen Schoß setzen, ihre Arme um seine breiten Schultern schlingen und hier in seinen Räumlichkeiten bleiben, bis sie einschliefen.

Federicos Gedanken mussten in die gleiche Richtung gehen, denn er murmelte nahe an ihrem Ohr: „Wir haben allerhöchstens fünfunddreißig Minuten."

Daraufhin drehte sie ihren Kopf zu ihm hin und küsste ihn noch intensiver. Federico stieß einen zufriedenen Laut aus und sein Griff wurde fester. Seine Hände wanderten noch ein wenig höher, eine umschloss ihre Brust, die andere glitt seitlich über ihren Körper. Mit jeder Berührung, mit jedem Atemzug, mit jedem Augenblick wurde sie sicherer, dass sie die richtige Entscheidung getroffen hatte. Sie konnte diesen Mann lieben. Sie konnte ihn ein Leben lang lieben. Er war es wert, gegen ihre Dämonen anzukämpfen.

Federicos Hand stockte, als sein Daumen den versteckten Seitenreißverschluss des Kleides berührte.

Sie unterbrach ihren Kuss und sagte: „Ja."

Bevor sie ihn erneut küssen konnte, wich er zurück. „Ich weiß, wenn ich das tue, kann ich nicht mehr an mich halten und mache weiter, bis wir zum Empfang zurückkehren müssen."

„Ich möchte auch weitermachen." Sie lächelte und fügte hinzu: „Übrigens hast du gerade wieder einen umgangssprachlichen Ausdruck verwendet. Du hast gesagt, *du kannst nicht mehr an dich halten.*"

„Das muss daran liegen, dass ich mich bei dir wohlfühle."

Sie fuhr mit den Händen durch sein Haar. „Dann fang an."

Anstatt den Reißverschluss zu öffnen, nahm er ihre Hand,

zog Pia hoch und führte sie in sein Schlafzimmer. Noch bevor sie einen Eindruck von dem Raum bekommen konnte, drückte er auf einen Knopf neben der Tür, der die Rollos herunterließ. Sie verdunkelten den Raum nicht gänzlich, sondern ließen gedämpftes Licht herein. Mit dem Schuhabsatz schloss er die Schlafzimmertür, während er gleichzeitig die Hand nach ihr ausstreckte.

„Wir haben vielleicht nicht viel Zeit, aber wir können etwas Besseres finden als mein Wohnzimmersofa."

Trotz seines Hinweises auf die knappe Zeit zog er den Reißverschluss langsam auf und half ihr, aus dem Kleid zu steigen. Er fing es auf, als es herunterglitt, und legte es über einen Stuhl. „Wir können dies genießen, ohne in zerknitterter Kleidung zurückzukehren."

Sie folgte seinem Beispiel, entkleidete ihn vorsichtig und ließ ihm Zeit, jedes Stück neben ihr Kleid zu legen. Die ganze Zeit über küsste er ihre Schläfen, ihre Wangen, ihre Schultern. Als er nur noch Unterwäsche anhatte, führte er sie zum Bett.

Die Emotionen auf seinem Gesicht ließen ihr Herz schmelzen. In diesem Moment wusste sie, dass er wirklich geglaubt hatte, er würde nie wieder eine Frau in seinem Bett haben, und dass dies für ihn eine umwälzende Erfahrung war.

Sie strich mit einer Hand über seine Brust und fühlte das feine dunkle Haar, das die Muskelschichten bedeckte. Es dauerte nicht lange, bis sie das Pochen seines Herzens gefunden hatte. „Ich wünschte, wir hätten mehr Zeit."

„Solange es ein nächstes Mal gibt, haben wir mehr Zeit."

„Es wird ein nächstes Mal geben." Das war ein feierliches Versprechen. Seine Arme legten sich um sie und in seinem Kuss spürte sie, dass auch er ihr dieses Versprechen machte.

Sie ließen sich auf das Bett sinken, Mund auf Mund, eng aneinandergepresst. Seinen Körper auf ihrem zu fühlen, war himmlisch. Alles, was sie sich in ihren Tagträumen über Sex mit Federico hätte ausmalen können, verblasste im Vergleich dazu, wie es sich anfühlte, wenn er jede erdenkliche Stelle ihres Körpers liebkoste und küsste. Als er eine Brustwarze in den Mund nahm, seufzte sie. Sie war bereits heiß und feucht und bereit für ihn, aber er fuhr fort, sie zu erforschen und zu reizen, indem er sie bis kurz vor den Orgasmus trieb, dann die Stimulation abschwächte, bevor er sie erneut in einem exquisiten Zyklus bis fast zum Höhepunkt brachte. Schließlich griff er nach seinem Nachttisch. Dann zog er mit einer Grimasse seine Hand zurück und schloss die Augen.

„Ich habe nichts ... nichts zum ...“

Sie drückte ihm einen Kuss auf die Stirn. „Ich nehme die Pille und bin völlig gesund. Ich werde regelmäßig für die Arbeit untersucht und auf alles Erdenkliche getestet im Hinblick darauf, wohin ich reise.“

„Bist du dir sicher?“

„Wenn du es bist. Ich vertraue dir.“

„Ich liebe dich, Pia Renati. Ich hätte es nicht erwartet, als ich dich am Flughafen abholte und du dieses Buch in der Hand hieltest ...“

„Oh, erinnere mich bloß nicht daran.“

„Aber du bist genau der Mensch, den ich in meinem Leben haben will und den ich brauche.“

Als sie ihn küsste, lief ihr eine einzelne heiße Träne über die Wange. Sie wusste, dass Federico diTalora die beste Entscheidung war, die sie je getroffen hatte. Sie hatten beide die Liebe gemieden, das Risiko eines gebrochenen Herzens gescheut. Aber diese Jahre des Ausweichens hatten dazu geführt, dass sie wahre Liebe erkannten, wenn sie ihr begegneten.

Als er schließlich in sie eindrang, stockte ihr der Atem. Er griff nach ihrer Hand und verschlang seine Finger mit ihren. Sie atmete aus, dann begannen sie, sich rhythmisch zu bewegen. Als er über ihr erbebte, hob sie den Kopf an und küsste den Puls an seinem Hals. Augenblicke später erreichte sie ihren Höhepunkt.

Ihr Körper erzitterte und ihr Herz hämmerte. Federicos Arme legten sich um sie.

Sie war am richtigen Ort. Bei dem richtigen Mann.

Einem vollkommen unvollkommenen Mann.

PIA UND FEDERICO schlüpften gemeinsam in den Rundbau. Der König, Antony, Jennifer und das Baby waren umringt von Gästen, die alle um die Chance wetteiferten, einen Blick auf Prinz Gianluca zu erhaschen und mit den diTaloras gesehen zu werden. Nick und Isabella sprachen mit einer Gruppe von Gästen von der nahe gelegenen Universität, an der Nick als Dozent tätig war, während Amanda mit Helena Masciaretti, der Schwester der verstorbenen Königin, plauderte. Marco unterhielt sich mit ein paar Freunden von Antony, zu denen auch Pias Cousin Angelo gehörte. Nur ein paar Leute, die in der Nähe des Seitengangs standen, durch den sie kamen, bemerkten ihre späte Ankunft.

„Ich hätte wissen müssen, dass Angelo hier sein würde", sagte Pia. „Du weißt, was er denken wird."

„Spielt das eine Rolle?"

„Nein." Sie lächelte ihm verstohlen zu. „Wenn er etwas sagt, werde ich darauf hinweisen, dass ich nicht zerknittert bin."

Federicos Mund verzog sich zu einem frechen Grinsen. Sie hatten sich schnell fertig machen müssen, aber bevor sie seinen Wohnbereich verließen, hatte ein Blick in den Spiegel Pia überzeugt, dass niemand erraten würde, was geschehen war.

Eine Frau mit einer teuer aussehenden Kamera bewegte sich unaufdringlich zwischen den Gästen und hielt das Ereignis fest. Die meisten Aufnahmen würden in der Privatsammlung der Familie verbleiben, doch Pia wusste, dass das Büro für Öffentlichkeitsarbeit des Palastes einige davon an die Presse weitergeben würde und dass sie in den Abendnachrichten oder in den morgigen Zeitungen erscheinen würden. Nachdem die Fotografin mehrere der anwesenden VIPs abgelichtet hatte, blieb sie in Jennifers Nähe stehen. Als diese ihr Gespräch mit dem Mann neben ihr beendet hatte, beugte sich die Fotografin vor und sagte ihr etwas ins Ohr. Jennifer nickte, dann drehte sie sich um und ging direkt auf Pia und Federico zu. Gianluca lag eingekuschelt in ihren Armen. Sie sagte nichts darüber, dass sie den größten Teil des Empfangs verpasst hatten, aber Pia konnte an dem Aufblitzen in Jennifers Augen erkennen, dass sie darauf brannte, zu fragen.

Stattdessen lächelte sie und sagte: „Wir haben es versäumt, im Duomo Fotos von euch mit Gianluca zu machen. Macht es euch etwas aus? Das Licht ist hier in der Rotunde besser als im Königlichen Ballsaal."

Pia lächelte den Prinzen an und nickte. Dabei fühlte sie sich wie ein Klippentaucher, der einen gefährlichen Sprung in unbekanntes Gewässer machen wollte.

Jennifer legte Gianluca in Federicos Arme. „Ich hätte gerne Bilder von euch beiden, wie ihr ihn haltet, wenn das für euch in Ordnung ist."

Federico sah Pia an und sagte zu Jennifer: „Ich glaube, wir könnten uns überreden lassen."

Die Fotografin bat sie, sich bei der Treppe aufzustellen. Sie posierten für mehrere Fotos, auf denen Federico das Baby im Arm hatte, bevor Pia an der Reihe war. Er drehte sich zu ihr um. „Bist du bereit?"

„Solange du bei mir bist."

„Ich gehe nirgendwohin." Federicos Gesicht verzog sich zu einem breiten Lächeln, bevor er sie über das Baby hinweg auf die Wange küsste.

Pia hätte schockiert sein müssen, aber irgendwie war sie es nicht. Sie lächelte, dann nahm sie ganz vorsichtig das winzige Bündel auf den Arm. Der kleine Luc war warm und roch nach Liebe, und er blinzelte sie mit seinen blassblauen Augen an.

„Alles gut?", fragte Federico und sie verstand, dass er von dem Baby und nicht von dem Kuss sprach.

„Ja." Als sie sich der Kamera zuwandten, fügte sie hinzu: „Er ist wunderbar."

„Ich glaube, man wird mich nicht mehr *Principe Perfetto* nennen", flüsterte er und seine Worte waren im Stimmengewirr um sie herum kaum zu hören, während die Fotografin ihre Position veränderte, um Fotos aus einem anderen Blickwinkel zu schießen. „Ich habe gerade die Gerüchteküche zum Brodeln gebracht."

„Das macht nichts", flüsterte sie. „Du bist *mein Principe Perfetto*. Und ich habe vor, dich jeden Tag daran zu erinnern."

EPILOG

„ICH KANN IMMER NOCH NICHT eine Placenta praevia von einer Placenta accreta unterscheiden", sagte Pia zu Federico und achtete darauf, dass Arturo und Paolo sie nicht hörten, während sie hinter ihnen am Esstisch stand und Arturo bei einem Schulprojekt half.

„Ich glaube nicht, dass das von Bedeutung ist." Federico berührte mit seiner Hand leicht ihr Kreuz und beugte sich dann vor, um ihr einen Kuss auf den Scheitel zu geben. „Wenn doch, werden wir es gemeinsam lernen."

„*Mamma*, du hast mir gesagt, es ist unhöflich, zu flüstern", sagte Paolo und blickte sie finster an.

„Du hast recht. Ich gebe ein schlechtes Beispiel ab." Sie zwinkerte Paolo zu, der sie jetzt so sehr an Arturo in diesem Alter erinnerte, damals, als sie die Kinder zum ersten Mal gesehen hatte und von einem Bumerang getroffen worden war. Paolo hatte sich zu einem selbstbewussten, aufgeweckten Jungen entwickelt, der viele Freunde hatte, gern in die Schule ging und seinen neuen Hund liebte.

Nichts hätte Pia mehr freuen können, als dass die beiden Jungen angefangen hatten, sie *Mamma* zu nennen. Sie und Federico hatten es langsam angehen lassen und zunächst eine Fernbeziehung geführt. Nach und nach hatte sie mehr Zeit mit den Kindern verbracht und sie an ihrer Arbeit im Bereich der Sensibilisierung und Aufklärung über HIV teilhaben lassen.

Sie hatten fast zwei Jahre nach Gianlucas Taufe geheiratet. Es war eine schlichte Zeremonie in der Privatkapelle des Palastes gewesen, in Anwesenheit der engsten Familie, genau die Art von Hochzeit, die Pia gewollt hatte. Auch Federico und den Jungen hatte es gefallen.

Sie hoffte, dass Lucrezia damit einverstanden gewesen wäre. Obwohl sie Federicos erster Frau nur kurz bei Jennifers und Antonys Hochzeit begegnet war, hatte sie das Gefühl, ihr viel zu schulden. Vor der Trauung war Pia allein in die Kapelle gegangen, hatte ihren Blick nach oben gerichtet und Lucrezia gelobt, dass sie ihre Kinder beschützen würde, immer.

„Deine Mutter gibt ein sehr gutes Beispiel ab", sagte Federico, als er den Zettel nahm, den Arturo ihm zum Korrekturlesen hinhielt. „Die Kinder in der Unterkunft der Aidshilfe in Simbabwe werden sich über die vielen Briefe von dir und deinen Klassenkameraden freuen."

„Und über meine Bilder", fügte Paolo hinzu und hielt ein Bild hoch, das er mit Wasserfarben gemalt hatte. Pia vermutete, dass es ihn selbst zeigte. „Werden wir sie bald wieder besuchen können?"

Pias und Federicos Blicke trafen sich und sie lächelten sich verstohlen zu.

„*Mamma* kann vermutlich für eine Zeit lang nicht nach Simbabwe reisen, Paolo", sagte Federico. „Sie arbeitet hier an einem wichtigen Projekt."

„Was für ein Projekt?" Arturo richtete sich auf seinem Stuhl auf und legte den Bleistift ab. „Ist es für die Kinder?"

Pia grinste und erinnerte sich an das Geschenk, das Federico ihr am Abend zuvor gemacht hatte: ein gelbes Schwangerschaftsbuch mit geblümtem Umschlag und ein brandneues Exemplar von *Leitfaden für entspannte Mütter für das erste Jahr mit ihrem Baby*, dritte Auflage. An Arturo gewandt sagte sie: „Es geht um Kinder, ja, aber –"

„Es ist noch in der Anfangsphase", beendete Federico ihren Satz. „Wir werden euch später mehr über *Mammas* Projekt erzählen, in Ordnung? Jetzt sollten wir erst einmal dieses Durcheinander aufräumen. Euer neues Kindermädchen wird jeden Moment kommen, um mit euch ins Kino zu gehen."

„Du hast *endlich* ein Kindermädchen gefunden, Papa?", fragte Paolo. „*Mamma* meinte, du würdest niemals eines finden."

„Das habe ich gesagt", gab Pia zu. „Aber ich kenne eine wunderbare Frau, die kürzlich in den Ruhestand gegangen ist, und sie erzählte mir, dass sie sich ihr ganzes Leben lang nichts sehnlicher gewünscht hat, als sich um Kinder zu kümmern. Jetzt hat sie die Chance dazu."

Arturo strahlte. „Es ist Oma Sabrina, nicht wahr?"

Pia deutete auf den Tisch. „Räumt schnell auf, sonst erfahrt ihr es nie."

„Sie ist es!" Die beiden Jungen jubelten und sprangen auf. Während sie sich bemühten, das Chaos zu beseitigen, neigte sich Federico dicht zu Pias Ohr und flüsterte: „Wenn sie fort sind, werden wir zu zweit feiern."

„Wir sollen an Nicks und Isabellas Benefizveranstaltung für die mittelalterliche Kunstausstellung des Museums teilnehmen. Das ist in einer Stunde."

„Dann werden wir zu spät kommen."

„Du kannst mich nicht – du weißt schon –, wenn ich bereits –"

„Aber es könnte Spaß machen, es zu versuchen."

Sie hob eine Braue und ging dann um den Tisch herum, um den Jungen beim Aufräumen zu helfen. „Wenn du darauf bestehst, Hoheit."

„Oh, das tue ich", versicherte er ihr, griff über den Tisch nach ihrer Hand und strich über ihren goldenen Ehering. „Ich sorge sogar dafür, dass du faltenfrei ankommst."

Sie lachte. Der Mann war perfekt.

Vielen Dank, dass Sie *Eine neue Liebe für Prinz Federico* gelesen haben.

Wenn Ihnen das Buch gefallen hat, würde ich mich freuen, wenn Sie eine Rezension auf der Website Ihres bevorzugten Onlineshops oder einer Rezensionsplattform Ihrer Wahl hinterlassen. Das ist sowohl für mich als Autorin als auch für andere Leserinnen und Leser sehr hilfreich.

Besuchen Sie meine Website unter nicoleburnham.com und erfahren Sie mehr über meine nächsten Veröffentlichungen.

Der nächste Titel von Die Royals von San Rimini ist bereits im Verkauf. Lesen Sie weiter für eine Vorschau auf *Küsse für König Eduardo.*

KÜSSE FÜR KÖNIG EDUARDO

Kapital 1

„Guten Morgen, Hoheit. Wie war Ihre Zeit mit Greta heute Morgen?"

König Eduardo diTalora warf seiner langjährigen persönlichen Assistentin Luisa Borelli einen Seitenblick zu, als sie ihn einholte und sich seinem Schritttempo anpasste. Sorgfältig zurechtgemacht wie immer, trug sie einen weichen braunen Rock, eine maßgeschneiderte Jacke und Schuhe mit niedrigen Absätzen. Ihr schwarzes Haar war zu einem makellosen Knoten im Nacken gebunden und winzige goldene Ohrstecker zierten ihre Ohrläppchen.

Luisa machte ihren Job sehr gut. Wenn man sie ansah, würde man nie darauf kommen, dass sie auch der leibhaftige Teufel war.

Eduardo schüttelte den Kopf und blickte dann nach vorn, wobei sein Lächeln verschiedenen Mitarbeitern galt, die im Korridor vor seinem offiziellen Arbeitszimmer auf seine Ankunft warteten. Zu Luisa sagte er: „Es wäre kein richtiger

Montagmorgen, wenn Greta nicht am Wochenende neue Wege ersonnen hätte, um mich zu quälen."

„Welchen Teil des Trainings haben Sie als so quälend empfunden, Hoheit? Die Box Jumps?"

„Nein, denn sie hat beschlossen, diese Übung dadurch zu ersetzen, dass ich nicht mehr auf die Box springen, sondern nur darauf steigen muss –"

„Ah, gut –"

„Während ich einen fünfzehn Kilo schweren Medizinball halte."

„Oh."

„Dann fügte sie eine Reihe von Unterarmstützen hinzu. Offensichtlich reicht Laufen nicht aus, um die Stabilität des Rumpfes zu stärken. Ich habe versucht, sie eines Besseren zu belehren, aber sie hat sich geweigert, auf meine Weisheit zu hören."

„Sie ist in dieser Hinsicht stur. Aber ich wage zu behaupten, dass sie meistens recht hat, wenn es um Gesundheit und Fitness geht."

„Genauso wie ihre Cousine, die sie empfohlen hat und nicht aufhörte, mich zu nerven, bis ich Greta engagierte." Er schaute Luisa an und zog dabei eine Augenbraue hoch, milderte seinen Gesichtsausdruck jedoch mit einem Lächeln, das sie erwiderte.

Eduardo wünschte einem der Wachleute einen guten Morgen, als er und Luisa um die letzte Ecke vor seinem Arbeitszimmer bogen. Dann sagte Luisa: „Es ist meine Pflicht, dafür zu sorgen, dass Sie dem Land nach besten Kräften dienen. Für diese Aufgabe ist es unerlässlich, dass Sie ein hohes Maß an Fitness beibehalten. Vielleicht fühlen Sie sich besser, wenn ich Ihnen jetzt sage, dass ich für morgen früh um sechs Uhr eine Laufrunde eingeplant habe. Das Wetter sollte ideal sein: mild, klar und wenig Wind."

Die meisten Menschen würden es als Folter empfinden, bei Sonnenaufgang joggen zu müssen, aber Eduardo erschien ein

Lauf in aller Herrgottsfrühe entlang der Uferpromenade von San Rimini oder durch die Hügel oberhalb des Palastes wie der Himmel auf Erden. Er konnte frische Luft atmen, Musik hören und seine Gedanken schweifen lassen. In dieser einen Stunde war er nur für sich selbst verantwortlich und es gab keine Greta an seiner Seite, die darauf beharrte, dass er härter trainieren könnte oder noch eine Wiederholung schaffen würde.

Wenn er noch eine Wiederholung schaffen könnte, würde er das unaufgefordert tun.

Eduardo grüßte einen Kurier, der bei Luisas Schreibtisch wartete, und warf seiner Assistentin dann einen Blick zu. „Ich wäre Ihnen zu Dank verpflichtet, wenn es morgen nach dem Lauf Waffeln zum Frühstück gäbe. Samuel hat heute Haferbrei serviert. Guten Haferbrei, aber immer noch Haferbrei."

„Ich werde sehen, was ich tun kann, obwohl Samuel erwähnte, dass er gebackene Quinoa mit Beeren zubereiten will."

„Ich tue so, als hätte ich das nicht gehört."

„Vielleicht könnten Sie so tun, als wäre es eine Waffel?"

„Ich werde so tun, als hätte ich auch das nicht gehört und als hätten Sie gesagt: ‚Ja, Hoheit, ich werde Waffeln bestellen und dafür sorgen, dass Samuel reichlich Sirup liefert. Vielleicht noch ein paar von diesen Beeren dazu.'"

Luisa hob einen Finger, um dem Kurier zu bedeuten, dass er auf sie warten sollte, und betrat mit Eduardo dessen offizielles Arbeitszimmer. Sergio Ribisi, Eduardos wichtigster politischer Berater, saß auf einem Sofa neben Eduardos Pressesprecher, einem muskulösen jungen Mann namens Zeno Amendola, der eher aussah wie der Kapitän einer Rugby-Mannschaft als wie der Leiter eines Pressebüros. Die zwei beugten sich über ein Tablet und gingen etwas durch, was Eduardos Vermutung nach Notizen für ihre morgendliche Besprechung waren. Ihnen gegenüber saß Margaret Halaby, die Verantwortliche für Wohltätigkeitsorganisationen und Schirmherrschaften. Margaret hatte die Hände in den Schoß gelegt und einen Stift zwischen ihre Finger geklemmt. Neben ihr auf dem Sofa lag ein Notizblock, dessen oberste Seite mit unleserlichen Kritzeleien, Spiegelstrichen und Pfeilen gefüllt war. Sie schaute in Gedanken versunken an den beiden Männern vorbei.

Luisa räusperte sich, um die Aufmerksamkeit der drei zu bekommen. Sie standen alle gleichzeitig auf und wünschten Eduardo einen guten Morgen. Er bedeutete ihnen mit einer Geste, sich wieder zu setzen, und bat Luisa, ihm fünf Minuten bevor er zu seiner ersten Veranstaltung an diesem Tag aufbrechen musste, Bescheid zu geben.

„Wie war Ihre Sitzung mit Greta?", fragte Zeno, nachdem Luisa die Tür hinter sich geschlossen hatte.

Er warf Zeno einen vernichtenden Blick zu. Der Mann besaß die Unverfrorenheit, daraufhin zu grinsen.

„Ich habe gesehen, wie sie einen Medizinball durch die Tiefgarage getragen hat", berichtete Margaret. Sie wandte sich an Zeno: „Haben Sie schon mal Kniebeugen mit so was gemacht? Oder den Ball auf ein Ziel geworfen? Das ist ein fantastisches Training."

„Medizinbälle sind großartige Sportgeräte." Er riss seine Augen in gespielter Begeisterung auf. „Ich mache gerne Ausfallschritte, während ich einen über meinen Kopf halte. Echtes Muskeltraining."

„Das ist eine Verschwörung", meinte Eduardo. „Ich kann schneller laufen als alle hier in diesem Gebäude außer den Security-Mitarbeitern – und vielleicht sogar schneller als einige von ihnen –, und doch bestehen Sie darauf, dass ich Greta dreimal pro Woche sehe."

„Es ist für die Bürger von San Rimini beruhigend zu wissen, dass Sie etwas für Ihre Gesundheit tun und dass Ihr Herz nach der Operation so stark ist, wie es nur sein kann", erwiderte Sergio. „Außerdem mögen Sie Greta."

„Nicht, wenn sie mir sagt, ich solle einen Seitstütz noch

dreißig Sekunden länger halten. Ich habe sie darauf hingewiesen, dass es in San Rimini strenge Gesetze gegen die Verletzung des Monarchen gibt."

„Ich vermute, sie hat Sie daran erinnert, dass Sie eine Verzichtserklärung unterschrieben haben?", gab Zeno zurück.

Eduardo musterte seinen Pressesprecher. „Sie betonte, dass sie den Monarchen nicht verletzen würde. *Danach* teilte sie mir mit, dass es sowieso keine Rolle spielt, weil ich eine Verzichtserklärung unterschrieben hätte."

Eduardo nahm an seinem Schreibtisch Platz und bedankte sich bei Luisa, als sie mit einer Tasse dampfendem Kaffee in den Raum zurückkam und diese auf einen Untersetzer neben seiner Hand stellte. Die erste Tasse Kaffee bedeutete den offiziellen Beginn von Eduardos Arbeitstag. Als Luisa wieder gegangen war, schaute er zu Sergio. „Lassen Sie uns zuerst die schwierigen Punkte besprechen. Sie haben am Wochenende ein Schreiben von der Historischen Gesellschaft für die Bewahrung des Stadtkerns erhalten?"

„Ja, Hoheit. Sie haben Bedenken wegen Ihres Wunsches, die Strada il Teatro auszubauen."

„Das habe ich erwartet, aber ich hatte gehofft, dass sie bis zur morgigen Sitzung warten würden, um diese zu äußern."

„Sie wollen sicherstellen, dass sie angehört werden."

Eduardo widerstand dem Drang, eine Grimasse zu schneiden. Alle wollten angehört werden, vor allem, wenn es darum ging, Änderungen an der berühmtesten Verkehrsstraße des Landes vorzunehmen. Die Strada il Teatro lag oberhalb der Adriaküste und bot eine herrliche Aussicht auf die Bucht von San Rimini. Sie beherbergte mehrere Casinos, Restaurants, historische Gebäude und das Königliche Theater, daher auch Strada il Teatro – Theaterstraße. Abgesehen vom Duomo und dem Palast war sie das bekannteste Wahrzeichen des Landes. Die letzten größeren Veränderungen an der Straße – abgesehen von der Pflasterung – hatten jedoch stattgefunden, lange bevor Automobile alltäglich wurden. Der Verkehr bewegte sich oft nur im Schneckentempo voran und die Bürgersteige waren zu jeder Tageszeit von Touristen bevölkert. Trotz des offensichtlichen Sanierungsbedarfs wollten die Einwohner von San Rimini am Erscheinungsbild der Strada festhalten.

Aus diesem Grund hatte Sergio für den nächsten Tag ein Treffen organisiert, um den Vorschlag des Königs denjenigen vorzustellen, die am meisten davon betroffen waren. Er hatte Vertreter der Historischen Gesellschaft, des Interessenverbandes der Casinobesitzer, des Wirtschaftsausschusses von San Rimini und des Organisationskomitees für den Grand Prix von San Rimini sowie den Verkehrsminister des Landes eingeladen. Sergio hatte sogar die Verantwortlichen für die Pflege des öffentlichen Parks, der unterhalb eines Abschnitts der Strada verlief, mit einbezogen. Sobald Sergio gehört hatte, was sie alle zu sagen hatten, wollte Eduardo dem Parlament einen umfassenden Modernisierungsplan zur Prüfung vorlegen.

Als König von San Rimini hatte er mehr Einfluss auf die Politik als die Monarchen in Ländern wie Japan oder Schweden. Zwar konnte er nicht mit abstimmen, jedoch hatte er das Recht, Gesetzesvorschläge einzubringen und sich zu allen im Parlament diskutierten Angelegenheiten zu äußern. In den Jahrhunderten, seit San Rimini von einer absoluten in eine konstitutionelle Monarchie übergegangen war, nutzten die Könige und Königinnen ihre politische Macht in erster Linie, um die Beziehungen zu anderen Nationen zu verbessern oder um wohltätigen und humanitären Zwecken zu dienen. Von Einzelheiten des politischen Geschehens und haushaltspolitischen Fragen hielten sie sich fern.

Diese Gesetzesvorlage würde viele dazu veranlassen, auf ihrem Standpunkt zu beharren. Doch Eduardo weigerte sich, die Modernisierung seinen Nachfolgern zu überlassen oder den Abgeordneten, die befürchteten, dass ein Eingriff in die Strada il Teatro den Verlust ihrer Sitze bedeuten würde. Es lag in seiner Verantwortung, San Rimini in die Zukunft zu führen.

Eduardo sah Sergio an. „Informieren Sie die Vorsitzende der Historischen Gesellschaft, dass der Palast die Verbesserungen – achten Sie darauf, dass Sie dieses Wort verwenden – die Verbesserungen der Strada il Teatro mit aller Kraft vorantreiben wird, da sie im Interesse des Landes und all derer sind, denen der Stadtkern am Herzen liegt. Wir freuen uns, wenn sie sich morgen dazu äußern, deshalb haben wir dieses Treffen anberaumt."

Sergio nickte und machte sich Notizen. Während Sergio schrieb, sagte Zeno: „Hoheit, sie werden ihre Belange wahrscheinlich der Presse vortragen. Sie werden darauf hinweisen, dass es nicht in den Zuständigkeitsbereich des Monarchen fällt, sich mit solchen Angelegenheiten zu befassen."

Eduardo legte die Hände auf den Schreibtisch. „Letzte Woche habe ich gehört, dass fast achtzig Prozent der Bevölkerung der königlichen Familie positiv gegenüberstehen."

„Siebenundsiebzig Prozent, Hoheit."

„Siebenundsiebzig Prozent. Wissen Sie, wie viele Parlamentsabgeordnete von einer solchen Zustimmungsquote träumen? Wir haben die Gelegenheit, uns diese zum langfristigen Wohle des Landes zunutze zu machen. Die Strada ist seit Jahrhunderten im Wesentlichen gleich geblieben. Die Tatsache, dass sie für Paraden gebaut wurde, bedeutet, dass sie breiter ist als andere Straßen aus dieser Epoche, aber sie ist nicht für die moderne Nutzung oder den Zustrom von Touristen geeignet, den unser Land erlebt. Die Zuschauer des Grand Prix drängen gegen die Absperrungen, was ein Sicherheitsrisiko darstellt. Entweder muss die Strecke geändert oder die Besuchermasse begrenzt werden. Niemand will diese Wahl treffen."

„Alle haben ihre eigenen Interessen, die sie durchsetzen wollen", erklärte Sergio. „Die Casinos und Ladenbesitzer wollen nicht, dass ihre Eingänge blockiert sind, während die Arbeiten durchgeführt werden. Die Historische Gesellschaft möchte nicht, dass das Erscheinungsbild der Straße verändert wird. Und die Organisatoren des Grand Prix wünschen sich zwar eine sicherere Strecke und weiteres Wachstum, aber sie wollen nicht riskieren, dass das Rennen wegen der Bauarbeiten für ein Jahr oder länger nicht stattfinden kann."

„Das stimmt", sagte Eduardo. „Nutzen Sie also die morgige Gelegenheit, um ihnen unseren Umgestaltungsplan zu zeigen, und berufen Sie sich auf unsere Geschichts- und Verkehrsexperten, um die Leute davon zu überzeugen, dass unser Vorschlag vernünftig ist. Wir haben monatelang Recherchen durchgeführt und sind bereit, all unsere Ergebnisse mit ihnen zu teilen und ihre Anregungen aufzunehmen, während das Vorhaben voranschreitet. Veränderungen sind schwierig, aber für unsere Bürger ist es wichtig, dass die Strada auf lange Sicht funktioniert. Wenn wir das Projekt mit unserem Zustimmungswert von siebenundsiebzig Prozent nicht durch das Parlament bringen, werden wir es nie schaffen. Und jetzt, worum müssen wir uns noch kümmern?"

Zeno ging die Punkte durch, über die er bei der wöchentlichen Pressekonferenz berichten würde und die hauptsächlich die erwachsenen Kinder des Königs betrafen: Prinz Antony hatte am Wochenende eine Rehabilitationseinrichtung für Opioid-Abhängige besichtigt und Prinzessin Isabella und ihr Ehemann Nick planten, drei verschiedene Schulen an der Nordgrenze des Landes zu besuchen, um mit den Schülern über San Rimini im Mittelalter zu sprechen. Nick, Professor für mittelalterliche Geschichte an der Universität von San Rimini, war in den letzten Wochen zu einer Reihe von Schulen gefahren, um Kinder für das Thema zu begeistern.

Als Zeno geendet hatte, fügte Sergio hinzu: „Morgen Abend veranstalten Sie ein Dinner, bei dem die neue amerikanische Botschafterin ihr Beglaubigungsschreiben vorlegen wird. Sie ist gestern im Lande eingetroffen."

„Claire Peyton", sagte Eduardo und lehnte sich in seinem Stuhl zurück. „Ich habe die Unterlagen gestern Abend gelesen. Sie war zuvor Botschafterin der Vereinigten Staaten in Uganda, richtig?"

„Ja. Man erwartete, dass sie unter dem neuen Präsidenten dort bleiben würde, aber sie wurde nach San Rimini versetzt, als Botschafter Cartwright seinen Rücktritt ankündigte." Sergio hielt inne. „Es ist kein Geheimnis, dass Rich Cartwright sein Amt die letzten ein oder zwei Jahre auf Sparflamme ausübte. Das wird eine Veränderung sein. Angesichts der Tatsache, dass viele im Auswärtigen Amt der USA dies als Beförderung betrachten, möchte sie sich vielleicht beweisen."

„Ich habe über das Bildungsprogramm für den ländlichen Raum gelesen, das sie in Uganda mit aufgebaut hat. Es schien interessant."

„Ja, Hoheit. Sie wird wahrscheinlich in den nächsten Wochen um ein Treffen bitten, um es Ihnen vorzustellen und um die Beteiligung von San Rimini zu erbitten. Der amerikanische Präsident hat bei seinem Wahlkampf das Thema Bildung in den Mittelpunkt gestellt, daher hat es Priorität für die Regierung. Letzten Endes ist es für San Rimini jedoch ein No-Go. Das Parlament könnte die Bereitstellung von Mitteln unterstützen, aber die Entsendung von Lehrkräften oder Beratern ist angesichts der aktuellen Sicherheitsbedenken eher unwahrscheinlich. Selbst die Hilfe bei der Finanzierung wird eine Herausforderung sein, wenn wir gleichzeitig versuchen, die Umbaupläne für die Strada voranzutreiben."

Eduardo benötigte keine Zeit, um seine Prioritäten abzuwägen. Seine Entscheidung stand fest: „Soweit ich weiß, wird sich das Parlament in drei Monaten mit der Finanzierung von Verbesserungen im Stadtzentrum befassen. Ich möchte, dass unser Vorschlag diesen Gesprächen Stabilität gibt. Von jetzt an ist das unser Schwerpunkt."

Er nahm einen Schluck von seinem Kaffee und fragte

Margaret: „Wie weit sind wir mit dem Programm *Ein Platz für uns?*"

„Die Feier zum fünfjährigen Bestehen wird am Freitag in der Grundschule in der Via Fontana stattfinden. Als Schirmherr werden Sie kurz über die Notwendigkeit frühzeitiger psychosozialer Unterstützung in Schulen sprechen und aufzeigen, wie *Ein Platz für uns* Kinder mit Förderbedarf identifiziert und unterstützt, ohne sie zu stigmatisieren. Ich habe einige Statistiken, die belegen, dass dieses Programm weiterhin erforderlich und erfolgreich ist. Ich werde Ihnen bis Donnerstag einen Redeentwurf vorlegen, den Sie Ihren Wünschen entsprechend anpassen können."

„Ich danke Ihnen. Das ist ein Termin, auf den ich mich freue. Ist noch mehr zu besprechen?"

Margaret gab ihm Updates über zwei andere Wohltätigkeitsorganisationen, die der König unterstützte, und berichtete anschließend über die weitere Entwicklung nach einer Veranstaltung für ein Tierheim, an der er teilgenommen hatte.

Im selben Moment, als Margaret ihren Bericht beendete, betrat Luisa den Raum. „Ihr Wagen wartet, Hoheit. Ihre Führung durch das Demenzzentrum beginnt in zwanzig Minuten."

Eduardo bedankte sich bei Luisa und stand auf. Sergio, Zeno und Margaret erhoben sich ebenfalls. „Sind wir fertig?"

„Eine letzte Sache, Hoheit", begann Zeno. „Bei der heutigen Pressekonferenz wird es Fragen zu Ihrem Besuch im Duomo am Donnerstagnachmittag geben. Haben Sie sich entschieden, ob Sie dabei etwas sagen wollen?"

Eduardo spürte, wie einer seiner Mundwinkel zuckte, ein untrügliches Zeichen für seine Mitarbeiter, dass er sich bei diesem Thema unwohl fühlte. Normalerweise konnte er dieses verräterische Zucken kontrollieren, aber diese Bemerkung kam für ihn aus heiterem Himmel. Irgendwie hatte er zwischen seinem morgendlichen Training und den Überlegungen zur

Strada seinen jährlichen Besuch der letzten Ruhestätte seiner Frau vergessen.

„Nächstes Jahr wird sich der Todestag von Königin Aletta zum zehnten Mal jähren. In Anbetracht der Aufmerksamkeit, die dieses Ereignis auf sich ziehen wird, wäre es mir lieber, dieses Jahr auf die Ansprache zu verzichten und den Besuch in aller Stille erfolgen zu lassen."

Bevor Zeno etwas einwenden konnte, wandte er sich an Luisa und fragte: „Habe ich heute Nachmittag etwas freie Zeit, um Arturo und Paolo zu sehen, wenn sie von der Schule nach Hause kommen?"

Die Söhne von Prinz Federico und seiner verstorbenen Frau Lucrezia freuten sich immer, wenn er sie in ihren Wohnräumen im Palast besuchte. Er dachte allerdings lieber nicht darüber nach, ob ihr Lächeln auf seine strahlende Persönlichkeit oder auf die Leckereien zurückzuführen war, die er oft aus der Küche mitbrachte.

„Heute passt es nicht", antwortete Luisa. „Die Kinder machen einen Schulausflug ins Aquarium und kommen erst am Abend zurück."

„Ich verstehe. Und wie sieht es mit einem Besuch bei Gianluca aus?" Der kürzlich geborene Sohn von Prinz Antony und seiner Frau Jennifer war sein jüngstes Enkelkind. „Weiß jemand, wann das Baby schläft?"

Ein Chor aus „Nein" und „Er schläft nicht" schallte durch den Raum.

„Nun gut. Bitte sagen Sie Jennifer, dass ich gerne vorbeikommen würde, wenn es zeitlich passt. Sollte Gianluca gerade schlafen, werde ich ihm einfach beim Schlafen zusehen."

„Sie haben gegen halb vier eine Viertelstunde Zeit, Hoheit. Ich gebe ihr Bescheid, dass Sie dann abkömmlich sind."

Er nickte Luisa zu, bedankte sich bei Margaret für ihre Arbeit an der Rede für *Ein Platz für uns* und wandte sich dann an Sergio und Zeno: „Sie wissen, was für die Strada zu tun ist.

Wir haben neunzig Tage Zeit. Lassen Sie uns das Land verbessern."

„Wir treffen gleich eine Ikone."

Claire Peyton ließ ihren Blick an Karen Hutchinson, ihrer persönlichen Assistentin, vorbei durch das Autofenster über die Szenerie schweifen. „Entweder das, Karen, oder den Ehemann einer solchen. Wohl eher Letzteres."

Ihr Flugzeug war schon vor zwei Tage gelandet, aber Claire hatte sich noch nicht ganz daran gewöhnt, dass sie nun in San Rimini, dem winzigen, wohlhabenden Land im Süden Europas, lebte und nicht mehr in Kololo, einem von Vielfalt geprägten Stadtviertel Kampalas.

Claire richtete ihren Blick auf die Straße und merkte sich den Weg, den der Fahrer von der Botschaft zum Palast nahm, aber erst, nachdem sie auf die Banner an der Fassade eines Museums gewiesen hatte, die die Rückkehr von *Aletta: Die Ausstellung* nach mehreren Jahren auf Tournee ankündigten. Die blau-violetten Farben des Himmels bei Sonnenuntergang spiegelten sich in den Glasfenstern des Gebäudes und ließen es fast überirdisch erscheinen.

Angesichts des Themas der Ausstellung, einer Sammlung von Kleidern, Schmuck und anderen Gegenständen aus dem Besitz der verstorbenen Königin von San Rimini, wirkte dies passend.

„Ich bin nicht sicher", erwiderte Karen. „Was denken Sie: Wie viele dieser Touristen werden wohl Souvenirs mit Bildern von Königin Aletta nach Hause schicken, im Gegensatz zu Bildern des Königs oder seiner Kinder? König Eduardo hat eine magnetische Anziehungskraft, der man sich nur schwer entziehen kann."

„Ich persönlich würde etwas wählen, was die Landschaft zeigt. Sie ist atemberaubend."

Karen brummte zustimmend, dann verstummten beide und genossen die Aussicht.

Der glitzernde Streifen von Casinos und Restaurants entlang der Strada il Teatro, der langen Hauptstraße, die parallel zur Bucht von San Rimini und der dahinterliegenden Adria verlief, schien sich auf einem anderen Planeten zu befinden als die Straßen im Zentrum von Kampala. In Kampala fädelten sich Bodabodas in den Berufsverkehr ein, wobei sich die Fahrer der Gefahren ihrer zusammengeflickten Motorräder und des Chaos, das sie umgab, offenbar nicht bewusst waren. Studenten, Büroangestellte und Straßenverkäufer drängten sich auf den Bürgersteigen und schlängelten sich im Zickzack durch den Verkehr. Ständig hörte man das Hupen von Autos.

Hier jedoch fuhren teure Autos langsam den Boulevard entlang oder hielten am Straßenrand, um Fahrgäste vor den Casinos aussteigen zu lassen. Paare in Abendgarderobe schlenderten von ihren Hotels in Richtung des Königlichen Theaters, wo ein Laufband die Abendvorstellung von *La Traviata* ankündigte. Unweit des Theaters ragte die hohe Kuppel des Duomo, der Kathedrale von San Rimini, über den Hügeln auf.

Romantik und der Charme der alten Welt durchdrangen das Viertel. Es war wie ein Märchen, das lebendig geworden war.

In Claire blitzte eine Erinnerung auf an die Zeit, als sie vierzehn oder fünfzehn Jahre alt gewesen war. Sie und ihre Freundinnen hatten sich um den Fernseher im Wohnzimmer ihrer Eltern geschart, als der zukünftige König von San Rimini Aletta Masciaretti heiratete. Sie hatten geradezu Sabberflecken auf dem Teppich hinterlassen, als Eduardo seiner Braut zuzwinkerte, während er ihr den Ring an den Finger steckte, und Aletta versuchte, ein Grinsen zu verbergen. Claire kam es unwirklich vor, dass sie König Eduardo diTalora in weniger als einer Stunde bei der offiziellen Präsentation ihres Beglaubigungsschreibens persönlich gegenüberstehen würde.

Sie versuchte sich einzureden, so beliebt der König auch sein mochte, seine verstorbene Frau war diejenige, die den wahren Status einer Ikone hatte. Bibliotheken, Schulen und ein Flügel des Royal Memorial Hospital waren nach Königin Aletta benannt.

Claire war nur so lange in dem Land, um die Vereinigten Staaten und ihre Interessen nach besten Kräften zu vertreten, wie der Präsident es wünschte. Dazu musste sie sich auf die Stellung des Königs als Politiker und als das Gesicht seines wohlhabenden Landes konzentrieren und nicht auf seinen Prominentenstatus oder darauf, wie sie und ihre Freundinnen bei seiner Hochzeit vor all den Jahren für ihn geschwärmt hatten.

Das Auto fuhr vorsichtig an einer Gruppe gut gekleideter Touristen vorbei, die am Straßenrand darauf warteten, dass die Ampel auf Grün schaltete. Mehrere trugen Einkaufstüten von angesagten Boutiquen, andere Tüten mit dem Logo des Aquariums des Landes. Schließlich erreichte der Fahrer ihre Abzweigung und schlängelte sich durch die engen, kopfsteingepflasterten Seitenstraßen, wobei er den Pfeilen folgte, die den Weg zu La Rocca wiesen.

„La Rocca di Zaffiro", sagte Karen und blickte auf das Schild. „Der Saphirfelsen."

„Ich habe einen Gutteil der letzten Nacht damit verbracht, über seine Geschichte zu lesen", sagte Claire. „Der älteste noch erhaltene Teil, der Bergfried, wurde zu Beginn des Ersten Kreuzzugs gebaut, um die Bucht zu bewachen. Der Stein war so gewählt, dass er sich in die Landschaft einfügte und vom Wasser aus nur schwer erkennbar war. Doch als der Bergfried erweitert wurde, sorgte ein Lichteffekt zu bestimmten Tageszeiten dafür, dass der neue Stein vom Wasser aus leuchtend blau erschien."

„Ich hatte mich schon gefragt, woher der Palast seinen

Namen hat. Ich hätte ihn nie als blau bezeichnet." Karen reckte den Hals, aber von ihrer Position aus konnten sie den Palast unmöglich sehen.

„Der größte Teil wurde im sechzehnten und siebzehnten Jahrhundert aus einem grauen Stein erbaut, der dem Original überhaupt nicht gleicht. Aber wenn man von den Bergen auf den ältesten Teil hinunterschaut, kann man wohl noch Spuren des Blaus erkennen."

„Zwei Minuten bis zum Tor", sagte der Fahrer, der sich so gedreht hatte, dass man ihn auf dem Rücksitz verstehen konnte.

Claire dankte ihm. *Showtime.*

Karen hielt Claire unaufgefordert eine Puderdose hin, damit sie ihr Make-up schnell überprüfen konnte. Als sie einen Fleck am Rand eines ihrer dunkelbraunen Augen entdeckte, wischte sie mit dem kleinen Finger über den Eyeliner und gab die Puderdose zufrieden zurück. Sie strich den Stoff ihres roten Seidenrocks glatt und vergewisserte sich, dass die Schlaufenknöpfe ihrer weißen Seidenbluse fest geschlossen waren.

Nein, das hier war überhaupt nicht wie in Uganda. Sie fuhr sich ein letztes Mal mit der Hand über den Kopf, damit keine Strähnen ihres kurz geschnittenen Haars abstanden, dann holte sie tief Luft.

Als hätte Karen ihre Gedanken gelesen, sagte sie: „Ihr Job hier wird anders sein als in den letzten fünf Jahren. Sie werden tatsächlich Haarspray benutzen und öfter als ein- oder zweimal im Jahr formelle Kleidung tragen müssen. Sie werden sowohl mit der königlichen Familie als auch mit dem Parlament zusammenarbeiten."

Claire konnte ihr Lächeln nicht verbergen. Sie versuchte immer, professionell auszusehen, aber sie konnte sich nicht erinnern, dass sie während ihrer Zeit in Afrika so sehr auf ihr Äußeres bedacht gewesen wäre. Natürlich waren die Kameras damals nicht so häufig auf sie gerichtet gewesen, wohingegen Paparazzi zur Landschaft von San Rimini gehörten. „Ich habe mir einige Kleider aus meinem Lagerraum in den Staaten schicken lassen. Sie sollten in ein paar Tagen ankommen. Ich hoffe nur, dass ich hier genauso viel bewirken kann wie in Uganda. Die Arbeit, die wir dort leisten mussten, lag mehr auf der Hand."

„Das können Sie. Sie haben einen tadellosen Ruf und das Gewicht der US-Regierung hinter sich. Und Sie sind *Sie selbst*. Niemand stellt sich Botschafterin Claire Peyton in den Weg."

Claire lächelte. Karen wusste immer das Richtige zu sagen. „Danke für den Vertrauensbeweis."

Karen hob ihre Hand, die Innenfläche nach außen. „Ich bin die Stimme der Wahrheit."

Der Wagen kam vor einem mächtigen schmiedeeisernen Tor zum Stehen. Nachdem ein uniformierter Wachmann um das Fahrzeug herumgegangen war, um es zu inspizieren, und dann mit dem Fahrer gesprochen hatte, nickte er einem anderen Wachmann zu. Die Torflügel öffneten sich und gaben die Zufahrt zum Palastgelände frei. Kies knirschte unter den Reifen, als sie am Rand eines großen Gartens entlang- und dann im Bogen auf den Hintereingang des Palastes zufuhren.

Als der Fahrer ihnen den Wagenschlag öffnete, kam eine schlanke Frau mit hellbraunem, schulterlangem Haar die breite Steintreppe hinunter. Ihr elegantes beigefarbenes Kleid und die Selbstsicherheit, mit der sie sich bewegte, hätten sie schon als Mitglied der königlichen Familie ausgewiesen, selbst wenn ihr Gesicht nicht so bekannt gewesen wäre.

„Frau Botschafterin", begrüßte die junge Frau Claire in unverkennbar amerikanischem Englisch, das ihre Erziehung in Washington, D.C., verriet. Sie lächelte erst Claire und dann Karen an. „Ich bin Amanda diTalora. Es ist mir eine Freude, Sie in San Rimini willkommen zu heißen. Mein Mann, Prinz Marco, freut sich darauf, Sie kennenzulernen, wenn Sie König Eduardo heute Abend Ihr Beglaubigungsschreiben vorlegen."

„Ich freue mich auch darauf, Prinz Marco kennenzulernen."

Sie deutete zu ihrer Rechten. „Das ist Karen Hutchinson, meine persönliche Assistentin."

„Es ist mir ein Vergnügen, Sie kennenzulernen, Miss Hutchinson. Wenn Sie beide mich begleiten würden, wäre es mir eine Ehre, Sie vor Beginn des Dinners kurz durch die öffentlichen Bereiche des Palastes zu führen."

Claire dankte Amanda und während sie den Saum ihres langen Seidenrocks anhob, um die Steinstufen hinaufzusteigen, fügte sie hinzu: „Ich hoffe, ich halte Sie nicht davon ab, sich für das Dinner fertig zu machen. Mir wurde gesagt, Abendgarderobe sei gewünscht."

„Das stimmt, aber ich kann mich schnell umziehen." Amanda wies auf eine Gruppe von Palastangestellten, die in der Nähe standen, und sagte: „Der Palast hat einen großen Mitarbeiterstab, der im Grunde mein Leben organisiert, damit ich mich nicht damit befassen muss. In diesem Moment legt jemand mein Kleid zurecht und wählt die passenden Schuhe dazu aus. Ich muss nur meine Arme und Beine an die richtigen Stellen bringen."

Amanda senkte ihre Stimme, sodass nur Claire und Karen sie hören konnten: „Daran muss man sich erst einmal gewöhnen. Vor meiner Ehe mit Prinz Marco arbeitete ich mit Kindern von wichtigen Persönlichkeiten, doch obwohl ich viel Zeit in wohlhabenden Kreisen verbrachte, wohnte ich in einem winzigen Studio-Apartment in der Nähe von Dupont Circle und hatte kaum einen Cent in der Tasche. Für mich gehörten Ramen-Nudeln und Tomatensuppe zu den Hauptnahrungsmitteln."

Claire bedachte Amanda mit einem verständnisvollen Lächeln. „Sie können sich nicht vorstellen, wie vertraut das klingt. Als ich auf dem College in New Mexico war, sprach es sich immer wie ein Lauffeuer herum, wenn der örtliche Lebensmittelladen Ramen im Sonderangebot hatte. Ich habe von dem Zeug gelebt – und von Thunfisch aus der Dose. Ich möchte gar nicht daran denken, wie viel Natrium ich zu mir genommen habe. Als ich zum Studium nach Georgetown zog, war ich Ramen so satt, dass ich mit fünf anderen in eine Dreizimmerwohnung zog. Ich habe Essen über meine Privatsphäre gestellt."

„Autsch. Georgetown ist wunderschön, aber es ist eine Herausforderung, dort von einem Studentenbudget zu leben."

Amanda nahm sich Zeit, als sie Claire und Karen durch den ersten Stock von La Rocca führte. Sie blieb immer wieder stehen, um auf jeden der historisch bedeutsamen Räume hinzuweisen, und zeigte ihnen den besten Weg zum offiziellen Arbeitszimmer des Königs, da Claire ihn während ihrer Amtszeit dort wahrscheinlich aufsuchen würde. Amandas Art sorgte dafür, dass Claire sich sofort wohlfühlte. Sie vermutete, dass die Leichtigkeit, mit der Amanda mit anderen in Kontakt kam, der Grund dafür war, dass sie bei den Einwohnern von San Rimini so beliebt war, obwohl sie Amerikanerin war.

Als sie zum königlichen Ballsaal zurückkehrten, wo das Dinner und der Empfang bald beginnen würden, kam ein Mann in einem maßgeschneiderten schwarzen Anzug und einer dezenten grauen Krawatte auf sie zu und bat, kurz eine Angelegenheit mit Claire besprechen zu dürfen.

Amanda nickte, blickte dann auf ihre Uhr und stellte fest, dass es Zeit für sie war, sich für das Dinner umzuziehen. An Claire gewandt, erklärte sie: „Sergio Ribisi ist König Eduardos oberster politischer Berater. Er wird sich Ihnen selbst vorstellen, Sie dann über das Programm des Abends informieren und in den Ballsaal begleiten. Ich sehe Sie dort gleich wieder."

Claire dankte Amanda, dass sie sich die Zeit genommen hatte, sie im Palast herumzuführen. Sergio Ribisi schüttelte sowohl Claire als auch Karen die Hand, als sie sich vorstellten. Zu Claire sagte er: „Es ist mir eine Freude, Sie in San Rimini willkommen zu heißen, Frau Botschafterin. Ich gehe davon aus, dass die Beziehung, die Botschafter Cartwright zwischen unseren beiden Ländern aufgebaut hat, so eng bleiben wird wie bisher. Sowohl hier als auch im Parlament war er recht beliebt. Er hat sich sehr lobend über Sie geäußert."

Sie bedankte sich für das Kompliment, während Karen die Gelegenheit nutzte, den Gang hinunter zu einem Fenster zu gehen und in diskreter Entfernung auf den Garten hinauszublicken, damit Claire ungestört mit dem Berater des Königs reden konnte.

„Wie kann ich Ihnen helfen, Signore Ribisi?"

„Bitte, nennen Sie mich Sergio."

„Sergio also. Sie sagten, Sie möchten etwas mit mir besprechen?"

„Ja, aber zuerst möchte ich den Ablauf des Abends mit Ihnen durchgehen." Der spindeldürre Mann begann, die einzelnen Programmpunkte aufzuzählen. Alles stimmte mit dem Briefing überein, das Karen ihr zuvor gegeben hatte.

Während Sergio sprach, betrachtete Claire aufmerksam sein Gesicht. An seinen Mundwinkeln zeigten sich ein paar Linien, als ob sich sein Stress in seinem Kiefer ausdrücken würde. Aber seine Augen blickten lebhaft, seine Zähne waren weiß und gerade und er hatte dichtes, tiefschwarzes Haar. Er war um die fünfunddreißig, wenn sie schätzen müsste, und sie fragte sich, wie lange er schon für den König arbeitete. Er war jung dafür, dass er sich in den engsten Kreisen um König Eduardo bewegte.

„Das klingt unkompliziert", meinte sie, als er die Aufzählung abgeschlossen hatte. „Gibt es sonst noch etwas?"

„Ja, Frau Botschafterin." Er zögerte einen Moment, dann setzte er hinzu: „Bevor Sie ankamen, schickte Ihr Büro ein Schreiben an meines, in dem die Angelegenheiten umrissen wurden, die Sie in Ihren ersten Tagen hier in Angriff nehmen möchten. Die meisten betreffen die Weiterführung der diplomatischen Initiativen, die Ihr Vorgänger und König Eduardo bereits erörtert haben, aber es gibt einen neuen Punkt, den ich gerne anschneiden würde."

Claire wusste, was nun kam. Trotz der Welle der Enttäuschung, die in ihr aufstieg, behielt sie ihr höfliches Lächeln bei.

„Während Sie in Uganda waren, haben Sie mit der Regierung zusammengearbeitet, um ein regionales Bildungsprogramm für benachteiligte Kinder einzuführen. Soweit ich weiß, haben Sie Lehrkräfte aus den Vereinigten Staaten und mehreren anderen Nationen ins Land geholt, um mit den Kindern zu arbeiten."

„Ja, das ist der Kern des Programms. Es begann in Uganda, wurde aber inzwischen auf benachteiligte Gebiete in Tansania, Ruanda und Burundi ausgeweitet. Mein Nachfolger plant, das Programm fortzuführen. Ich bin der Überzeugung – und darin ist sich der Präsident mit mir einig –, dass Kinder aus ländlichen oder armen Gegenden, wenn sie Zugang zu denselben Bildungsressourcen haben wie Kinder in größeren städtischen Gebieten, besser in der Lage sind, nach Abschluss der Schule einen Beitrag zur Wirtschaft zu leisten. Sie streben nach Berufen, die früher für sie unerreichbar waren. Vielleicht im Finanzsektor, in der Rechtswissenschaft oder in der Medizin. Wir würden uns sogar wünschen, dass einige dieser Kinder zurückkommen und selbst im Rahmen des Programms unterrichten."

„Ich habe den zusammenfassenden Bericht gelesen und war beeindruckt. Sie haben solide Partnerschaften aufgebaut. In Ihrem Schreiben erwähnten Sie, dass Sie das Programm weiter unterstützen wollen, soweit es im Rahmen Ihrer neuen Rolle hier möglich ist, und dass Sie hoffen, die Angelegenheit mit König Eduardo besprechen zu können."

Claire wählte ihre Worte sorgfältig: „San Rimini hat ein ausgezeichnetes Bildungssystem und eine Tradition, seinen Nachbarländern zu helfen. Ich glaube, dass die Teilnahme an diesem Programm von großem Nutzen sein könnte. Selbst wenn ich auf meinem Posten in Uganda geblieben wäre, hätte ich mich irgendwann mit Ihrer Regierung wegen einer möglichen Partnerschaft in Verbindung gesetzt. Österreich und

Italien tragen bereits zur Finanzierung bei und entsenden Lehrkräfte."

„Ja, das stand in Ihrem Brief." Der junge Mann straffte leicht die Schultern, als müsste er seinen Mut zusammennehmen, bevor er fortfuhr: „Der König hat sich damit befasst und obwohl er durchaus die langfristigen Vorteile des Programms sieht, hält er es nicht für machbar, dass San Rimini zum jetzigen Zeitpunkt finanzielle Unterstützung leistet oder Lehrkräfte zur Verfügung stellt. Ich wollte Sie das vor der Zeremonie heute Abend wissen lassen –"

„Damit ich beim Dinner mit dem König keine Lobbyarbeit betreibe?" Claire zog eine Augenbraue hoch. „Ohne seine Unterstützung wird man im Parlament wohl kaum weit damit kommen."

„Das ist richtig."

„Mit anderen Worten, er will nicht in aller Öffentlichkeit ablehnen, während Kameras auf ihn gerichtet sind."

Claire beobachtete die stumme Reaktion des Mannes auf ihre Worte. Sie wollte Argumente vorbringen und erklären, dass sie nicht die Absicht hatte, den König heute Abend auf irgendeinen ihrer Vorschläge anzusprechen, geschweige denn auf das Bildungsprogramm, aber sie spürte, dass dies weder der richtige Augenblick noch der richtige Gesprächspartner war.

Sie lächelte, aber es war ein unterkühltes Lächeln. „Danke, Sergio. Ich werde es mir überlegen."

DIE ROYALS VON SAN RIMINI

Im Dienst der Königin

Ein Braut für Prinz Antony

Eine Beraterin für Prinz Marco

Ein Ritter für Prinzessin Isabella

Eine neue Liebe für Prinz Federico

Küsse für König Eduardo

ÜBER DEN AUTOR

Nicole Burnham ist die preisgekrönte Autorin von über zwanzig Romanen.

Wenn Sie mehr über ihre Bücher erfahren oder ihren deutschsprachigen Newsletter mit Bonusmaterial und Informationen zu kommenden Veröffentlichungen erhalten möchten, besuchen Sie bitte nicoleburnham.com.

www.ingramcontent.com/pod-product-compliance
Lightning Source LLC
Chambersburg PA
CBHW061435210726
48287CB00007B/2226